准教授・高槻彰良の推察4

そして異界の扉がひらく

澤村御影

角川文庫
22179

目次

主なキャラクター紹介

高槻彰良《たかつき あきら》
青和大学で民俗学を教える准教授。
頭脳明晰で顔立ちも整っている。怪異が大好き。

深町尚哉《ふかまち なおや》
大学生。嘘を聞き分ける耳を持つ。
高槻のもとでバイトをしている。

高槻渉《たかつきわたる》
高槻の叔父。ダンディでスマートな英国紳士。
高槻を引き取り数年間育てていた。

佐々倉健司《ささくらけんじ》
捜査一課の刑事で、高槻の幼馴染。
目つきが鋭く強面。
生方瑠衣子《うぶかたるいこ》
民俗学研究室の院生。
メガネの似合う美人なのだが……。
難波要一《なんばよういち》
尚哉の数少ない友人。
さっぱりとした気のいい性格。

イラスト：鈴木次郎

第一章　四時四十四分の怪

四月。深町尚哉《ふかまちなおや》は、青和《せいわ》大学文学部史学科の二年生になった。

一年のときは大きく「文学部」という括《くく》りだったが、二年からは文学科・史学科・心理学科の三つに分かれる。専攻を決めるのは三年からとはいえ、講義内容は一年のときに比べてより専門的になり、レポートの量も増えるという噂だ。「専門科目が面倒くさくなるから、一般教養科目は極力一年のうちに単位を取っておけ」というのは、入学時に配布された学生会作成の『キャンパスライフガイド』に書かれていた文言である。

一年前の同じ頃は何もかもが初めてで落ち着かなかったが、大学生活も二年目に突入となればもはや慣れたものだ。キャンパス内の建物の配置どころか生協の商品棚の配置まで、完璧《かんぺき》に心得ている。「第一校舎ってどれ？」「教務課ってどの建物？」などと首をかしげながら地図を取り出している初々しい一年生達とは、面構えからして違う。

——と、思っていたのだが。

「君、一年生!?　テニスサークル『BLUE STARS』でーす、よろしくー！」

「演劇サークル『脳泥棒』、新作公演SF時代劇『地獄極楽また今度』は本日十八時にサークル会館2Aにて上演！　一年生優先シートありますので、よろしくどうぞー！」

「易学研究会です！　本日コンパありまーす！　四柱推命に西洋占星術にタロットカードに数秘術に筮竹《ぜいちく》、上級生が君の一切合切を占っちゃうよ！　ぜひどうぞー！」

飢えたピラニアの群れのごとく襲いかかってくるサークル勧誘に翻弄《ほんろう》され、隙あらば部室に拉致《らち》しようとする複数の手からどうにか逃れて、ほうほうの体で校舎の中に逃げ込んできた尚哉を、同じ学年の難波《なんば》要一《よういち》が指差して笑った。

「ははは！　一年に間違われてやんの！　深町だっせえ！　マジだっせえ！」

「……うるさい」

そう言い返し、ずれかかった眼鏡をかけ直す。引っ張られて落ちたシャツの肩を直していたら、足元にはらりと何かが落ちた。鞄《かばん》の中に勝手に押し込まれていた勧誘のチラシだ。尚哉はため息を吐いてそれを拾い上げ、傍らのゴミ箱に放り込む。

四月は各種サークルが新入部員確保に躍起になる時期だ。今年もキャンパスの目抜き通りにはまるで祭の屋台のごとくサークル入会受付のブースが並び、チラシの束を抱えた上級生が通りかかる新入生に熱心に声をかけている。といっても、高校までと違って、上履きやバッジの色で学年の見分けがつくわけではない。顔つきや雰囲気から当たりをつけて声をかけているようなのだが——たまに、尚哉のように間違われるケースもある。

何がいけないのかさっぱりわからないが。

「深町はさー、なんつーかこう、服装がいまいち垢抜《あかぬ》けねえんだよなあ。高校生と雰囲気変わんねえっていうか」

「高校時代と大体同じ服着てるからな」

「買えよ新しい服。とりあえず黒のスキニーでも買え。あとはそうだなー、眼鏡やめてコンタクトにするとか？　でも深町は眼鏡キャラでイメージ固定されてるからなあ、今更眼鏡くんじゃなくなるってのも……あ、いっそのこと髪染めてみるとかどうよ」

「やだ。めんどい。……そういえば難波も高校時代は黒髪だったもんな。学ランで」

「だから忘れろそのことは！」

　二年になってさらに明るい色になった髪を両手で押さえ、難波がわめく。以前たまたま見た学生証の写真の難波は、実に真面目な雰囲気の黒髪だったのだ。

「深町、次って高槻《たかつき》先生の講義か？」

「ああ。難波も？」

「うん。去年の講義面白かったからな。試験もレポートだけだったし」

　難波も二年からは史学科を選択したとのことで、これまで以上に講義がかぶることが多くなった。一年の終わりに難波が抱えていた厄介事の解決を手伝ったこともあってか、前より距離が近くなったような気もしなくはない。同じ講義のときに、難波が隣に座ってくることも増えた。

　これから向かうのは、『現代民俗学講座Ⅰ』の初回講義だ。

史学科の専門科目で、木曜四限。場所は第二校舎302教室。担当は史学科民俗学考古学専攻准教授、高槻彰良《あきら》。

一般教養科目の『民俗学Ⅱ』も相当な人気講義だったが、こちらもやはり受講人数は多いらしい。階段教室でこそないが、大型の教室が使用されており、すでに大半の席が埋まっていた。自由席だと普通は後列の座席から埋まるものだが、高槻の講義に限っては前列から埋まるのが特徴だ。ちなみに最前列は完全に女子学生で占められている。

教室の中ほどに空席を見つけ、難波と並んで座った。

と、すぐ後ろの席の男子学生の声が耳に入ってきた。

「……あー、すみません、今日のシフトなんですけどー……急に体調が悪くなってこれから病院に行くんで、休みにしてもらえないかと……ええ、風邪みたいで」

わざとらしい咳《せき》を差し挟みながら話すその声が、途中で激しく歪《ゆが》む。

尚哉は反射的に耳を押さえ、背後をそっと振り返った。

健康そのものの顔色をした男子学生が、スマホに向かってすみませんすみませんと繰り返していた。謝るその声でさえ、ひどく歪んでいる。隣で笑いを噛《か》み殺している女子学生は、彼の友人か恋人だろうか。「頭痛がひどくて咳と吐き気が止まらない」と話す男子学生の声がぎいんと金属的に軋《きし》んで鼓膜に突き刺さり、尚哉は思わず顔をしかめた。

「――深町？」

怪訝《けげん》そうな難波の声にはっとする。

尚哉は慌てて耳を押さえていた手を下ろし、

「あ……ごめん、聞いてなかった。何？」

後ろの学生の声ではなく、難波の声に意識を集中するようにして、どうにか平静を装う。難波はまだ少し怪訝な顔をしたまま、

「だから、専攻何にするかって話。深町はもう決めてんの？　やっぱ民俗学？」

「いや、まだ決めてないけど。あと一年あるし」

難波の言葉に尚哉は首を横に振った。

史学科には、日本史専攻、西洋史専攻、アジア史専攻、民俗学考古学専攻の四つがある。……最後の一つから全力で手招きされている気もしなくはないが、一応、今年一年かけてきちんと選ぶつもりだ。

「難波は？　高槻先生の講義取ってるってことは、民俗学にするのか」

「うーん、俺もまだちゃんとは決めてない。西洋史もいいなーとは思ってる。けど、高槻先生のゼミも楽しそうだよなー……あとほら、院生が美人じゃね？　深町がたまに話してる眼鏡美人、高槻研究室の人だろ？　いいよなー美人のセンパイ」

「生方《うぶかた》先輩のことだったら、あの人今博士課程の二年だから、俺達がゼミに入る頃にはもうそんなに大学にいないんじゃないかな……ていうか難波、お前彼女いるだろ」

「美人は別腹。見て良し、話して良し。高槻先生の講義で最前列かぶりつきでイケメン観賞に励んでる女子と同じ。目の保養」

難波が言う。難波の彼女は同じテニスサークルの子で、学部が違うから講義がかぶることはないらしい。

尚哉が難波と話している間に、後ろの学生は通話を終えたようだ。歪みの消えた声で、隣の女子と今夜のデートについて話している。だが、教室を満たす喧騒《けんそう》には、まだ幾つも歪んだ声が混ざり込んでいた。尚哉は頬杖《ほおづえ》をつくふりをして、また耳を押さえた。

そのとき、チャイムが鳴った。

ほぼ同時に、高槻が教室に入ってくる。

「――はい、こんにちは。講義を始めます」

教壇に立った高槻がマイクを手にそう呼びかけると、教室内のざわめきは潮が引くように収まった。尚哉はほっとして小さく息を吐き出し、耳を押さえていた手を下ろす。

高槻がにっこり笑って教室を見回した。

「今日が初回の講義となりますね。『現代民俗学講座Ⅰ』を担当する高槻です。よろしくお願いします。……といっても、去年『民俗学Ⅱ』を取ってた人達ばかりだから、今更挨拶《あいさつ》はいらないと思うけど」

教室内に笑いが起こる。皆、高槻が本当に学生の顔を覚えていることをわかっているのだ。高槻の異常なまでの記憶力と目の良さは、去年の講義ですでに知れ渡っている。

仕立ての良い三つ揃いのスーツにすらりとした長身を包み、役者のように整った顔に人懐こい笑みを浮かべたこの男は、青和大学の名物准教授の一人だ。姿形の良さだけでも十分目を引くが、それ以上に、講義内容がだいぶ変わっているのだ。

「さて、『民俗学Ⅱ』では、現代で語られる様々な怪談や都市伝説について幅広く触れていきました。この『現代民俗学講座Ⅰ』で扱う題材も、基本的には同じです。怖い話、不思議な話、誰もがどこかで聞いたことがあるだろう都市伝説の数々。それらを幾つかのテーマに分けて考察しつつ、過去から現在につながる日本人の意識のありようについて考えていきたいと思います。まず最初のテーマは――『異界』について」

高槻がチョークを取り上げ、黒板に綺麗《きれい》な字で『異界』と書き記す。

それから高槻は、チョークを持ったまま学生達を一度振り返り、

「今日はざっくり概要を話すことにします。……導入として扱う話を何にしようか、昨日色々考えたんですけど。やっぱりこれがいいかなと思って」

そう言いながら、高槻が『異界』と書いた横にさらさらと別の言葉を書き並べる。

途端、教室の学生達が思わず笑いを漏らした。尚哉も一瞬吹き出しそうになる。

何しろ、高槻が書いた言葉は――『きさらぎ駅』、だったのだ。

「皆さん、この話を知っていますか？　はい、知ってる人は挙手」

板書したタイトルを手で示し、高槻が学生達に向かって言う。

大半の学生が手を挙げた。まだくすくす笑っている者も多い。

それはそうだろう。『きさらぎ駅』というのは、有名な都市伝説だ。

高槻はにこにこしながら教室の中を見回し、

「ああ、やっぱり知ってる人は多いね。でも、全員というわけではないので、『きさらぎ駅』について簡単に説明しておきましょう。この話が最初に登場したのは二〇〇四年。電子掲示板サイト『2ちゃんねる』のオカルト板に、今まさに自分が体験している出来事を相談する形で、数時間に亘《わた》って書き込みされたものです。書き込みをしたのは『はすみ』と名乗る人物で、『先程から某私鉄に乗車しているのですが、様子がおかしいのです。いつも通勤に使っている電車なのですが、先程から二十分くらい駅に停まりません』というところから始まります。いつもは五分か、あるいは七、八分で停車するはずなのに、全然次の駅に着かないんですね。もう夜遅い時刻で、他にも乗客はいるけれど、自分以外は皆眠っている。どうしたものでしょうか、という相談です。掲示板ですから、他の人達もそれに答えて書き込みをします。乗り間違えたんじゃないのかとか、車掌室を見に行けとか。やがてはすみさんは、電車が『きさらぎ』という無人駅に着いたことを報告しました。はすみさんはこの駅で降り、電車ははすみさんを残して行ってしまう。掲示板の住人達は、はすみさんが乗った路線に『きさらぎ』という駅がないことに気づきます。では、はすみさんは、一体今どこにいるのか？　掲示板の住人達は様々な憶測を書き込みます」

　マイクを通して響く高槻の声は男性にしてはやや音域が高く、不思議なほど澄んでいて柔らかい。だが、そんな耳触りの良い声が紡ぐのは、テレビの怪奇特番ででも扱われそうなネット上の怪談だ。これでもれっきとした講義なのだから、大学における学問というのは随分と寛容なのだなといつも思う。

「きさらぎ駅の周りは草原と山ばかりでタクシーを呼べる様子でもなく、はすみさんは暗い夜道を線路をたどって歩き出します。そして、様々な怖い目に遭う。遠くから聞こえる太鼓や鈴の音、片脚の老人との遭遇。掲示板の住人達は、もしかしたらはすみさんはもう死んでいるのではないか、と考え始める。伊佐貫《いさぬき》というトンネルを抜けた先で出会った人に車に乗せてもらったはすみさんは、駅まで送ってもらえることになったと報告しました。これで助かりそうだという気配を漂わせるはすみさんに対し、しかし掲示板の住人達は、気をつけろと呼びかけます。ここからまたおかしなことが起こるのではないかというんですね。案の定、次のはすみさんの書き込みでは、車は駅ではなく山の方に向かっており、運転手はよくわからない独り言を呟《つぶや》き始めたという不穏な状況が語られます。そして、はすみさんの携帯電話のバッテリーがなくなったのか、書き込みはここで途絶え、結局彼女がどうなったのかはわからずに終わってしまいます」

この『きさらぎ駅』については、尚哉も何かのネット記事で読んだことがある。当時の実際の掲示板上でのやりとりも見られたのだが、複数の人間がネットスラング的な言葉を交えつつ、『はすみ』なる人物に面白半分に助言を与え、皆で状況を見守っている様子だった。

「『きさらぎ駅』の話は、一人の人間によって語られる物語とは違い、一人の相談者と複数人の助言者のやりとりで出来上がっています。こうしたやりとりは、この電子掲示板サイトではよく行われていたことで、オカルト系だと他に『蓋《ふた》スレ』なんていうのもそこそこ有名かな。オカルト以外だと、映画やドラマになった『電車男』なんていうのもある。書き込まれた他者の相談に対しリアルタイムで参加するということに、ゲーム的な楽しさがあったんだろうね。その相談が現実に起きたことかどうかは、この際あまり関係がないんです。ただ皆でそれがまるで本当に起きているかのような意識を共有し合う、それこそが大事だった。――そう、『きさらぎ駅』の話については、他の多くの書き込みと同じく、創作だろうという見方が強い。いわゆる『ネタ』というやつです」

高槻がそう言って、にっと笑う。学生達も、そうだよねという顔でうなずく。

掲示板のやりとりを読んだときに、尚哉もそう思った。掲示板に書き込みをしている者達も、何度も『ネタだろう』だの『釣りだろう』だのと言いつつ、相手の遊びにわざと乗っかっているような雰囲気だったのだ。

「とはいえ、当時のやりとりをずっと追っていくと、そこには一抹の不気味さも確かに存在しています。何しろ、ネット上の掲示板の書き込みですからね。相手の言っていることが本当だと証明する術《すべ》がないのと同じで、全てが作り話だと断じるのもまた不可能です。こんな話ありえないと思う一方で、謎の駅で消息を絶ったはすみという人物の実在を信じたい気持ちも心の片隅に湧く。そうした気持ちが、この怪談を成立させ、今なお語り継がせている。――『きさらぎ駅』の話は、発生からこれだけ時間が経っても根強い人気を持っています。最初の書き込みから七年も経ってから、別のサイトにはすみさんを名乗る人物が再び書き込みをしたこともありましたし、類似の怪談も多く生み出されました。ツイッターでも、定期的に『電車の中で眠って目が覚めたらきさらぎ駅にいた』という呟きが出たりします。考察記事などもネット上にたくさんありますので、時間のあるときに読んでみてください。結構面白いですよ！」

　そう勧める高槻の顔には、まるで子供のような無邪気な笑みが浮かんでいる。大きな二重の目をきらきらと輝かせ、弾んだ声で話すその様は、実に楽しそうだ。こんな顔で講義をする准教授というのもなかなかいない気がする。

「さて、それでは、なぜこんなにも『きさらぎ駅』の話は、人々の心を捉《とら》えたのでしょうか？　『きさらぎ駅』とは、つまりは異界に迷い込んだ人の物語です。こうした異界探訪に関する物語は、昔からたくさんあります。たとえば『古事記《こじき》』に見られるイザナギの黄泉国《よみのくに》訪問。浦島太郎《うらしまたろう》による竜宮城《りゅうぐうじょう》訪問。去年の講義で話した『平児代答《へいじだいとう》』や『仙境異聞《せんきょういぶん》』には、天狗《てんぐ》の世界に行ったと話す寅吉《とらきち》という少年が登場しましたね」

　高槻はそう言って、わずかに目を細めた。

　先程板書した『異界』の文字を、曲げた指の関節でこんこんと叩《たた》く。

「そう、昔から、異界に対する人々の関心はとても強い。自分達が今生きているこの世界とは別の世界があると、信じているんです。では、それはなぜなのでしょう？　もともと僕らは世界を二つの対立する構造、『こちら側』と『あちら側』によって捉える傾向にあります。『内』と『外』。『この世』と『あの世』。『日常』と『非日常』。『我々』

と『彼ら』。そんな風に、僕らは世界を分けて考える。そのために——自分の周りに、何本もの線を引く」

一瞬、高槻の目がこちらを向いた気がして、尚哉はぴくっと自分の肩が跳ねそうになったのを感じる。

にこりと、また高槻が笑う。

「線の内側にある世界は、穏やかで安心できる世界です。自分達がよく知っている世界、日頃から慣れ親しんだ日常。そこでは恐ろしいことなど起こらない。怪異が起こるのは、異界、あるいは異界との境界線上と決まっています。なぜなら異界とは、非日常の世界のことだから。そこは僕らの知らないルールで支配された世界かもしれない。僕らにとっての秩序が存在しない、とても危険な場所かもしれない。——こういう感覚は、海外旅行をしたことのある人にはわかりやすいと思います。初めて外国に行くと、言葉が通じなかったり、習慣が違ったりして、不安に思うことが多いでしょう？　景色も見慣れないし、治安にだって差があったりする」

尚哉は海外に行ったことはまだないが、高槻の言っていることはなんとなくわかった。別に海外に限らず、知らない街に行くだけでも、それなりに緊張するものだ。

大学に入学した直後もそうだった。周りにいるのは知らない顔ばかりで、高校までとは勉強の仕方も校内での過ごし方も違っていて。

あの頃、この大学のキャンパスは、尚哉にとっては馴染《なじ》みのない世界だった。今隣に座っている難波も、教壇に立って話している高槻も、全然知らない人だったのだ。

一年経った今、ここは、もうすっかり尚哉にとっての日常になった。

高槻が説明を続ける。

「古くは、自分達の住む村の外は異界の扱いでした。村の境界が、世界の境界に等しかった。村の外に広がる山や森、川、海といった自然は、人の意思の及ばないもの。ゆえに人々はそこに神や妖怪《ようかい》を見《み》出《いだ》しました。天狗、河童《かっぱ》、鬼、大蛇、人を化かす狐や狸。それらは、自分達では理解も制御もできない自然を象徴化したものでした。——しかし、やがて自然に対する人々の関心は薄れ始めました。商工業や文化の発達によって、人々の周りに様々なものがあふれるようになり、遠くの山や野よりも身近にあるものに目が向けられるようになった。すると、何が起きたと思いますか？」

そう言って高槻は、軽く学生達の顔を見回した。

あまり芳しい反応が得られなかったのだろう、高槻は学生に問いかけるのではなく、そのまま自分で答えを口にした。

「異界は、人々の関心が向く場所に口を開けます。つまり——かつては村や町の外にあったはずの異界が、町中へと入り込んできたんです」

笑顔のまま、高槻は不穏な言葉をさらりと述べる。

「中世後期になると、『付喪《つくも》神《がみ》』と呼ばれる古い道具類が妖怪化したものが、絵巻物などにさかんに登場するようになりました。室町《むろまち》時代に成立したと言われている『付喪神絵巻』や『百鬼夜行《ひやつきやこう》絵巻』が有名ですね。茶碗《ちやわん》や琵琶《びわ》に手脚が生えていたりしてなかなか可愛いですが、これはつまり、化け物が人の暮らしのすぐ身近なところに現れたということです。異界との境界は、もはや村の境界とイコールではなくなった。この傾向は、江戸《えど》時代になると、もっと顕著になります。町中で暮らす人が増えたことにより、山や野で起こる怪異に対する興味はますます薄れ、代わりに『人間』というものに対する興味が強まった。すると、町中での怪異の話、特に幽霊話がとても増えるようになりました。妖怪よりも人間が、そして人間のなれの果てである幽霊の方が怖くなったんです。異界との境界は暮らしの中に深く食い込み、怪異はどこでも起こりうるものとなってしまった。同じ家に住む家族でさえ、幽霊に憑《つ》かれておかしなことになるかもしれない。これではとても安心できませんね。――でも、この頃になると、怪談は娯楽と結びつくようになっていました。かつては何らかの教訓話と結びついていたはずの仏教説話が信仰から切り離され、単なる怖い話として扱われ始めた時代です。江戸時代には多くの怪談集が出版され、芝居や絵画の世界でも幽霊や妖怪が好まれ、怪談を語り合う百物語会が開催されたりもしました。この『怪談の娯楽化』は、現代まで続いています」

　怖いけれど面白い。あるいは、怖さそのものを楽しむ。

　現代においても、怖い話は人々の娯楽だ。ホラー映画や小説、漫画。お化け屋敷やホラーイベントには、多くの人が詰めかける。

　そうして現代人は異界に遊び、怪異を弄《もてあそ》ぶ。子供達は放課後の教室でコックリさんを呼び、不幸を運ぶ手紙をそっと誰かの持ち物に忍ばせる。

本来それがどれだけ危険なものなのかを思い出すのは、怪異の只中《ただなか》に取り込まれ、日常と異界の境界線を見失ってからだ。

「現代を生きる僕らにとって、異界はもうどこに出現してもおかしくないものとなっています。それでも僕らはそこに、昔ながらの境界線を見出している。怪異は昼よりも夜、あるいはその中間の黄昏時《たそがれ》に起こりやすいという意識は、今でもありますね。昼は日常、夜は非日常に属し、黄昏時はその境界だからです。また、人の多い街中よりも、あまり人のいない場所の方が恐ろしいものに出くわす可能性は圧倒的に高い。たとえば夜の学校。乗客のほとんどいない深夜の列車の中。口裂け女やひきこさんは、いつだって人気《ひとけ》のない路上で僕らを待ち受けている。現代において語られる怪談には、ずっと昔から人々の意識の中に根差してきた異界への恐怖が今でも息づいています。そして——もう一つ。現代の怪談を語るうえで無視できない要素があります。何だと思いますか？　はい、では、そこの君」

高槻が、前列に座っていた女子学生の一人を指した。

突然指されて慌てるその女子学生に向かって、高槻が尋ねる。

「君は去年の講義に欠かさず出てくれていたね。さて、何だと思う？」

「えっ……え、ええとっ、ええと……？」

口ごもる彼女に、高槻が助け舟を出した。

「君がよく知っているものだよ。毎日使ってると思う」

「え？　え？——あ、スマホ!?」

机の上に置いていた自分のスマホを手に取り、彼女が答えた。

高槻はにっこり笑ってうなずき、

「そう、それ。スマホやPC、それがつながるウェブ上の空間。——先程の『きさらぎ駅』の話は、電子掲示板上で生まれた都市伝説でしたね。現代社会において多くの人が利用するインターネットの中は、様々な噂話の語りの場となっている。これは無視できない状況です。それにインターネットは、類似の情報を簡単に検索できます。色々な情報を集めて検証することもできるし——そこに、さらなるフェイクを混ぜることもできる。海外のマイナーなテレビ番組に出てきた奇怪なキャラクターの写真に全然違うキャプションをつけて、新たな怪談を生み出すことだって可能です。そうして物語は成長し、海さえも越えて拡散し、やがて飽きられて消え、またリバイバルする。現代における異界は、ネットの中にその口を開けているとも言えます。僕らは異界につながるツールを常に持ち歩いているわけです」

淀《よど》みない口調で語られる高槻の言葉に聞き入りながら、学生達はなんとなく、机の上や鞄《かばん》の中にある己のスマホに視線を向ける。その先にある、見えないけれど確かに存在するウェブ上の空間へと思いをはせる。

そのときだった。

まるで狙いすましたかのように、誰かのスマホが着信音を鳴らした。

多くの者が思わずびくりと肩を震わせて、発信源へと顔を向ける。

鳴ったのは——難波のスマホだった。

「わっ、あっ、す、すいませんすいません！」

難波が飛びつくようにスマホを手に取り、慌てて音を止めた。

高槻が苦笑して、難波を見る。

「難波くんか。いいタイミングで鳴ってくれたけど、講義の間は音は切っておいてね。別にこの世ならざるものからの着信ってわけではないんでしょう？」

「はいっ、すいません！　カノジョからでした！」

「なんだ、つまらない。『着信アリ』的なやつとか『メリーさんの電話』とかだったなら、この場でかけ直してもらったのにね」

「やです！　そんな怖い電話、絶対かけ直したくないです！」

高槻が口にしたＪホラーや都市伝説のタイトルに、難波が全力で首を横に振る。他の学生達がどっと笑い、尚哉も小さく笑いを漏らした。もし今の着信が本当にお化けからのものだったなら、高槻は問答無用でかけ直させるだろう。なんなら難波のスマホを奪い取り、自らかけ直してみせるかもしれない。

『現代民俗学講座Ｉ』は、今年も人気講義になりそうだった。

高槻の講義が終わり、難波はやれやれという顔で自分のスマホを見下ろした。

「あーくそ、マジ焦った……四限まで講義あるって言っといたのに、愛美《なるみ》のやつ……」

「講義中はバイブにしとけよ。何か急ぎの用事だったのか？」

筆記具をしまいながら尚哉が尋ねると、難波は首を振り、

「いや、この後サークル勧誘とコンパがあるから、それ関連の事務連絡。ＬＩＮＥでいいのになー、ったく。そんなに俺の声が聞きたいのか」

そう言いながら、着信後に入ったらしい彼女からのＬＩＮＥに返事を打ち始める。ぶちぶち文句を言いつつもどこかにやけたその表情を見る限り、仲は良いらしい。

「難波もやるんだ、チラシ配り。間違えて二年以上に渡すなよ」

「別に一年じゃなくてもウェルカムだけどな。つーか、深町はサークル入んねえの？」

「俺は、そういうのはいいんだよ」

「やってみたら意外と楽しいかもだぞー？　まあ、深町がさわやかにテニスしてるとことか、あんま想像できねえけど。——んじゃ俺そろそろ行くな。深町はもう帰んの？」

「ああ、もう今日は講義はないから……」

言いかけたとき、ポケットに入れていた尚哉のスマホが震えた。

取り出してみると、高槻からのメールだった。

『面白い依頼がきてるから、時間があるなら研究室においで』

尚哉はその場で『今から行きます』と返事を打ち、自分の鞄を取り上げた。

「バイト入った。行ってくる」

「おう。高槻先生か」

「うん。それじゃ、また」

軽く手を振って難波と別れ、教室を後にする。

廊下に出て、尚哉は顔をしかめた。この時期のキャンパスは人が多い。廊下にも階段にも学生達がたむろしている。彼らの笑い声や話し声が天井や壁にぶつかって反響し、建物の中に延々と留《とど》まり続けているような感じがした。そこに含まれる声の歪《ゆが》みもまたいつまでも空気をびりびりと震わせているようで、息が詰まりそうになる。尚哉は鞄から音楽プレーヤーのイヤホンを取り出し、両耳に押し込んだ。

校舎の前で待ち構えているサークル勧誘に捕まらないように、裏口から外に出る。そのままできるだけ校舎の裏側の道を通って、研究室棟に向かった。

研究室棟の周りには、さすがに勧誘の学生の姿はない。尚哉は階段で三階まで上がり、３０４というプレートがついた扉の前で、イヤホンをはずした。

こんこん、と軽く扉をノックする。

「はい、どうぞ」

柔らかな声が、部屋の中からそう返すのが聞こえた。

尚哉が扉を開けると、中央の大机でノートパソコンを開いていた高槻が、にっこり笑って立ち上がった。

「いらっしゃい、深町くん。今年度もよろしくね！」

春休み中には何度か顔を合わせたが、新年度になってから会うのは今日が最初だ。尚哉は「よろしくお願いします」と軽く頭を下げた。

「バイト、やっぱり今年度もあるんですね」

「え、勿論《もちろん》だよ。何言ってるんだい君は」

「……いや、そんな本気でびっくりした顔で見られても」

最初に「バイトしない？」と言われて引き受けたときには、一回限りのバイトなのだと思っていたのだ。高槻の方では、最初から無期限のつもりだったらしいが。

「コーヒー飲むよね？　そのパソコン、依頼メールを開けてあるから、見てていいよ」

高槻はそう言って、部屋の突き当たりに置いてある小さなテーブルの方へと歩いていった。そこにはコーヒーメーカーと湯沸かしポットが置かれている。

尚哉はパイプ椅子に腰を下ろした。

この部屋は、いつ来てもなんだかほっとする。最初に訪れたときからそうだった。外みたいにうるさくなくて、古い本の匂いに満たされていて、そこに混ざるコーヒーとココアの香りも心地好《よ》くて、ひどく落ち着いた気分になれるのだ。

机に置かれたパソコンを引き寄せ、画面を覗《のぞ》いてみる。高槻の言葉通り、メール画面が開いていた。高槻が開設している『隣のハナシ』というサイトに届いたメールだ。

メールの内容は、こうだった。

『高槻先生のサイト、興味深く拝見させていただきました。

こうしてメールさせていただきましたのは、高槻先生にぜひお話を伺いたいことがあるからです。

サイトの中でも扱われていた「四時四十四分の怪」の話について、先生は数多くの例話を挙げていらっしゃいましたが、実は先日、会社の同僚達と共に軽い気持ちで「四時四十四分の呪い」という子供の頃に流行《はや》った遊びをしたところ、その後様々な奇怪な出来事が起こるようになってしまったのです。

このようなことを先生に相談するのは全くの筋違いかもしれませんが、他に誰に相談すればいいのかもわからず、メールさせていただきました。

できればご返信をいただけますと幸いです』

高槻のところに持ち込まれる依頼は、高槻が講義で扱う内容と同様、ホラー漫画やテレビの怪奇特集のネタのような話ばかりだ。人によっては、「そんな子供じみた話を信じる方が馬鹿げている」と言うかもしれない。

しかし、依頼人は大人であることの方が多い。皆、困り果てた顔で、呪いだの幽霊だのといった話について本気で相談してくる。今回の依頼人にしても、「会社の同僚達」とあるからには、会社勤めをしている社会人なのだろう。


彼らだって、別に日々オカルト的な何かを信じて生きているわけではないのだと思う。

ただ、いざ自分が怪異としか思えない出来事に巻き込まれてしまうと、信じざるをえなくなるのだ。そこには大人も子供も関係ない。目の前で起きている現象について、一度でも幽霊や呪いと結びつけて考えてしまったらもう終わりだ。心の底に湧いた不安や恐怖は、自分自身では決して拭《ぬぐ》えはしない。

だから彼らは、専門家を頼ろうとする。

だが、いきなり拝み屋や霊能力者に相談に行くのはややハードルが高い。ただのいんちきだったり、あるいは法外な報酬を要求されたりするかもしれないと思うと、二の足を踏んでしまう人も多いはずだ。

それに比べると、高槻の『大学の准教授』という身元のしっかりした肩書は、だいぶ安心できるらしい。別に『怪異相談承ります』とサイトに書いているわけでもないのに、こうした相談をしてくる者が後を絶たないのは、そんな理由だろう。高槻は高槻で、怪異に関する相談なら大喜びで引き受ける。両者の利害は完全に一致している。

「先生、この『四時四十四分の怪』って何ですか？」

トレーを持って戻ってきた高槻に、尚哉は尋ねた。以前高槻のサイトをざっと眺めたときに読んだような気もするが、いまいち覚えていない。

高槻は尚哉の前にコーヒーの入ったマグカップを置き、軽く首をかしげてみせた。

「あれ、深町くんが子供の頃は流行らなかったのかな。『四時ババア』とか知らない？」

「あー、なんかありましたね、そんなの……四時四十四分に何かするとお化けが出る、みたいなやつでしたっけ」

「そうそれ、そんなやつ」

高槻はうなずいて、尚哉の隣の椅子に腰を下ろした。

高槻のマグカップには、例によってココアがなみなみと入っている。今日はハート形をした大きなピンクのマシュマロが浮かんでいた。どうやら研究室に所属する院生達が、可愛いマシュマロを見かける度に、高槻のために買ってきているらしいのだ。三十五歳男性が飲むにはあまりに可愛らしすぎる飲み物だと思うのだが、なまじ顔立ちが甘く整っているうえにやたらと若く見える人なので、あまり違和感がないのが恐ろしい。

立ち昇る甘い香りを楽しむようにマグカップを少し持ち上げ、高槻が言った。

「『四時ババア』は学校の怪談の一つで、四月四日午後四時四十四分四十四秒にトイレのドアを四回叩《たた》くと四時ババアが出てきて何もないところに連れていかれる、というのがスタンダードな話かな。バリエーションはたくさんあって、分や秒まで指定しないものもあるし、異界に連れていかれるんじゃなくて単に老婆が出てくる、というだけの話もある。出てきた老婆に殺されちゃったり、場所がトイレじゃない話もあるね」

「俺が知ってるやつは、体育館のトイレに出る話だった気がします。トイレじゃない話は知らないですね」

「そう？　結構あちこちに出るんだよ、四時ババアって。図書館に出たり、教室に出たりね。午後四時四十四分に学校の黒板にチョークで円を描いて、その円の中に両手を押し当てると、四時ババアが出現して黒板の中に引きずり込まれちゃうっていうのもある。

なかなか怖くて、僕はこのバージョンが一番好きだな！」

実に楽しそうに高槻が笑う。そんな輝くような笑顔でホラーな話を語られても、と尚哉は思う。この場に佐々倉《ささくら》がいたら、さぞ嫌な顔をすることだろう。

「何でそんなに四時ババアはあちこちに出るんですか？」

「それは、四時ババアのアイデンティティに出現場所が含まれていないからだろうね」

高槻はそう言って、マグカップを口に運んだ。溶けかかったマシュマロをぱくりと一口にして、満足げに目を細める。

「たとえば、『トイレの花子さん』の場合、場所がトイレであることがキャラクターとしてのアイデンティティになってるから、トイレ以外の場所に出たらおかしなことになるでしょう。でも、『四時ババア』の場合、そのアイデンティティは『四』と『老婆』にある。だから、出現場所や行動についてはかなり縛りがゆるいんだよ。そのせいで、他の怪談と融合しやすかったんだと思う。そもそもトイレに出るというのも、他のトイレの怪談とくっついた結果だったんじゃないかな。ノックで呼び出すというのは『トイレの花子さん』の作法と同じだし、『赤いはんてん』みたいに『赤青どっちがいい』なんて尋ねてくるバージョンもあったそうだから」

「割と何でもありなんですね」

「うん。ちなみに、『四時ババア』から『ババア』が抜け落ちてる話もある」

「えっ、それ抜いちゃっていいんですか？」

　コーヒーを口に運びかけていた手を思わず止めて、尚哉は尋ねた。話というのは語られるうちに変容していくものだという。話の核となる部分は残るが、それ以外は削《そ》ぎ落とされたり、あるいは全然違う要素が加えられたりすることもある。だがしかし、『四時ババア』の話は、要するに『怖い老婆が出てくる』という怪談だ。そこから『老婆』を引っこ抜いてしまっても、話は成り立つのだろうか。

　また一口ココアを飲んで、高槻が言う。

「それが、別に抜いても構わなかったんだねえ。何しろこの話は、『四』の方が重要な要素なんだ。そもそもは『四時四十四分四十四秒に特定の行為をすると、良くないことが起こる』というところから始まった怪談だったんだと思う。それによって恐ろしい老婆が召喚されるというのは、おそらく後付けの話だよ」

「老婆が出てこないバージョンだと、何が起こるんですか？」

「どこかへ行っちゃう系の話が多いかな。全然違う部屋に移動する、タイムスリップする、異次元に吸い込まれる、そんな感じだ。『四時ババア』の話だって、四時ババアにどこかへ連れていかれてしまう話だしね」

「怪談なのに、死ぬとか呪われるとかいう話じゃないんですね」

「そういう話もなくはないけど、少ないかな。あとは天井に血文字が浮かぶとか、幽霊が出るとか、もう色んな怪談と結びついちゃって雑多な感じだねえ」

「……そしたら、今回の依頼人の場合は、どのバージョンなんでしょうか」

尚哉は再びパソコン画面に目を向けた。

メールに書いてあるのは『四時四十四分の呪い』という言葉のみだ。具体的に何の行為をしたのかは書いていないし、それによって起こったことについても「奇怪な出来事」のひと言でまとめられている。まさか老婆が出現したわけはないと思うが、一体何が起こったというのだろう。

と、なんだか視線を感じて、尚哉は高槻に目を戻した。

高槻が、机に頬杖《ほおづえ》をつくようにして尚哉をじっと見つめていた。その顔には、妙に嬉《うれ》しそうな笑みが浮かんでいる。こういうときの高槻は、本当に大型犬のようだ。髪が茶色っぽいせいもあって、大きなゴールデンレトリーバーがぱたぱたと機嫌よく尻尾《しっぽ》を振っている幻が見えそうな気分になる。

「な、何ですか一体っ？」

「いや、なんだかんだ言って深町くんもだいぶこのバイトに興味を持ってくれてるなあと思ったら、嬉しくてね。雇い主としてはとても喜ばしいことだと思うよ」

にこにこしながら、高槻がそう答えた。

高槻はいつも、嬉しいことは嬉しいとはっきり言う。そのオープンかつストレートな感情表現に、尚哉はいまだに慣れない。自分と違いすぎて、どう返せばいいのかわからなくなる。

自分のマグカップに描かれた犬の絵柄に視線を落としつつ、尚哉はぼそぼそと言う。

「そりゃまあ……講義の続きみたいなもんですし。話聞いてて面白いなあとは思いますし……それに、この人に何があったかも気になるじゃないですか。ここまで聞いたら」

「うん、そうだよね、気になるよね！　だから一緒に話を聞きに行こうね！——あ、ちなみに来年民俗学考古学専攻を選んで僕のゼミに入ったら、卒業論文ではこんな感じの話について書いてもいいんだよ！　きっと楽しい研究になると思うよ？」

「だからまだ専攻は決めてないって前にも言ったじゃないですか！　勧誘とかもう本当うんざりなんでやめてほしいんですけど」

最終的にゼミの勧誘になった会話に、尚哉は思わず仏頂面でそっぽを向いた。

　と、高槻がびっくりした声で、

「えっ、勧誘はうんざりって、どういうこと？　深町くん、まさか別の先生からも目をつけられてるの？」

「違います。高槻先生みたいにぐいぐい自分のゼミに勧誘してくる先生なんて、他にいないですから。そうじゃなくて、サークルの勧誘が……」

　言いかけて、尚哉ははっと口をつぐんだ。

　遅かった。

　高槻が片手で口元を押さえて横を向く。しかし、それでも抑えきれなかったか、結局高槻は机に突っ伏して笑いだした。

「……そ、そっかそっか、深町くん、一年生と間違われて、サークル勧誘にあったんだね……それは大変だったね……っ」

「悪かったですねえ、ガキっぽくて！」

高槻はまだ机に突っ伏したまま、ぷるぷると肩を震わせている。そんな笑わなくてもいいじゃないかと尚哉は思う。難波といい高槻といい、ちょっとひどくないだろうか。決めた。今回のバイト代を高槻からもらったら、新しい服を買いに行こう。憤然とした気分で、尚哉はそう思った。難波曰《いわ》くの「垢抜《あかぬ》けた服装」とやらを買ってやるのだ。

が、そこまで考えたところで、服装を替えても何も変わらなかったらどうしようという気持ちが胸をよぎる。そういう服装がどうしようもなく似合わなかったら、という不安も湧く。……というか、そもそもどんな服を買えばいいのかわからない。

「——うわ、深町くんごめんね!? 思いっきり笑っちゃってごめんなさい！ だからそんな落ち込んだ顔しないで、僕が悪かった！」

「いえ、先生のせいだけじゃないんで気にしないでください……」

急にがっくりと肩を落とした尚哉に、高槻が慌てた様子で声をかけてくる。尚哉は遠い目をしながらマグカップを口に運んだ。何とも言えないやさぐれたような気分を、砂糖もミルクも入れないブラックコーヒーの苦さでごまかそうとする。

とりあえず明日《あした》からしばらく、キャンパスを歩くときには、人気《ひとけ》の少ない道を選んで歩くようにしようと思った。

依頼人とは、翌日の夜に会うことになった。

依頼人が指定してきたのは、大田《おおた》区にある『アン・ポミエ』というカフェだった。が、高槻と尚哉がそのカフェに着いたとき、入口の扉には『CLOSED』のプレートがかかっていた。

「あれ？　店、ここですよね」

尚哉はスマホに表示された地図と店とを見比べて、首をかしげた。

雑居ビルの一階にある、こぢんまりとした感じのカフェだった。木枠に大きなガラスが嵌《は》まった扉には、大きなリンゴの木の意匠が彫り込まれている。そのせいで店の中はあまり見通せないが、明かりは点《つ》いているし、人の気配もあるようだ。

試しに扉に手をかけてみると、普通に開いた。尚哉は高槻と顔を見合わせる。

ここは僕がと片手を小さく挙げた高槻が、半分ほど開けた扉の中に首だけ突っ込み、

「すみませーん、ここで待ち合わせをしている者ですが」

「あ、はい、どうぞどうぞ！　中へお入りください！」

中から男性の声がして、すぐに大きく扉が開け放たれた。エプロンを着けた男性が、扉のすぐ脇に立っている。

「いらっしゃいませ。お待ち合わせの方でしたら、奥にいらっしゃいますよ」

「どうもありがとうございます」

高槻がにっこり笑って男性に会釈する。尚哉もそれに倣って、軽く頭を下げた。

男性は、おそらくこの店の店長なのだろう。四十代くらいで、人の好《よ》さそうな柔和な顔立ちをしていた。木製の家具を多用した店内は、家庭的で温かな雰囲気だ。

依頼人は、店の一番奥にあるテーブル席に座っていた。高槻を見てぱっと立ち上がり、がばりと勢いよく頭を下げる。

二十代とおぼしき女性だった。栗色の髪をさっぱりしたショートにしている。女性にしては背が高く、ジャケットにパンツというマニッシュな服装だった。

「こんばんは、メールした沢木《さわき》ゆかりです。どうぞよろしくお願いいたします！」

「初めまして、青和大准教授の高槻彰良と申します。こちらは、助手の深町くんです」

高槻がそう言って名刺を出すと、ゆかりも慌てた様子で鞄《かばん》から名刺を取り出した。

ゆかりの名刺には、『遠山《とおやま》建築設計事務所』という文字が入っていた。

「あの、私、この近くにある建築事務所に勤めてまして。その職場で、ちょっとおかしなことが続いてまして……その、先生に、ご相談、させていただければと……」

立ち上がったまま、ゆかりが言いづらそうな顔で口ごもる。

そこへ店長がやってきた。高槻にメニューを差し出し、ゆかりを見て言う。

「まあまあ、少し落ち着きなさいね。座って話したら？」

「あ、はい……そうですね」

ゆかりがすとんと素直に腰を下ろした。高槻と尚哉も、その向かい側に座る。

水の入ったグラスをテーブルに置く店長を見上げ、高槻が言った。

「表に閉店の札が出ていましたが、注文してもかまわないですか？」

「ああ、ええ、どうぞお好きなものを。今夜は彼女の貸し切りということにして、他のお客さんを入れないようにしてるんです」

店長はそう言って、軽く肩をすくめてみせた。

「ちょっと込み入った話をするから場所を貸してほしいと言われましてね。いつも来てくれてる常連さんの頼みですし、なんだか大変そうだからＯＫしました。私しかいませんから、気にせず話してくれてかまいませんよ。カフェのマスターなんてのは、家具と同じと思っていただくくらいがちょうどいいんです」

「家具と同じって、この人の口癖なんで気にしないでくださいね」

ゆかりが苦笑してそう口を挟む。常連というのは本当なのだろう、二人の間からは気心の知れた感じが伝わってくる。

メニュー表にはココアはなかったが、ホットチョコレートがあった。高槻がそれを頼み、尚哉はコーヒーを頼む。店長は高槻の注文に少し目を丸くしたものの、笑顔でうなずき、カウンターに引っ込んだ。

「えっと……」

ゆかりが高槻を見て姿勢を正し、何か言いかけるように口を開いた。

が、すぐにまたぱちんと口を閉じ、困ったような顔で視線を下げる。

「――ああ。もしかして、話しづらいですか？」

高槻が少し首をかしげるようにして、ゆかりを見た。

ゆかりがぱっと目を上げる。その顔には不安と困惑と——そしてもう一つ、別の感情が浮かんでいた。

高槻はゆかりに向かって柔らかく微笑みかけた。

「沢木さんがどのような体験をされたのかはまだ伺っていませんが、僕のサイトを見て相談してきたということは、何らかの怖い体験をしたということですよね？　でも、そんな話を大真面目に他人に話すのは、人によっては抵抗があると思います。こんなことを話すと頭がおかしいと思われるかもしれないけど、と前置きされる方もいます」

高槻の言葉に、ゆかりが少し頬を赤くする。図星だったのだろう。

ゆかりのような依頼人はたまにいる。説明のつかない事態に遭遇して、自分でもそれを何らかの怪異現象だと思ってはいるのだが、いざそれを人に話す段になると、自分でも信じられなくなってしまうのだ。あるいは、そんなことを人に話すべきではないという意識が働くのかもしれない。誰だって、頭がおかしいと思われるのは嫌だし、そんなことあるわけないと笑われるのは恥ずかしい。

高槻は少しテーブルに身を乗り出すようにして、ゆかりの顔を真っ直ぐ見つめた。

「どうか気にせず、あなたに起きたことを僕に話してください。これまでも、沢木さんのように僕にそういう相談をしてきた方は、たくさんいますよ。大丈夫、僕はあなたの話を聞いて笑ったりしません。——といっても、僕は基本の表情がにこにこ顔なので、そこはどうかご容赦いただきたいんですが」

笑みを浮かべた自分の顔を指差し、高槻が言う。

ゆかりが小さく笑った。緊張がほぐれたかのように、肩の力が抜けたのがわかる。

「ありがとうございます、先生。……私、普段はホラー映画とか平気で見られるタイプなんですよ。なのに、自分の周りでそんなことが起きちゃうと、なんか馬鹿みたいに怖くなっちゃって……もう、どうすればいいのかわからないんです」

ぐしゃりと前髪をかき上げ、ゆかりはそう言った。ジャケットの袖口《そでぐち》から、女性にしては大ぶりな腕時計が覗《のぞ》く。メンズ用のようだが、ゆかりの雰囲気には似合っていた。

そのとき店長が、注文した品を運んできた。高槻の前にホットチョコレートの入ったカップを置き、その横に「お好みでどうぞ」と言いながら小さな器を添える。中身はラム酒だそうだ。尚哉の前に置かれたコーヒーも、良い香りを漂わせていた。

高槻は躊躇《ちゅうちょ》なくラム酒を全てカップに注ぐと、一口飲んでにっこり笑った。

「ああ、おいしいですね。とても良いお味です」

「ありがとうございます。それでは、どうぞごゆっくり」

店長はそう言って一礼し、再びカウンターの中に引っ込んだ。ハードカバーの本を手に取り、読書を始める。本当にただ場所を貸しただけらしい。

「ではどうぞ、お話を伺います」

高槻がゆかりにそう促した。

ゆかりは気持ちを落ち着けるように水を一口飲むと、今度こそ話し始めた。

「始まりは——四月四日のことでした」

働いている建築設計事務所で、ちょっと長めの打ち合わせを終えた後だった。クライアントを見送り、やれやれという気分で自分のデスクに戻ったゆかり達スタッフは、少しお茶でも飲んで休憩しようということになったのだそうだ。

その場にいたのは、ゆかりを含めて四人だった。ゆかりの先輩にあたる林《はやし》という男性と、ゆかりの同期の村田《むらた》という女性、それから事務担当の大野《おおの》という女性。

飲み物やお菓子を手に、ゆかり達はしばらく雑談をしていた。

そして、何かの拍子に、ゾロ目の話になったのだという。

「確か、誰かが言ったんです。『ぱっと時計を見たときに、たまたま時刻がゾロ目になってると気持ちいいよね』って。七時七分とか、十五時十五分とか。そしたら、また別の誰かが『そういえば今日は四月四日だ、ゾロ目だね』って言って。時計を見たら四時半で、『四月四日の四時台って、四が三つもそろっててすごくない？』って、村田ちゃんが笑って……そしたら大野さんが、『それを言うなら、この事務所は四丁目四番地にあるけど』って言ったんです。林さんも『しかも俺達、今ちょうど四人だ』なんて言い出して……そんな他愛のないお喋《しゃべ》りだったはずなんです。でも」

でも、そのとき——ゆかりは、思い出してしまったのだ。

子供の頃に聞いた怖い話のことを。

「私が皆に言ったんです。『ねえ、『四時四十四分の呪い』って知ってる？』って」

村田と大野は、知ってると言ってうなずいた。林は、知らないと首を横に振った。

だから、ゆかりは説明した。

――『四時四十四分の呪い』とは、どのような話なのかを。

高槻と尚哉の前で、ゆかりはテーブルの板面に視線を落とした。

「四月四日四時四十四分に、四人の人間で集まって、教室の黒板に円を描き、その中に全員で左手をつくと、円が異次元への扉に変わり、内側に引きずり込まれる。たとえ助かったとしても、異次元の呪いがかかる。だから、決してやってはいけない……小学校の頃に流行《はや》った怖い話の一つでした。学校の七不思議の一つだったかもしれません」

「ああ、それは僕が一番好きなバージョンの『四時四十四分』の話に近いですね！」

にこにこしながら、高槻が口を挟む。

ゆかりは高槻に付き合うように少しだけ微笑み、話を続けた。

「村田ちゃんと大野さんが知ってる話とはちょっと違ってたみたいで、しばらくはお互いの知ってるバージョンを話して笑い合ってました。だけど、そのうちに」

そのうちに、林が時計を見て、「せっかくだから、やってみないか」と言った。

そのとき、時刻はもう四時四十分だった。林はオフィスにあるホワイトボードに大きな円を描き、皆を手招きした。

「『一年に一度しかできないんだから、今日その話が出たのは運命としか思えない』、林さんはそう言いました。村田ちゃんも大野さんも、最初は『やだ』と言いました。でも、その場のノリっていうか……林さんがあんまりにも『やろうよ』って誘うもんだから、結局皆でホワイトボードの前に立って、時計とにらめっこして……それで」

林のカウントダウンで、四十四分ジャストに全員同時に円の中に左手をついた。

その瞬間の気分は、なんというか、奇妙なものだった。こんなことをしたって何も起きるわけがないとわかっているのに、胸の中は妙にどきどきしていた。まるで何かが起こるのを期待しているかのように。

とはいえ、勿論《もちろん》何も起こらなかった。

起こるわけがない。こんなのは子供の遊びなのだから。

「皆で顔を見合わせて笑いました。何やってるんだろうね、なんて言いながら、ホワイトボードから手を離して――でも、林さんだけ、なぜかずっと左手をついたままで」

いつまでやってるの、と大野が笑って、林の背中を軽く叩《たた》いた。

だが、林は、どこか強張《こわば》ったような顔をしていた。

不審に思ったゆかりがどうかしたんですかと尋ねると、林は顔を引き攣《つ》らせて「手が離れない」と答えた。

「大野さんがびっくりした顔をして、林さんの腕を引っ張りました。でも、全然離れなかったんです。私と村田ちゃんも慌てて引っ張ろうとして、そしたら」

そうしたら、急に林の手がホワイトボードから離れたのだ。

ぽかんとして林を見たゆかり達を、林はしてやったりという顔で見回した。そして、左手をひらひらと振ってみせながら、「本気にした？」と笑った。

つまり、からかわれたのだ。ゆかり達は。

小学生じゃあるまいし、と大野はちょっと怒って林を軽く叩いたりしたが、ゆかりと村田はほっとしたらおかしくなって、思わず笑ってしまった。

そのとき、打ち合わせに出ていた所長の遠山が、他のスタッフ達と共に戻ってきた。話を聞いた遠山は、「就業時間中に何をしてるんだ」と少し呆《あき》れた様子だったが、笑って許してくれた。

そして皆、また仕事に戻り――この話は、これで終わるはずだった。

だが、終わらなかった。

「そのすぐ後に、スマホにおかしなメールがきたんです。知らないアドレスからで、件名は空白で、本文は『4444』っていう数字だけ。隣の席の村田ちゃんに『なんか変なメールきたんだけど』って見せようとしたら、彼女もちょうどスマホを見ていて、なんだか変な顔してるんです。訊《き》いてみたら、彼女のところにも、全く同じメールがきていたんです。いえ、村田ちゃんだけじゃなく、林さんにも、大野さんにも」

四人で顔を見合わせて、なんだか気味が悪いねという話をした。大野が林を疑って「林さんの仕業じゃないの」と言ったが、林は首を横に振って「違う」と答えた。

所長の遠山が不審そうな顔でこちらを見ていたので、皆また仕事に戻り――そして、次の日の夕方。

また、メールが届いた。

「前回とは違うアドレスでしたが、内容は同じでした。『４４４４』って。でも……村田ちゃんだけ、違ってたんです。『４４４』って、『４』が一つ欠けてたんです。しかも、林さんに言われて気づいたんですけど、受信時刻が……四時四十四分だったんです」

あらためて、気味が悪いと思った。

とはいえ、ただのメールだ。こんなの気にすることないと皆で言い合った。サボっていると思われたのか、遠山がこっちを睨《にら》んでいるのに気づいて、慌てて仕事に戻った。

しかし、それから四日後。

村田が、会社に来なかった。

怪我をしたというのだ。

「結局、午後から出社してきたんですけど、足をくじいたそうで。でも、そのときの状況が、おかしいんです」

村田が言うには、明け方に急に目が覚めてしまって、一人でコンビニに出かけたのだという。そして、その帰り道に、家の近くの階段から落ちたそうだ。

「村田ちゃん、誰かに足を引っ張られた、って言ったんです。……下から」

突然誰かに足首を下から握られ、そのままぐいと引っ張られたというのだ。

だが、そんなことをするためには、誰かが階段に身を伏せている必要がある。しかし、そのとき階段には誰もいなかった。それは間違いないという。

階段を滑り落ちた後、村田はスマホで時刻を確認したらしい。

時刻は――ちょうど、朝の四時四十四分だったそうだ。

「その話を聞いて、私達皆、あの四月四日にやった遊びのことを思い出さずにはいられませんでした。あのメールのことも……でも、話してる最中、急に所長が、ばんってデスクにファイルを叩きつけるように置いて、『くだらない話をしてないで、仕事に戻るように』って不機嫌そうに言ったものだから、この話はここまでになりました。でも、それから三日して――またメールがきたんです。やっぱり四時四十四分に、私と林さんと大野さんにだけ。村田ちゃんにはもう届いていませんでした。そして……私と大野さんのメールは『４４４』でしたけど、林さんのメールは『４４』になっていました」

オフィス内で話すのは遠山の目があるので、終業後に四人で近くのファミレスに集まり、話をした。

ここで、林がこんなことを言い出した。

――おかしなメールがくるようになったのは、四月四日にあの遊びをして以来だ。呪いが本当にあるかどうかなんてわからないが、一旦《いったん》、全てはあの遊びのせいだという仮説を立てよう。村田が常識では説明のつかない状況で怪我をしたのが『四時四十四分の呪い』によるものだとして、着目すべきは怪我をした時刻だ。メールの『４』の字の欠けは、次に災いが起こる相手の指定。そして災いが起こる時刻は、四時四十四分と決まっているのではないか。それが、この呪いの法則なのではないのか。

「そんなホラー映画みたいなことあるわけないって、私、笑って言ったんですけど。でも……私以外の三人は皆、すごく真面目な顔をしていて」

林が自分のスマホを取り出し、『44』のメールを表示してテーブルに置いた。

そして、「馬鹿みたいに思えるかもしれないけど、気をつけるに越したことはないだろ。どのみち、次の順番は俺なんだから」と顔を強張らせて言った。

災いが起こるのは四時四十四分。その時刻さえ気をつけていれば、大丈夫なはず。そう結論づけて、その日は解散した。

それから三日は何事もなく過ぎた。

四日めの夕方――オフィスを見回した村田が「あれ？　林さんは？」と言った。いつの間にか席を外していたらしい。

なんとなく嫌な予感がして、ゆかりは時計に目を向けた。

四時四十四分だった。

「その直後に、書庫の方からすごい音がして……慌てて皆で見に行ったら、ファイルを入れてる本棚が一つ倒れてて……林さんが、床にへたり込んでたんです」

本棚は全て壁に固定されているが、その本棚だけは、確かに前から少し固定具が緩んでいた。だが、ちょっとやそっとで倒れるほどではなかったはずだ。

林に怪我はなかった。書庫の中でふと時計を確認したら四時四十四分だったので、すぐに書庫を出て皆のいる部屋に戻ろうとしたらしい。本棚が倒れてきたのはその直後だったので、そのまま同じ場所にいたら間違いなく下敷きになっていたことだろう。

林は、回避したのだ。『四時四十四分の呪い』を。

そのときだった。

遠山が、他のスタッフに書庫の片づけを命じた。そして、林を別室に連れて行った。

しばらくして戻ってきた林は、ひどく暗い表情をしていた。

ゆかりや村田と一緒に手掛けているプロジェクトから外されたというのだ。しかもその理由が、雇用契約の打ち切りだったという。

「林さんは契約社員で、六月末に一旦契約が切れることになっていたんですが、通常通りならそのまま再契約となるはずでしたし、上手《うま》くすれば正社員に切り替えられる可能性だってあったはずなんです。それなのに……七月以降の更新はしないと、きっぱり言われたそうです」

「契約を更新しない理由について、遠山所長は何か仰《おつしや》っていたんですか？　林さんが何か仕事上のミスをしたとか？」

高槻が尋ねると、ゆかりは首を横に振り、

「確かに林さん、最近デザインで煮詰まってる感じはありましたけど、クビにするほどのミスはしてないと思います。なのに、いきなり『七月以降の更新はなし、君はうちの事務所に不要だ』とだけ、言われたそうです」

「随分と厳しい言い方ですね」

「でも、前にも同じようなことはありました。うちの所長、普段は優しい人なんですけど……たまに、人が変わったみたいに厳しくなることがあって。急に、従業員や取引先を切ることがあるんです」

「そうですか。しかし、それではまるで、『本棚の下敷きになる』という災いを回避した林さんに対し、あらためて別の災いが降りかかったかのようですねえ」

片手で軽く顎《あご》をなでつつ高槻が言うと、ゆかりはさらに表情を曇らせた。

「実は——林さんに起きた悪いことは、これだけじゃないんです」

「と言いますと？」

「その日の夜に、林さん、怪我をしたんです。……誰かに襲われて」

「え？」

その日、まだ先とはいえクビを言い渡された林は遅くまで酒を飲み、一人で帰宅する途中で——突然、後ろから鉄パイプのようなもので殴られたのだ。

幸いなことにたいした怪我ではなかったのだが、犯人はフルフェイスのヘルメットで顔を覆っており、付近に監視カメラもないため、警察もすぐには犯人を特定できなそうだという。林には襲われる心当たりもなく、通り魔の可能性が高いという話らしい。

それを聞いたゆかりは怯《おび》えた。やっぱり呪いのせいなのではないかと思って。

そして——さらにその次の日。

また、メールが届いたのだ。四時四十四分に。

届いたメールは『44』だった。今までの法則から考えると、次の標的となる人物には『4』だけが送られてきているはず。つまり、次に呪いに襲われるのはゆかりではない。ならば、次の標的は。

「そのとき私、ちょうどトイレにいて。慌ててオフィスの中に戻ろうとしたら、中で大野さんが何かわめいているのが聞こえたんです。そしたら、オフィスの扉を開けて、大野さんが出てきて……そのまま私の横をすり抜けて、まるで何かから逃げるみたいに階段を下りていって……その後、急に外から、ききいーって音が……」

車の急ブレーキ音に驚いて、ゆかりはすぐに外を見に行った。

大野は――路上に倒れていた。赤い血が、その体の下からじわじわと広がっていた。

すぐ近くに、フロントガラスが割れた車が一台、斜めに停まっていた。運転席からよろよろと降りてきた男性が、この人が急に飛び出してきて、と言った。

倒れた大野の傍らには、壊れたスマホが転がっていた。

割れた画面はブラックアウトしていたが、ゆかりは、大野に届いたメールはきっと『4』だけだったのだろうと確信していた。

『四時四十四分の呪い』が、大野に襲いかかった結果がこれなのだ。

この大野の事故が一昨日のこと。それからゆかりは死に物狂いであれこれ調べ、都市伝説関係のサイトから高槻にたどり着き、メールを送ったのだという。

「……あの日、私があんな話をしたのがいけないんです」

高槻と尚哉の前で、ゆかりはそう言ってうつむいた。

「『四時四十四分の呪い』の話なんて、しなければよかった。そしたら、こんなことにはならなかったのに。私のせいで……私のせいで、こんなことに」

ぽたぽたと、テーブルに雨のように涙が降り落ちる。ゆかりは手でそれを拭《ぬぐ》った。だがそれでも涙は止まらず、ゆかりはやけになったように手でこすり続ける。

「——沢木さん。これをどうぞ」

高槻がハンカチを取り出し、テーブル越しにゆかりに差し出した。

ゆかりが小さな声で礼を言って、ハンカチを受け取った。しばらくそれで涙を拭い、ぐすりと洟《はな》をすすって、ハンカチを下ろす。

「沢木さん」

高槻が再びゆかりに向かって手をのばした。

ハンカチを返してもらうためと思ったのだろう、ゆかりが顔を上げ、

「あ、あの、これ、洗ってお返しします。メイクが付いちゃったし……」

「そんなことはお気になさらず。なんでしたら、そのハンカチは差し上げます。それよりも、どうぞ手を」

「手……？」

差し出された高槻の右手を、まだ涙の残る目でゆかりが怪《け》訝《げん》そうに見る。そして、お

ずおずと自分も右手を差し出した。それを見て、あ、そろそろかなと尚哉は身構える。

高槻はテーブル越しに握手でもするようにぎゅっとゆかりの手を握り、そのまま左手も添えて少し自分の方へ引き寄せ、

「どうかもう泣かないでください、沢木さん。あなたのような素晴らしい女性に、涙は似合いません」

「え……？」

柔らかな声が甘くそう語りかけ、ゆかりがぱちぱちとまばたきする。

高槻がテーブルに身を乗り出すようにして、ゆかりの方に己の顔を近づけた。長い睫《まつ》毛《げ》に縁どられた大きな焦げ茶色の瞳《ひとみ》が、ゆかりの濡《ぬ》れた瞳を覗《のぞ》き込む。

「あなたと出会えてよかった。僕は心から、そう思います」

「え――」

間近に寄せられた高槻の端整な顔を、ゆかりが見つめる。その頬にみるみる血が昇る。大抵の女性の相談者はこの段になって初めて高槻の顔の整いぶりを意識する。それまでは己の抱えた事情でいっぱいいっぱいで、相手の顔にまで気が向かないのだろう。

「ちょっと、お客さん？」

読書していたはずのカフェの店長が、驚いたように声をかけてくる。そろそろ止めどきかな、と尚哉は高槻の肩に手をかけた。

「先生。その辺でやめておきましょうね、はい、手を放しましょうか」

が、高槻は尚哉の声などさっぱり耳に入らぬとでもいうように、さらに熱烈な様子でゆかりを己の方に引き寄せ、

「すごいですね、あなたのその体験は！　スタンダードな『四時四十四分の怪』から発展して、もはや別の怪談を生み出しかけています！　スマホに予告メールがくるというのがいいですね、やはり怪談というのは時代に合わせて上手く身の回りの物を取り入れていくものですよね！　しかも呪いの法則を見出《みいだ》すことによって災いを回避しようとするなんて、まるで『ファイナル・デスティネーション』じゃないですか！　あ、この映画知ってますか、死神のピタゴラスイッチが楽しめる大変面白い映画なんですけど！」

　先程までの紳士的な物腰をかなぐり捨て、高槻が興奮した口調でそうまくしたてる。年度が替わっても、この人は相変わらず自分好みの怪異の話を聞くと理性が吹っ飛ぶらしい。やっぱり大型犬用のリードが欲しいと尚哉は思う。いや、准教授様にそんなものをつけておくわけにはいかないのはわかっているが。

　もはやテーブル越しにハグされかかっているゆかりはこの状況に頭がついていっていないのか、目を白黒させている。それはそうだろう、いきなりイケメンに間近から顔を覗き込まれてピタゴラスイッチがどうのと熱く語られたら普通は困惑する。

「高槻先生！　駄目ですもうアウトです放してくださいって！」

「ちょっとちょっとお客さん何してるの、やめなさいって！」

　慌てて飛んできた店長が、尚哉と一緒に高槻をゆかりから引きはがす。

解放されたゆかりが、くったりと座席の背もたれにもたれかかった。まだぽーっとした顔をしているゆかりに、店長が水のグラスを差し出す。おとなしくグラスを受け取ったゆかりは、水を飲んではっと正気に返り、店長を見上げて「今のは向こうが勝手に」などと言っている。すみません全部うちの先生が勝手にやりましたと尚哉は心の中でゆかりに平身低頭して謝る。

高槻は高槻で、ゆかりから引きはがされた時点で正気に戻ったらしく、座席の上で肩をすぼめて反省している。

「先生」

「……はい」

尚哉が声をかけると、高槻は叱られた小学生のような顔でこっちを見た。

まったくもう、と尚哉はため息を吐き、

「初対面の相手をハグする文化はまだ日本に根付いていないと、いつも言ってるでしょうが」

「はい。すみません」

「謝罪するなら沢木さんに」

「どうも申し訳ありません、沢木さん。僕は怪異の話を聞くと理性が飛ぶんです」

高槻が素直にゆかりに向かって頭を下げる。ゆかりと店長は完全に引いた表情で高槻を見ている。

店長がごほんと咳払《せきばら》いして、

「あー、ええと、うちの店の中でそういうことは困りますよ。控えてくださいね」

「はい、大変申し訳ありませんでした」

「じゃああの、まだ話は済んでないんですよね？　私はまた向こうにいますから」

「――あ。待ってください、店長さん」

カウンターの方へ歩き出しかけた店長を、高槻が呼び止めた。

長い腕をのばし、床から何かを拾い上げて店長に差し出す。

「これ、さっき落としたんじゃありませんか」

「え？　あ――」

少し慌てて店長がそれを受け取った。尚哉にはよく見えなかったが腕時計のようだ。

「すみません、さっき僕を止めたときに落としたんですよね。壊れていませんか？」

「ああ、大丈夫みたいですね。水仕事が多いので、いつもはずしてポケットに入れてるんですよ。気づいてくださってありがとうございます」

申し訳なさそうに言った高槻に向かって丁寧に礼を言い、店長は奥へ戻っていった。

高槻は、さて、という顔でゆかりを見た。

まだ若干引き気味のゆかりに向かって、あらためて謝罪する。

「先程は大変失礼をいたしました。聞かせていただいたお話があまりにも興味深かったもので、ついつい僕の中の研究に対する情熱が暴走してしまいました。以後気をつけますので、どうぞお許しください」

「は、はあ……」

「それで、本題ですが」

すっかり紳士的な物腰を取り戻し、高槻が言った。

「沢木さんの身の回りで不幸が続いているというのは、よくわかりました。その始まりが『四時四十四分の呪い』を実行したせいであるらしいことも、です。ところで、一つお訊《き》きしたいのですが、沢木さんはこの『四時四十四分の呪い』の話を初めて聞いた小学生の頃に、実際にやってみたことはありましたか？」

「いえ、まさか。だって、絶対やったら駄目っていう話でしたし……怖かったので」

「そうですか。それでは、周りのお友達も？」

「はい。誰もやったことはなかったと思います」

「成程《なるほど》。まあ、そうですよね。学校の怪談というのは、『これをすると怖いことが起こるからやってはいけない』という前提で怪異を語ります。大抵の子供はそれを信じ、あえて自ら禁忌の行為に出ることはありません。だからこそ、その怪談は存在し続ける」

「どういう意味ですか？」

ゆかりが首をかしげる。

高槻はにこりと笑って、

「だって、実際にやってみて何も起こらなかったら、その怪談は嘘っぱちだということになるでしょう？　神秘のベールを剝《は》がれた怪談は、あっという間に廃れます」

　たとえば、校舎の隅にある特定のトイレにお化けが出るという話があったとする。子供達は、まずそのトイレを使おうとはしない。その怪談を信じていれば信じているほど、そのトイレに近寄りもしないだろう。

　そうして、そのトイレに出るというお化けは、いつまでも存在し続けることになる。お化けの実在を信じる誰かがいるだけで、その怪談は現実と変わらなくなるのだ。

「沢木さんの中で、『四時四十四分の呪い』は大人になった今までずっと生き続けていたんですよ。だから、先日の四月四日に、ふとしたきっかけで口から出てきた。それは、あなたのせいではありません。怪談は人の記憶の中に潜み、ある日突然再生されるものなんですから。それにそもそも、『四時四十四分の呪い』を実際にやってみようと言い出したのは、林さんなんでしょう？　沢木さんは悪くありません」

　穏やかに笑って、高槻が言う。

　ゆかりは少し目を瞠《みは》って、高槻を見返した。

　けれどすぐにまた表情を曇らせ、

「でも……『四時四十四分の呪い』は、単なる怪談じゃなかったってことですよね。だって、これだけのことが現実に起きてるんですから」

「そうですね。沢木さんの周りで起こっている出来事は現実です」

　高槻がうなずく。

ゆかりは手の震えを隠すように、テーブルの上で両手を組み合わせた。

「……私が怖いのは、災いがどんどん大きくなっていっていることです」

それは、話を聞いていて尚哉も思ったことだ。

最初に災いに遭った村田は、足をくじいただけだった。次の林は、本棚の下敷きになっていたならば大怪我を負っていたかもしれないが、それは回避している。だが、結局契約打ち切りという目に遭い、さらにその後で怪我もしている。そして大野は、車に轢《ひ》かれてしまった。一人目の村田に比べたら、随分な差だ。

尚哉は尋ねた。

「あの、気になってたんですけど、大野さんはその後どうなったんですか？」

「病院に運ばれました。重傷だったけど、命に別状はないそうです」

その答えに、尚哉は少しほっとする。死者が出るほどの話ではないらしい。

だが、ゆかりはますます強く両手を組み合わせ、

「……だけど、順番からいったら、次は私。大野さんよりもっと悪いことが起こるとしたら、それって……」

ゆかりが唇を噛《か》んだ。今度こそ死者が出るかもしれないと思っているのだろう。

そしてそれは、ゆかり本人なのだ。

ゆかりは焦りが浮かんだ瞳《ひとみ》を高槻に向けた。

「先生。私、どうすればいいんですか？　こういう場合って何をしたらいいんでしょう、

お祓《はら》いに行けばいいんですか？　先生、誰かそういう方をご存じありませんか？」

「ええと——その前に、もう少しお話をしませんか？　沢木さん」

落ち着いてというように小さく手を掲げ、高槻が言った。

「そもそもこの『四時四十四分の呪い』というのは、なぜこんなにも『四』にこだわっているんだと思いますか？」

「え？　それは……四が不吉だからでしょう？　『死』と発音が同じだから」

「そう、その通りです」

優雅な仕草でうなずいてみせ、高槻は続けた。

「こういう不吉だから避けられる数字というのを、『忌み数』と呼びます。日本だと、九も避けられますね。これは『苦』と発音が同じだからでしょう。近頃は気にしないところも増えましたが、病院やホテルの部屋番号で避けられがちな数となっています。では、他の国ではどうなっていると思いますか？」

「え、他の国って……漢字を使ってる国、ですか？　中国とか？」

「はい。中国でも勿論《もちろん》『四』の字は使われていますが、中国語の発音では『死』と『四』の発音は同一ではないので、日本のように忌み嫌うことはあまりないそうですよ。でも、韓国や台湾では、『死』と『四』は同一の発音なので、やっぱり避けるそうです。では、このような考え方はいつ頃から日本にあったと思いますか？　文献を遡《さかのぼ》ると、平《へい》安《あん》時代にはもう『四』を避ける習慣が見られます。たとえば藤原実資《ふじわらさねすけ》という人の日記である『小右記《しょうゆうき》』には四人を避けて五人にしたという記述が見られますし、九条兼実《くじょうかねざね》の日記の『玉葉《ぎょくよう》』には拝賀する先が四か所になるのは良くないから三か所と一か所に分けようとしたとあります。中世期に書かれた『沙石集《しゃせきしゅう》』の中には、『死』と『四』の音が同じだから四あるものを忌む、ときっぱり書かれています。他に忌み数というと、十三も嫌われますが、これは西洋で忌み数として扱われていたものが日本に入ってきてメジャーになったものだから、四や九とは少し扱いが違う気がしますね。音が不吉なわけではなく、数字の持つ意味自体を嫌っているものですから」

流れるような口調で、まるで講義のごとく高槻がそう語る。

ゆかりは少し話についていけていないかのように、何度かまばたきして、

「ええと……そんな昔から避けてたってことは、やっぱり四は本当に不吉だったたってことですか？」

「というより、これも一種の言霊《ことだま》信仰なのだと思いますよ。文字面上は全く似ていない『四』と『死』を、音だけで結びつけて避けるんですからね。昔からこの国の人達は、声に出した言葉に力が宿ると信じていました。だからこそ、発する言葉には気をつける必要があったんです。忌まわしい『死』は、口にするのも憚《はばか》られた。だから、同じ音を持つ『四』もまた憚る必要があった。そんな風に音で違う言葉を結びつける習慣があるから、この国の人達は今でも語呂《ごろ》合わせが好きですね。『四苦八苦』とつながるから『四九八九』は電話番号に使う人が少なかったといいますし、『三七五六四』は『皆殺し』

と読めるからやっぱり使用を避けることが多い。その反対に『五円』は『ご縁』につながるからお賽銭《さいせん》にすると良いとか、縁起の良い組み合わせもあって面白いですよね」

　そう言って、高槻がにこやかに笑う。

　高槻の話を聞いているうちに、少しゆかりも落ち着きを取り戻したようだ。肩に入っていた力が抜け、強張《こわば》っていた顔にわずかに笑みが浮かんでいる。

「……私は、よく二十五円をお賽銭にします。『二重にご縁がありますように』って意味になるそうなので。十円は『遠縁』につながるから、お賽銭には駄目なんですよね？」

「ええ、それもよく言いますね」

　高槻がうなずく。

「お賽銭なんていうのは神様へのお供えと同じですから、本来そんな語呂合わせに意味はないはずなんですが、それでも大抵の人はお賽銭というと五円玉を使います。僕らはそうやって、身の回りにあるものを常に『これは縁起が良い』『これは縁起が悪い』と分類しながら生きているんです」

「どうしてそんないちいち縁起を気にするんでしょうか？」

「何しろ僕らは無力な存在なので」

　高槻はそう言って、少し目を細めた。

「天災、病気、人為的災害、その他諸々《もろもろ》、僕らの生活は災いであふれている。それらに対し、僕ら人間はあまりに無力です。だからこうした考え方は、起こるかもしれない災いを防ぐための呪《まじな》いだったんだと思います。死や苦しみを連想させるものは、あらかじめ儀式や生活から排除しておく。反対に、良いものは取り入れる。そうやって、安全を保とうとしていたんでしょうね。——でもそのうちに、『不吉だ』『呪われている』という印象の方が強まってしまって、悪いことが起こったときの後付けの理由としても使われるようになってしまった。あの部屋の患者はよく死ぬ、そういえばあの部屋の番号には四が使われているじゃないか、とかね。説明のつかない悪いことが起こったとき、人は何であれその理由を欲しがるものです」

わからないものは怖いから。

高槻の口癖だ。人は、説明のつかない事態を恐れる。だから、そこに何らかの理由を求め、解釈を行う。

何か悪いことが起こったとして、その理由がすぐには見つけられなかったとする。そんなとき、その場にたまたま『四』という数字を見《み》出《いだ》すだけで、人はその数字の持つ不吉なイメージを実際の悪い出来事と結びつけて考えてしまうのだ。そうして、凶事の原因を『四』のせいだとすり替えてしまう。どんなに馬鹿馬鹿しい迷信であろうとも、一つ説明をつけられただけで、人はたやすくそれを信じるのだ。たとえそれによって新たな不安が生み出されたとしても、『不吉な数字を避けさえすれば助かるのではないか』という対処法を手に入れることの方が大事なのかもしれない。

「でも、そうやって悪いことの理由として使われれば使われるほどに、『四』という数字はその魔力を、不吉性を強めていきました。日常生活で避けられる分、『四』は怪談の世界では大人気です。そうして生まれたのが、『四時四十四分』に関する怪談です。沢木さんが同僚の方々と試した『四時四十四分の呪い』もまた、その派生の一つ。根底にあるのは、『四』を不吉なものと見なした昔の人の心性です」

高槻がそう言って、まだわずかに残っていたホットチョコレートを飲み干した。

カップをソーサーに戻し、高槻はにっこり笑ってゆかりを見た。

「先程沢木さんが語った『四時四十四分の呪い』は、『異次元に引きずり込まれる』あるいは『異次元の呪いがかかる』という異次元ネタの怪談でしたね。でも、もともと『四』が含んでいた不吉性が『死』にあったのなら、これってちょっとおかしいと思いませんか？　なぜ異次元なんでしょうか」

「え……？」

そんなことは今まで考えてもみなかったという顔で、ゆかりが高槻を見る。

尚哉も同じ気持ちで高槻を見る。そういえば研究室で話をしていたとき、『四時四十四分』にまつわる怪談のほとんどは、どこかへ行ってしまう系の話だということだった。ゆかりが知っていたのも、その系列だ。

だがそれは、『四』と『死』の結びつきとは、本来関係のない話だ。

ではなぜ、『四時四十四分』にまつわる怪談と異次元が結びついてしまったのか。

「ていうか『異次元』って言葉自体、昔はなかったわけですよね。ＳＦとかで使う言葉ですよね？」

　尚哉が言うと、高槻は嬉《うれ》しそうにうなずいて、

「うん、そうなんだ。ＳＦ作品が流行《はや》ったことで異次元に対する興味が強まり、特に『四次元』という言葉が広まったことが、『四時四十四分』の話に影響しているという説がある。『四時』と『四次元』は音でつながる。四時四十四分にトイレで呼び出す『四時ババア』には、『四次元ババア』という亜種がいるくらいだからね。それに、『四時四十四分』の話が学校の怪談に多いことからして、語りの担い手は子供達だ。ほら、子供達が『四次元』という言葉に親しむのも当然と思える大人気作品があるでしょう？」

「え？」

「『四次元ポケット』──！」

「あー……『ドラえもん』」

　納得して尚哉はうなずく。きちんと声真似までした高槻に、ゆかりが小さく吹き出して笑った。

　柔らかな声を楽しげに弾ませて、高槻は言った。

「物理や科学の知識なんてなくても、そういう作品がふんわりと『四次元』というなんだかよくわからない世界の存在を子供達の中に植え付けた。この前講義で扱ったように、もともと僕らの中には、自分達が暮らしているのとは異なる世界、『異界』への興味があるからね。昔ながらの『異界』の考え方はＳＦ用語の『異次元』と結びつき、新たな

怪談の要素となったんだ。そういう観点で見ると、『四時四十四分』の話はとても興味深いものだと思うよ。『四が不吉』『異界の存在』という古い要素の怪談と、『異次元』『四次元』といった新しい要素の怪談がミックスされてる。そこからさらに怖い老婆が出てくる話と結びついたりして、新たな怪談を生む土壌にもなっている」

「えっと……それってつまり、『四時四十四分の呪い』なんて、ただの作り話ってことですか？　だから心配することないって？」

　まだ少し笑みを浮かべた顔のまま、ゆかりが言った。

　高槻はゆかりを見て、にっこり笑ったまま首を横に振った。

「いいえ。先程も言いました通り、沢木さんの周りで今起こっている出来事は現実です。それに、怪談の全てが意味もない作り話だと言うつもりは僕にはありません」

「え？」

「本物の怪異なんて存在しないとは言いきれないことを、僕達は知っています。……この世のものとも思えぬ眺めを、その目で見た人だっているんですから」

　この世のものとも思えぬ眺め。

　その言葉を聞いた途端、尚哉の頭の中に、かつて見た光景がよみがえる。藍色《あいいろ》の夜空の下に連なる、鬼火のごとき青提灯《ちょうちん》の列。ゆらりゆらりと踊る、面をかぶった死者達。どん、どん、どどん、という太鼓の音が耳の底を本当に震わせた気がして、背筋を冷たいものが走る。幼い頃に一度だけ目にした、真夜中の死者の祭。

異界というなら、あれこそまさに異界だ。

尚哉がかつて訪れ、代償を払うことでどうにか逃がしてもらえたこの世ならざる場所。

――ぽん、と肩に手が置かれ、尚哉ははっとした。

記憶の底に沈みかけていた意識が浮上した。自分が祭の場ではなくカフェの座席に座っていることを思い出す。高槻が思い出させてごめんねという顔でこっちを見ていた。

尚哉は小さく首を横に振り、高槻の手を払いのける。高槻が苦笑する気配がした。

　そして高槻は、テーブルの上で軽く両手を組むと、ゆかりに向かって言った。

「というわけで、沢木さん。僕はあなたの話にまだまだとても興味があります。詳しく調査させていただけませんか？　できれば、関係者にお話を聞きたいと思っていますし、『四時四十四分の呪い』を実行した部屋も見せていただけると助かります」

　ゆかりから再び連絡がきたのは、翌日の土曜日の朝のことだった。

『四時四十四分の呪い』を実行した部屋、つまりゆかりが勤める事務所の中を見せてもらうことについては、なんとか所長の遠山から許可が下りたらしい。だが、他の関係者で集められたのは村田だけだという。大野はそもそも入院中だから仕方ないが、林は連絡がつかなかったのだそうだ。

　早い方がいいというゆかりの意見を容《い》れ、事務所を訪れるのはその日の夕方四時ということになった。

約束の時間に高槻と尚哉が事務所の入っているビルを訪れると、入口にはゆかりの他に若い女性が一人と、長身の男性が一人立っていた。

ゆかりが二人を紹介してくれた。

「所長の遠山さんと、同期の村田ちゃんです。……あの後、林さんに何度か連絡してみたんですが、やっぱりつながらなくて」

「そうですか。それなら仕方がないですね。——こんにちは、青和大学准教授の高槻と申します。今日はよろしくお願いいたします」

高槻がそう言って遠山に名刺を差し出すと、遠山も名刺を取り出した。

「はじめまして、遠山です。オフィス内を見せるということですので、一応同席させていただきます」

深みのある穏やかな声でそう言って、遠山は高槻に会釈した。

すっきりしたデザインの名刺には、遠山宏孝《ひろたか》、と書かれていた。年齢は四十代半ばくらいだろうか。薄手のニットにジャケットを重ねたややラフな格好で、銀縁の眼鏡をかけている。眼鏡の下の目は切れ長でやや細いが、きつい印象はなく、全体的に柔和な雰囲気だった。少なくとも、突然人をクビにしたりするような人には見えない。

続いて、村田が高槻に名刺を差し出した。

「村田です。……よろしくお願いします」

どこか顔色の優れない様子で、村田が高槻に頭を下げる。名刺には、村田舞衣《まい》とあった。髪が長く、淡い色のカーディガンにロングスカートを合わせている。左の足首には包帯が巻かれており、少し足を引きずっていた。確か、最初に階段から落ちて怪我をしたというのが彼女だったはずだ。

遠山の事務所はビルの二階にあった。今日は休みの日なので誰もいないが、オフィスは明るくモダンな雰囲気だった。仕事用のデスクの他に、休憩や打ち合わせ用とおぼしきカラフルな色をしたソファが入口や窓際に配置され、デザインを担当した建物の写真や紙で作った建築模型があちこちに飾られている。遠山の話では、従業員は事務担当含めて七名とのことだった。

「ここが、私のデスクです。隣が村田ちゃん、向かいが林さん、その隣が大野さん」

ゆかりが指差したデスクには、それぞれの使用者の個性がよく表れていた。割と整然としているゆかりのデスクに比べて、村田のデスクには可愛らしい小物が多く、大野のデスクには加湿器と分厚い膝掛《ひざか》けが置かれている。林のデスクは山積みされたファイルに埋もれていた。

そして、デスクの横の窓際には、ホワイトボードが一つ置かれていた。

高槻がホワイトボードに歩み寄り、今は何も書かれていないその板面を指差した。

「これが、『四時四十四分の呪い』に使用したホワイトボードですか？」

「はい」

ゆかりがうなずく。

とはいえ、何の変哲もないただのホワイトボードだ。高槻はしばらくしみじみと眺めていたが、そのうちに興味を失った様子で、

「それでは、お話を聞かせていただきましょうか」

そう言って、にっこりと笑った。

打ち合わせ用のソファに移動し、まずは村田から話を聞くことになった。

村田は、明らかに強張《こわば》った表情をしていた。高槻ともあまり目を合わせようとせず、身を固くしてソファに座っている。

「村田さん。怪我をしたときの状況を伺います。明け方にふと目が覚めてコンビニに向かったと聞いていますが、普段からそういったことはよくあるんですか？」

「え……あ、いえ、その日はたまたま目が覚めて」

いきなり村田の声が歪《ゆが》んで、尚哉はびっくりして片手で耳を押さえた。

高槻がちらと尚哉を見る。それからまた村田に視線を戻し、

「ああ、変な時間に目が覚めてしまうことはたまにありますよね。そのまま寝直すと今度は寝坊しそうだから、いっそ起きていようかと思ったりとか」

「え、ええ……それで私、コンビニに行こうと思って、出かけたんです」

再び村田の声がぐにゃりと歪む。

尚哉は顔をしかめ、また耳を押さえた。どういうことだ、と思う。村田は明け方にコンビニに行って階段から落ちたという話だったはずだ。なのに、この部分が嘘というこ

とは、彼女はそもそもコンビニに行っていないことになる。

――嫌な予感がした。もしかして、と尚哉は思う。

耳を押さえたままの尚哉の横で、高槻は村田に向かって質問を続ける。

「コンビニから帰る途中の階段で転んだそうですね。誰かに足を引っ張られて」

「はい。急に誰かに足首をつかまれた感じがして……ぐいっと、下に引っ張られて」

「それで階段を転げ落ちてしまったんですね？」

「はい」

高槻と目を合わせないまま、村田がうつむいて答える。

そんな彼女を、尚哉は、嘘つきめという気分で睨《にら》む。

ゆかりから話を聞いたときには、まさかこんなオチだとは思っていなかった。呆《あき》れたものだ。村田の話は一から十まで全部嘘だ。たぶん足首も、包帯を巻いてはいるが怪我すらしていないのではないだろうか。どうりで最初から態度がおかしいわけだ。

『四時四十四分の呪い』によって怪我をしたというのは、少なくとも村田については、間違いなく自作自演の嘘だ。

高槻がまた尋ねる。

「スマホに届いたメールについて伺います。送信者に心当たりはありますか？」

「……ありません」

村田の声がまた歪む。尚哉はうんざりした。村田はメールの送信者を知っている。

もしかしなくても、これはもう何もかもが嘘ということなのではないだろうか。

理由はわからない。尚哉には相手の嘘はわかるが、その理由まではわからない。

だが、おそらくゆかりは嵌《は》められたのだ。

村田に——いや、他の三人に、と考えるべきなのかもしれない。確か林がファミレスで呪いの法則について語ったとき、ゆかり以外の三人は皆真面目な顔をしていたという話だった。全員グルと見ていい気がする。『四時四十四分の呪い』にかこつけて呪いをでっちあげて、ゆかりが怯《おび》えるのを見て楽しんでいたのだ。

今すぐ高槻にそう伝えて席を立ちたい気分だったが、人前で嘘がわかる素振りをするわけにはいかない。もうしばらく我慢するしかないだろう。

くだらない話だな、と思って小さく息を吐いたとき、ふと視線を感じた。

遠山が、なぜかこっちを見ていた。少し眉をひそめて、眼鏡越しに尚哉の方をじっと見つめている。ずっと耳を押さえているのをおかしいと思われたのかもしれない。

どうしよう、と尚哉は思った。耳を押さえるのは高槻に相手の嘘を知らせるサインでもあるから、やめるわけにもいかない。遠山から耳がどうかしたのかと尋ねられたら、耳鳴りがするとでも言ってごまかすしかないだろう。

高槻がまた村田に尋ねた。

「それでは、林さんのことについて伺います。林さんは書庫で本棚の下敷きになりかけて、その後で誰かに路上で襲われていますね。襲った相手に心当たりは？」

「ありません」

そう答えた村田の声には、歪みがなかった。

え、と思って、尚哉は耳を押さえていた手を下ろした。どういうことだろうか。林が襲われたのは自作自演ではないということなのか。

高槻が片手で軽く己の顎《あご》をなでた。少し目を伏せるようにして何か考え、

「大野さんの場合は……交通事故でしたね。自分から車道に飛び出していったと聞いています。その直前、大野さんは例の『4』のメールを受け取っていたはずです。そのとき沢木さんはちょうど席を外していたそうですが、村田さん、あなたは？」

「私は……オフィスにいました」

「あなたの席は、大野さんの向かいですね。メールを受け取ったときの大野さんの様子を、お聞かせ願いたいのですが」

「それは……」

村田が眉を寄せて黙り込む。その顔に浮かんでいるのは後ろめたさだけではない。困惑と恐怖だ。自分自身を抱きしめるように回した腕も、少し震えている。

村田は何かに怯えている。

だが、村田はこの騒動の仕掛け人の側にいるはずだ、一体何にそんなに怯えなければならないのだろう。

黙り込んでしまった村田に代わって、遠山が口を開いた。

「――あのときは、私もオフィスにいました。大野さんは、メールを受け取った後、すぐに電話をかけていました」

「誰にかけていたかわかりますか？」

「たぶん林くんでしょうね。彼は怪我をして以来会社を休んでいますし、大野さんが電話で彼の名前を呼んでいましたから」

「下の名前を？」

「ええ。二人は前から付き合っていたので」

さらりと遠山がそう口にする。ゆかりは驚いた顔をしたが、村田は知っていたようで、ただうつむいただけだった。

「大野さんはあのとき、『これはどういうこと』と電話に向かって言っていました。『私は何もしなくていいはずだったじゃない』とね」

「え……？　どういう意味ですか、それ」

遠山の言葉に、ゆかりが戸惑ったような声を上げた。自分が他の三人に嵌められた可能性に、遅まきながら気づいたのかもしれない。

遠山はゆかりの言葉に答えず、そのまま淡々と話を続ける。

「続いて大野さんは、電話に向かって『知らないってどういうこと』と言いました。『あんたがやったんじゃないの』と……それからしばらく相手の話を聞いていたようでしたが、急にひどく取り乱した様子になって、スマホを握りしめたままオフィスを飛び出していきました。その後すぐに事故の音が聞こえて、皆で外に出てみたら、大野さんが倒れていました」

遠山の話に歪みはない。

尚哉は眉をひそめた。どういうことだかわからなくなってきてしまった。

村田の怪我は自作自演だ。それは間違いない。だが、林が襲われたことと、大野が車に轢《ひ》かれたことについては、予定外の出来事ということなのだろうか。

大野は林に向かって電話で「これはどういうこと」と尋ねている。「これ」とはすなわち、『4』のメールのことだろう。自分は何もしなくていいはずだった、というのは、つまり彼女は自作自演の怪我をする担当ではなかったということだろうか。

それなのに自分宛てに『4』のメールがきたことについて、たぶん大野は林に文句を言ったのだ。そのときゆかりはちょうど席を外していたから、手っ取り早く電話にしたのかもしれない。

だが、林はその文句に対し、おそらく『俺は知らない』と答えたのだ。

自分はメールを出していない、と。

それでは、誰がメールを出したというのか。

「村田さん、あなたは、メールの送信者に心当たりはないと言っていましたよね」

高槻が村田を見て言った。

「大野さんが受け取ったメールの送信者についても、心当たりはありませんか？」

「ありません」

村田が答える。

その声に歪《ゆが》みはなかった。最初のメールの送信者には心当たりがあるのに、最後のメールの送信者が誰かはわからないということだ。

ますますわからなくなってきた。村田と林と大野は、当初の時点ではグルだったはずだ。なのに、途中から、彼らの思惑とは外れた形で話が進んでいる。

まるで――途中から呪いが本物に変わり、仕掛け人であったはずの彼らに向かって牙《きば》を剝《む》いたかのように。

「村田さん。端的にお訊《き》きしましょう。あなたは――『四時四十四分の呪い』が本当だと思いますか？」

高槻が尋ねた。

びくりと大きく身を震わせて、村田が顔を上げる。

村田は戸惑ったように自分を見ているゆかりを見つめ返し、それから、かすれた小さな声で言った。

「……本当なんじゃないかって、今では思いかけてます」

村田の言葉に、ゆかりの顔が引き攣《つ》る。

村田はさらにきつく自分を抱きしめるようにしながら、身を震わせた。

「あの……私、何でこんなことになっちゃったのか、本当にわからないんです。だって、あんな……『四時四十四分の呪い』なんて、あるわけないじゃないですか。なのに、何で林さんも大野さんもあんなことになっちゃったんです？　先生は大学の先生なんですよね、怖い話とかの専門家なんですよね⁉　だったらなんとかしてください、私、怖くて怖くてたまらないんです！　このままだと、ゆかりちゃんに本当に何か良くないことが起こるんじゃないかって……そんなことになったら、私……」

　泣きそうな顔で村田が言う。その声のどこにも、やはり歪みはなかった。

　村田は今、本気でゆかりのことを心配している。

「遠山さんはどうお思いですか？　この、一連の騒ぎについて」

　高槻が、今度は遠山に向かってそう尋ねた。

「……正直、迷惑しています。そんな子供の遊びで仕事が滞るんじゃあね」

　遠山が言う。ゆかりと村田がびくりとして遠山を見る。

　遠山は肩をすくめるようにして、

「だって、そうでしょう？　四時四十四分がどうとか、呪いがどうとか、小学生じゃあるまいし。……ああすみません、そういった話を専門としている方の前で」

「いえ、お気になさらず。それでは、遠山さんは『四時四十四分の呪い』を信じてはいらっしゃらないのですね？」

「信じるわけがないでしょう。村田さんの怪我は軽いし、林くんは通り魔に遭っただけでしょうし、大野さんは自分から車道に飛び出していった。わざわざ呪いのせいにする方が面倒くさいと思いませんか」

「それはとても現実的な答えですね。では僕も、現実的な質問に切り替えることにしましょう。――なぜ林さんの契約を打ち切られたのか、伺ってもよろしいでしょうか？」

にこりと笑って、高槻が訊いた。

「林さんの契約満了期日は六月末だったと聞いています。それなのに、随分と早く契約終了を伝えていますよね。それはなぜですか？」

「……早めに伝えた方が、彼のためにもなりますからね」

眼鏡を軽く指で押し上げ、遠山はそう答えた。

「彼が関わっていたプロジェクトは、七月以降も続くものでした。彼なしでもプロジェクトは回ると判断したので、彼の契約を打ち切ることを決めました。……彼を切った理由は、お恥ずかしながら、経営上の理由です。人員整理の必要がありまして」

遠山の声が激しく歪んだ。

尚哉は耳を押さえた。遠山が林を切ったのは、経営上の理由などではない。

遠山が続けた。

「とはいえ、人が減れば仕事が増えるのは当然です。だから、こんな騒ぎは本当に早く終わりにして、事務所のスタッフ達には自分の仕事に専念してほしいと思っていますよ。特に沢木さんは、来月のコンペにも参加する予定になっています。それなのに、今回の件で仕事が手につかなくなってきているようで」

「すみません……」

遠山の言葉に、ゆかりがうつむく。

遠山は「沢木さんのせいじゃない」と彼女に言って、

「沢木さんが高槻先生をオフィスに呼びたいと言ったのを許可したのも、同じ理由からです。それでこの騒動が収まるのであればと思いました。それで、いかがですか、高槻先生。解決の糸口は見えましたか？」

「そうですね、大体は」

高槻がにこやかに答える。え、と思って尚哉は高槻を見る。一体何が起こっているのか、高槻にはもうわかったというのだろうか。

そのときだった。

低いバイブ音が一度だけ、オフィスの中に響いた。

ゆかりがソファの上で身を固くする。それから、ひどくぎくしゃくした動きで、ジャケットのポケットからスマホを取り出した。

画面を確かめ——真っ青になった顔を、高槻に向ける。村田が横から画面を覗《のぞ》き、小さな悲鳴を上げた。

「見せてください」

高槻が手をのばし、ゆかりからスマホを受け取った。尚哉も横から覗き込む。

メール画面が表示されていた。差出人のアドレスは、意味のないアルファベットと数字の羅列になっている。件名は空白だ。

　そしてメール本文にも、何も書かれてはいなかった。4の字もなく、ただの空白だ。だが、これが例の『4』のメールなのだということは、尚哉にもわかった。

最初『444』できたメールは、新たな犠牲者を予告するごとに『4』の数字を減らしていった。村田のときは『444』、林のときは『44』、大野のときは『4』。

　この空白は、つまりは全ての『4』が尽きたという意味だ。最後の一人を示す、予告メール。

　スマホの上部に表示された時刻は、四時四十四分だった。

「やっぱり……私にも、何か起こるんですね……？」

　ゆかりが恐怖に声を震わせて呟《つぶや》く。村田が落ち着かせようとするようにその背中を手でさすっているが、そうしている村田もまた完全に血の気の引いた顔をしている。

　遠山は困ったように顔をしかめて、そんな二人を見つめていた。どう言葉をかければいいのか、考えあぐねているような様子だ。

「——考えてみれば、メールって怖いですよねえ」

　ふいに、高槻が口を開いた。

　ゆかりと村田が高槻を見る。遠山も、視線を高槻の方に向けた。

　ゆかりにスマホを返しながら、高槻は場違いなほどにのんびりした声で言った。

「紙の手紙みたいに実体がないうえに、文字に個性が出るわけでもありません。どういう仕組みで届くのかについても、なんとなくしかわかってない人の方が多いと思います。『ウェブ上』だの『ネット空間』だのといった言葉を僕らは普段から気安く使いますが、それらは現実に存在する場所でも空間でもない。——そんなよくわからない世界とほとんど変わりがないものです。四次元ポケットの中の世界から正体不明のメールが届いたら、怖がって当然ですよね。まあ、僕なら楽しくなってしまうかもしれませんが」

「高槻先生……あの、私、どうすれば……」

「今のが災いの予告メールなのは、間違いないでしょうね」

　高槻の言葉に、ゆかりがひっと息を呑《の》む。

　しかし高槻は、相変わらずのんびりとした口調で、

「林さんが言っていた呪いの法則に当てはめれば、気をつけるべきは四時四十四分という時刻だけだと思いますよ。しかも、これまでのケースを考えると、その時刻に一人でいた場合に良くないことが起こっているようです。ですから、一日二回訪れるその時刻にだけ気をつけていれば大丈夫です。平日でしたら、夕方のその時刻はオフィスにいますよね？　決して一人にならないようにしてください。明け方の四時については……沢木さんは、一人暮らしですか？　ああ、ご家族と同居されているのですね、それでしたら問題ないと思いますよ」

　にこにこしながら、高槻はゆかりにそう告げる。

　尚哉は心配になって、

「でも先生、四時四十四分以外に良くないことが起こってる人もいますよ？　林さんが通り魔に襲われたのは、確か全然違う時刻でしたよね」

「ああ、それはまた違う話だから平気だよ」

高槻が言う。尚哉にはよく意味がわからない。

ゆかりもまた、そんなことでは納得できなかったのだろう。がたがた震えながら、

「だ、だけど、この先永遠に、四時四十四分に気をつけ続けないと駄目なんですか……そんなの、いつか絶対、何かが」

「ああ、永遠になんてことはありません。僕の方で対策を練りますので、また近日中にご連絡しますよ」

「対策って、お祓《はら》いとかですか？」

「沢木さんが考えているのとは少し違うと思いますが、似たようなものです。専門家に相談のうえ、対策をお伝えしますね。——とはいえ、沢木さんも不安でたまらないでしょうから、お守りを差し上げておきましょうか」

「お守り？」

「ええ、こういうときにとてもよく効くお守りです。すみませんが、紙を一枚いただいてもよろしいでしょうか？」

高槻に言われて、ゆかりがコピー用紙を一枚持ってきた。

礼を言って受け取った高槻は、それを折りたたみ、折れ線のところでぴりぴりと丁寧

に手で切って、四分の一の大きさにした。胸ポケットに挿していた万年筆を取り、さらさらと紙に「稲人士」と書き記す。見たこともない言葉だった。

高槻はその紙をゆかりに渡して言った。

「いいですか、これは『いなじんし』と読みます。どうしても怖くなったら、頭の中でこの『稲人士』を四回唱えてください。これはあなたを守るための言葉です。ああ、その紙は、四つに折りたたんで常に持ち歩いてくださいね。お守りというのは肌身離さず傍に置くのが重要なんです。スマホケースの中に入れておくといいかもしれませんね、現代人が一番持ち歩くものですから」

高槻が差し出した紙を、ゆかりはすがるような手つきで受け取った。言われたとおりに折りたたみ、手帳型のスマホケースのポケットに大事そうにしまう。

高槻はそれを見届けると、立ち上がった。

「それでは、今日のところはひとまず失礼いたします。すぐにまたご連絡しますので、それまでどうかお気を強く持ってお過ごしください。大丈夫、そのお守りが、必ず沢木さんを守ってくれますからね」

まだショック状態でぼんやりしているゆかりを村田にまかせて、遠山が高槻と尚哉を外まで送ってくれた。

「本当にあれで大丈夫なんですか？」

「ええ、とりあえずは。あのお守りはよく効くと思いますよ」

心配そうにオフィスの方を振り返る遠山に、高槻はにこにこしながらそう言った。

遠山はいまいち信じられないという顔で高槻を見ている。その気持ちはわからなくもないと尚哉は思う。あのお守りに一体どれほどの効果があるというのだろう。

と、そのとき、遠山の視線が尚哉の方に向いた。

「君……ええと、深町くん、だったかな？　耳はもう大丈夫？」

「え？」

急にそんなことを訊《き》かれて、尚哉は思わず身構える。

遠山は細い目の目尻《めじり》を少し下げるようにして微笑み、尚哉の耳を指差した。

「君、何度かオフィスの中で耳を押さえてたから。……うちのオフィス、密閉性が良すぎるのか、前に気圧が少し高いって言われたことがあってね。そのせいで耳がおかしくなったのかと、ちょっと心配していたんだ」

「あ……いえ、大丈夫、です。これはその、朝からちょっと、耳鳴りがしてて」

「そうなの？　あまり続くようなら、病院に行った方がいいよ。耳は何かあると怖い」

「はい、そうします。ご心配ありがとうございました」

早く会話を打ち切りたくて、尚哉はそう言って頭を下げた。

が、遠山はまだ話しかけてくる。

「ところで君は、学生さんなんだよね。学部は？　何年生？　出身はどこかな」

「え？……ええと、文学部二年で……出身は、横浜《よこはま》ですけど……」

「そう。今も横浜に住んでるの？」

「いえ、今は都内に……大学の近くで一人暮らししてます」

「ふうん。――ねえ君、もしよかったら、うちでバイトしないかな」

「はっ!?」

突然のバイトの勧誘に、尚哉は何事かと思う。

遠山はさらに相好を崩してひらひらと軽く手を振り、

「ああ、すまないね、急に。いや、事務担当だった大野さんが入院してしまって、ちょっと困ってるんだよ。建築や設計の仕事に興味があるならなお良いけど、別になくてもかまわない。簡単なデスクワークだから」

「え、いやあの、そんないきなり言われても……」

尚哉は困って、もごもごと口ごもった。

すると高槻が手をのばしてきて、いきなり尚哉をぐいと自分の方に引っ張った。遠山と尚哉の間に割り込むように前に出て、

「困りますね、遠山さん。深町くんは僕が雇ってるバイトなんです。勝手に取らないでください」

「これは失礼。ちゃらちゃらしてなくて真面目そうな学生さんだったので、ぜひうちで働いてもらえたらと思ったんですが」

「深町くんは駄目です。申し訳ありませんが、他を当たってください」

にこにこしながら、しかしきっぱりと高槻が言う。

何なんだこの人達、と尚哉は思った。というか、近頃どうにも勧誘が多すぎる。

それから三日後の夕方。

ゆかりは一人で駅前の道を歩いていた。電車で数駅先の客先に書類を届けに行って、これからオフィスに戻るところだ。鞄を肩にかけ、片手にスマホを握りしめて、速足で歩いている。その表情はひどく硬い。時折手首にはめた腕時計に目をやってはますます表情を強張《こわば》らせているのは、時刻があともう少しで四時四十四分になるからだろう。唇が小さく動いているのは、例のお守りの言葉を口の中で唱えているからかもしれない。

といっても、四時四十四分に限らず、ゆかりは常に周囲を警戒している様子だった。電車に乗るときも、決してホームの端には立たない。階段を下りるときには、必ず周りに目を向け、足元にも気をつけている。そのせいか、その顔には疲労の色が濃い。それだけ緊張を強いられれば、気疲れして当然だろう。

やがて行く手に横断歩道が現れる。青信号が点滅して赤になりかかっている。いつもなら走って渡っていたかもしれないが、ゆかりは慎重に足を止め、次の信号を待つことにする。車道にはみ出さないように気をつけて立ち、ぼんやりと前を見つめる。

この時間の駅前は人が多い。ビジネスマン、買い物中の主婦、学生。何人もの人間がゆかりの横や後ろに並んで立ち始める。彼らの多くは手元のスマホをいじっていて、ろくに周りの様子など見ていない。

突然、誰かがゆかりを車道に強く突き飛ばした。

悲鳴を上げる間もなく、ゆかりが押された勢いのままに車道に数歩踏み出す。

そこへ、一台の車が走ってくる。小型のトラックだ。フロントガラスの向こうで、運転手が驚いた顔で口を開ける。

だが、バランスを崩したゆかりが車道に倒れ込む前に、長い腕がその体を横からすくい上げた。

「深町くん！　追いかけて！」

ゆかりの体を一気に引き戻した勢いでそのまま歩道に倒れ込んだ高槻が、ゆかりを腕に抱えたままそう叫んだ。

信号待ちの人込みをかき分けるようにして逃げ出した男を、尚哉はすぐに追いかける。男は歩道を歩く人を突き飛ばすようにして、駅の方へと走っていく。なかなかに速い。

だが、逃がすわけにはいかない。

そのとき、男の行く手を、一人の男性がふさいだ。

逃げようとする男の腕をつかんで止める。男が男性の手を振りほどこうと暴れる。揉《も》み合っているところに到着した尚哉が、さらに男の体を押さえた。

「――よし、ちゃんと捕まえられたね。遠山さん、ご協力ありがとうございます」

後からゆかりを連れて追いついてきた高槻が、男を取り押さえていた遠山に向かって礼を言った。

そして、尚哉と場所を替わるようにして、まだ暴れている男の腕を取る。そのまま高槻は男の腕を捻《ひね》り上げ、膝《ひざ》の裏を軽く蹴《け》りつけた。男が悲鳴を上げ、その場に膝をつく。遠山と尚哉の二人がかりでなんとか捕まえていたはずなのに、一人であっさりと男を取り押さえてしまった高槻を、尚哉は遠山と二人で恐ろしいものでも見るような目つきで見てしまう。もしやこれも佐々倉仕込みの護身術の一環だとでもいうのだろうか。あの暴力刑事は一般人に何を仕込んでいるのか。

「林さん……どうして……」

ゆかりが、取り押さえられた男——林の顔を見下ろして呟《つぶや》く。

林は舌打ちして横を向いた。

が、その直後に高槻にさらに腕を捻られたのか、また低く悲鳴を上げた。

「林さん。僕は大学で民俗学を教えている者でして、基本的に怪異以外にはあまり興味がないんですけどね」

にこやかに笑って、高槻が言った。

「しかし、あなたがしたことは、怪異を装った犯罪です。いくら興味がないとはいえ、犯罪を見過ごすわけにはいきませんからね。こちらの誘いにあっさり乗ってくださって、どうもありがとうございます」

「は……？」

自分の後ろにいる高槻を必死に振り返ろうとした林が、顔を歪《ゆが》める。

その間も、高槻は決して林の腕を捕らえた手を緩めようとはしない。本格的に傷めるぎりぎりのところで止めてはいるようだが。

高槻は怪異以外には興味がない。それは本当だ。本物の怪異ではないとわかれば、大抵は興味をなくしてつまらなそうにする。

でも同時に、高槻は、怪異を装った犯罪を決して許さない。

まやかしの怪異を解き明かし、その下に隠された罪を容赦なく暴きにかかる。

それは――もしかしたら彼自身が、怪異を装った犯罪の被害者だという可能性があるからなのかもしれない。

高槻が言う。

「これまでのことを考えると、メールがきてから数日のうちに何かがあると思っていましたから。――あなたが常識的な思考の持ち主で良かったですよ。明け方に彼女の自宅に放火するとか、あるいは夕方にオフィスに有毒ガスを流すとか、そういう周囲を巻き添えにするような行動をとる方だったらという心配もなくはなかったので、念のため知り合いの刑事を通じて地元交番に連携してもらって、パトロールはお願いしてましたけどね。まあでも、これまでの話を聞く限り、そういう大それたことはしない方だろうなという気がしました。それに、ご自分で『呪いの法則』なんてことを口にするくらいですから、きっと四時四十四分という時刻の縛りも律儀に守るんだろうなあとも思ってました。だから、行動予測はとても簡単でしたね」

そう——高槻は、林を罠《わな》にかけたのだ。

林は通り魔に襲われて怪我をしたという連絡があって以降、会社を休んでいた。それは、今週に入ってからも同じだ。名目上は次の仕事を探すためということだったが、たぶん、ゆかりが一人で夕方に出歩くのを待って襲うためだったはずだ。

だから高槻は、遠山とゆかりに連絡して、わざと一人でゆかりを外出させた。勿論《もちろん》、高槻と尚哉の二人でそれとなく護衛する形でだ。遠山は林に面が割れているから、ゆかりに近づかないように遠くから見ていてもらった。

林はまんまと罠にひっかかり、ゆかりを車道に突き飛ばした。

これだけ目撃者がいる中での犯行だ、言い逃れは絶対にできない。

「どうして、こんなことをした？」

遠山が林の顔を覗《のぞ》き込み、そう尋ねた。

林はまた横を向こうとしたが、高槻がまた腕を捻ったのか、悲鳴を上げ、

「さ、最初は、ちょっとからかおうと思っただけだったんだよ！　『四時四十四分の呪い』なんて話を沢木がしたから……それのせいで本当に呪いが起こっているみたいに見せたら怖がるかなって思って、それで……」

ゆかりが辛《つら》そうにぎゅっと眉《まゆ》を寄せた。両手を握りしめ、林に言う。

「やっぱり皆《みんな》で私をだましてたんですね。大野さんも……村田ちゃんも。でも、どうして？　何で皆してそんなことを？　私、何かしました？」

「所長に聞けよ」

吐き捨てるように、林が言う。

遠山が眉をひそめた。

「どういう意味だね、それは」

「沢木だけ、やたら目をかけられてたじゃないですか！　俺、こいつより二年も前に入ったんですよ⁉　なのに何で、沢木の方がプロジェクトリーダーに選ばれるんですか？　次のコンペだって、沢木の設計したのを出すって……他の奴だって思ってるはずですよ、何で沢木ばっかりって！」

林がわめきちらし、ゆかりが驚いたように目を見開く。

遠山がため息を吐いて首を振った。

「そんなことか。……彼女が優秀だからに決まっているだろう。そんなこともわからないのか？　それならやはり、君はうちに必要な人材ではないということだ。私の判断は間違っていなかったな」

林がぐっと唇を噛《か》んで、遠山を睨《にら》みつける。

ずっと妬《ねた》んでいたのだ。自分より後輩のゆかりの方が評価されるのが面白くなかった。だが、普段からそれを表に出すのもまた、プライドが許さなかったのだ。

だから表面上は、仲が良いふりをしていたのだろう。少なくともゆかりは、林がそんなことを思っていたなんて全く気づいていなかったらしい。

「林さん。警察に行く前に、もう少しお話を伺いましょうか。あなたがしたこと、あなたが思ったことについて」

高槻が尋ねる。

もう逃げられないと悟ったのだろう、林は訥々《とつとつ》と話し始めた。

「本当に……最初は、ちょっと怖がらせようと思っただけだったんだよ」

あの日——『四時四十四分の呪い』をやった後、林はちょっとした思いつきで『４４４４』のメールを送った。軽い冗談のつもりだった。だが、思いのほか皆気味悪がっている様子だったので、「これにかこつけて沢木をからかってやろう」と思ったそうだ。

まずは呪いの法則を決めた。そういうものがあった方が怖いだろうと思ったからだ。

そして、次に順番を決めた。まずは後輩の村田。次に自分。恋人の大野はこんなの馬鹿らしいと言って嫌がったので、自分の次はゆかりにして、何か適当な嫌がらせだけして終わりにするつもりだった。

勿論、ゆかりと仲の良い村田も嫌がった。だが、先輩の言うことに逆らえず、最終的にはおとなしく従って、林の書いたシナリオ通りに呪いに遭ったふりをしてくれた。

次は林の番だ。書庫の本棚が一つぐらついているのは前から知っていたので、わざと倒して、さも危険な目に遭ったかのように装った。呪いの法則を知っていたから回避できたのだということにして。

でも――話がおかしなことになったのは、そこからだ。

その日の晩、林は通り魔に路上で襲われた。

そんなのはたまたま運が悪かっただけだと、思わなかったわけではない。でも、通り魔に遭ったのなんて生まれて初めてのことだ。それが例の呪いを回避したという設定の日に起こったのもまた、気にかかった。

それでなんとなく、ああもうやめよう、と林は思ったのだという。

次はゆかりにメールをする順番だったが、送るのはやめにした。もう何も起こらなければ、他の者達だってそのうちに忘れてしまうはずだと思った。

それなのに――翌日、怪我が痛くて会社を休んでいたら、大野から電話がかかってきた。「ちょっとこれ、どういうことよ」と。

何のことだと尋ね返すと、「あたしはやらなくていいって言ってたじゃない。なのに、何なのこの『4』のメールは！」と責められた。

大野のもとにメールが届いていたのだ。林は出してもいないのに。

そんなの知らない、俺は送ってない、と林は言った。俺だって誰かわからない相手に襲われて怪我をした、もうこんなのやめにした方がいいんだと思う、と素直に言った。

すると、電話の向こうの大野が急に怯《おび》え出した。「じゃあ誰がこんなメール送ったっていうの」「まさか本当に呪いがあるっていうの!?」と騒ぐ大野に、林は落ち着けと言った。だが、電話はそこで切れ——後で村田から、大野が事故に遭ったという連絡がきた。呪いが本当にあるのではないかと信じてしまった大野がパニックに陥り、車道に飛び出したというのだ。

「俺はメールなんて送ってない。村田も、やってないって言った。……そしたらもう、沢木しかいないじゃねえか。途中で俺達の仕業だって気づいて、逆襲してきたんだ」

「違う、私、メールなんて送ってない……」

ゆかりが首を横に振る。

だが、林はゆかりを睨みつけ、話を続けた。

「これ以上何か起こる前に、さっさとこの話を終わらせようって思った。『四時四十四分の呪い』から全てが始まったんだから、残りの沢木に何か起これば、それでもうこの話は閉じる。だから、沢木にメールを出して……怪我させてやろうと思って、突き飛ばしたんだ。だってそうしないと、呪いが終わりにならないだろ！　早く終わらせないと、また何かあったらまずいじゃないか！　この呪いを閉じるためには、ああする以外なかったんだよ！」

唾《つば》を飛ばして叫ぶ林を、ゆかりは怯えた目で見下ろした。

尚哉もまたそんな林の様子を見て、なんだか不気味なものを感じていた。

林の話は、どこかおかしい。論理が破綻《はたん》しているように思える。

途中から、まるで彼自身が呪いの実在を信じてしまっているかのようになっているのだ。ゆかりの逆襲を疑い、その阻止のために動いたと言いつつ、ゆかりに仕返しをするよりも呪いを閉じることの方が目的だったかのように聞こえる。そして、その支離滅裂さに、彼自身が気づいていないように思えた。

「……呪いっていうのはね。一度信じてしまったらもう終わりなんだよ」

高槻が呟《つぶや》くように言った。

「他の可能性をどれだけ拾おうとしても、最後にはまた『呪いのせい』という一点に思考が戻ってしまう」

林にとっては、全てが自分の書いたシナリオの通りに行われるべき話だったのだ。なのに、彼のシナリオになかった出来事が起きた。会社でクビを切られたこと。通り魔に遭ったこと。彼が出したのではないメール。

それらは、彼にとって説明のできない事態だった。

あるいはそこには、自分は良くないことをしているという後ろめたさもあったのかもしれない。人を呪わば穴二つというわけでもないだろうが、なまじ呪いにかこつけて悪さをした分、彼の心は呪いというものを意識しやすい状態にあったのだと思う。

そうして、『四時四十四分の呪い』は、彼自身の心に取り憑《つ》いた。

「『四時四十四分の呪い』は異界の扉を開くという話だけど。……どうやらそれは、正しかったみたいだね」

「え？」

高槻の言葉に、尚哉は眉をひそめて高槻と林を見比べる。

高槻は林を取り押さえたまま、淡々とした口調で言った。

「講義で話した『異界』の定義を覚えてる？　異界とは非日常、僕らの知る秩序のない世界。異界はどこにだって口を開ける。人の心の中に開けば、普段は決してやらないようなことをしてしまうかもしれない。彼は怪異を弄び、結果として心を異界に取り込まれてしまった。——やっぱり、やらなければよかったんだよ、『四時四十四分の呪い』なんてね」

くす、と小さく笑って、高槻は後ろから林の耳元に口を寄せた。

そして、囁《ささや》くようにこう言った。

「おめでとう。君はある意味、『四時四十四分の呪い』によって本当に不幸になった人の見本と言えます。これはこれで、僕にとっては興味深い事例でしたよ」

林が血走った目を見開いた。青ざめたその顔が引き攣《つ》り、いびつに歪《ゆが》む。

それはまるで、本当に呪われてしまった人のようにも見えた。


それから三日後の夕方、高槻と尚哉は再び、最初にゆかりから話を聞いたカフェ『アン・ポミエ』を訪れた。

この日、店の奥で待っていたのは、ゆかりではなく遠山だった。

「高槻先生。先日はどうもありがとうございました」

「いえ、こちらこそ。本日はお仕事時間中に、どうもすみません」

遠山と高槻が互いに会釈を交わし、あのときゆかりが座っていたのと同じテーブル席に腰を下ろす。尚哉も高槻の隣に座った。

店の中には、尚哉達以外に客はいなかった。店長は、高槻と尚哉が注文した飲み物を運んだ後は、またカウンターの中で家具と化している。静かな店内には、低くジャズが流れていた。

今日は、遠山から事件のその後について聞くことになっていた。ゆかり本人から聞くより遠山から聞いた方がいいだろうというのは高槻の判断だが、尚哉も同じ意見だった。あのときゆかりはかなりショックを受けているようだったから、下手に蒸し返してさらに傷つけたら可哀想だ。

あの日と同じホットチョコレートを飲み、高槻は満足げに微笑むと、遠山に尋ねた。

「遠山さん。その後、沢木さんの様子はいかがですか？」

「ええ、まだショックを受けている感じはありますが、その分仕事で気を紛らわせようとしているようです。やる気を出してばりばり働いてますよ。来月のコンペも、この分なら大丈夫そうです。私も可能な限りのフォローはするつもりですしね」

コーヒーを口に運びつつ、遠山が穏やかな声で答える。

林はあの後、遠山に付き添われて、警察へ行った。ゆかりを車道に突き飛ばしたのは間違いないので、少なくともそのことについては罪に問われるべきだ。

　ゆかりと村田との関係は、やはりその後ややぎこちないものとなってしまったらしい。林に言われてやったこととはいえ、怪我を偽装してまで嘘をついていたのだ。とはいえ、高槻達が事務所に事情を聞きに行ったとき、村田が本気でゆかりのことを心配していたことは、ゆかりもわかっているようだ。この二人については、そのうち時間が解決してくれることを祈るしかないだろう。大野はもうすぐ退院するようだが、事務所のスタッフとして戻ってくるかどうかはわからないらしい。

「まあでも、ひとまずは落ち着いたようです。高槻先生のおかげですよ。ありがとうございます。まあ、うちの事務所は早急に事務担当を探さないといけませんがね。……深町くんは、うちで働く気は本当にないんだね？」

「いや、事務仕事と言われても、経験ないですし……」

「勿論《もちろん》ちゃんと教えるとも。経験を積んでおいた方が、就職のときに有利にもなる」

「え……」

「遠山さん。この前も断ったはずですけどね？　うちの助手を取らないでください」

　まだ尚哉の勧誘をあきらめていないらしい遠山を、高槻が笑顔で遮った。遠山がにこりと笑って「冗談ですよ」と返す。が、その声の微妙な歪みに、尚哉は銀縁眼鏡の向こうの遠山の目を思わず窺《うかが》った。半分くらい本気なんじゃないかと思う。

「ところで、高槻先生。事件はあらかた片付いたとはいえ、私にはまだよくわからない部分があるんですがね。訊《き》いてもいいでしょうか？」

「はい、何でしょう？」

「林くんに代わって大野さんにメールを出した相手です」

そう——それは、尚哉も気になっていたことだ。

最初の三通のメールと、最後にゆかりに届いたメールは、林が出したものだった。

しかし、四通目の大野とゆかり宛てに送られたメールの送信者だけが、宙に浮いたままだ。村田ではなく、勿論ゆかりでもない。

ホットチョコレートをまたこくりと飲んで、高槻が言った。

「ええ、その話をしたかったから、今日はこのお店に遠山さんをお呼びしたんです。遠山さんは事件の当事者ではありませんが、関係者ではあるし……沢木さんは、呼びたくなかったので」

「といいますと？」

「あのメールを出したのが、このお店の店長だからですよ。そしてたぶん、彼は沢木さんの恋人だと思います」

さらりとした口調で高槻が言う。

ばさり、と後ろの方で音がした。家具と化していたはずの店長が、読んでいた本を落としたのだ。

高槻はカウンターの方を振り返り、店長に向かって声をかけた。

「店長さん。どうせ聞いていたんでしょう？　そんな離れたところにいないで、どうぞこちらへ。これから僕らは、あなたがしたことについてお話ししなくてはなりません」

言われて、店長が立ち上がる。

ゆっくりとした足取りでこちらに歩み寄ってくると、店長は遠山の隣の座席に腰を下ろした。その顔に浮かんでいたのは、諦念《ていねん》にも似た表情だ。

「店長さん。お名前を伺ってもよろしいですか？」

「石田《いしだ》と申します」

「では、店長さんではなく石田さんとお呼びしましょう。――石田さん。先程僕が言った言葉に、間違いはありましたか？」

「……いえ」

石田が首を横に振った。

遠山が驚いたように目を瞠《みは》る。メールを出したのが彼だというのも驚きだったのだろうが、石田とゆかりは恋人というには随分年が離れているせいもあったかもしれない。

石田が小さくため息を吐き、言った。

「……いつから気づいていたんです？」

「お二人の仲については、最初からなんとなく。親密そうな雰囲気でしたしね。でも、そうなんだろうなと確信するに至る材料は、二つありました。――まず一つめは、沢木さんが僕へ相談するための場所として、このお店を選んだことです」

ぴっと人差し指を立てて、高槻がそう言う。

「沢木さんは、僕にああいう相談をするにあたり、最初自分を恥じているような雰囲気がありました。こんなのは人前でするような話ではない、と思っているような感じで。にもかかわらず、沢木さんは、このお店で話をすると決めていた。普段から知り合いであるあなたに話を聞かれてしまう可能性があるのに、です。――つまり、沢木さんにとって、石田さんは部外者などではなかった。おそらく僕に相談するより前に、同じ話を石田さんにもしていたんじゃありませんか？」

「……はい。というか、高槻先生に相談したらどうか、というのは、私が彼女に提案したことでした。彼女がネットで相談先を探していたので、大学の先生ならまあ安全なんじゃないかと思ったもので」

石田がうなずく。

高槻はにっこり笑って軽く会釈し、

「ご相談いただきありがとうございました。――さて、二つめの理由ですが、これは簡単です。お二人が、同じ腕時計をお持ちだったので」

「ああ……あのときうっかり落としたのを、先生に拾っていただきましたね」

石田が困ったように苦笑してみせた。

「彼女の誕生日にねだられたんですよ。アクセサリーはつけないから、プレゼントはおそろいの腕時計がいいって。店には彼女と同じ事務所の人も来るから、ばれたらどうするのって言ったんですが……私が普段仕事中は腕時計をしないものだから、問題ないだろうということになって」

そういえば確かに、ゆかりをハグしかかった高槻を止めに入った石田が腕時計を落とし、高槻がそれを拾って返していた気がする。今思えば、石田があんなに熱心に止めに入ってきたのも、自分の恋人が手を握られたりハグされたりするのを見過ごせなかったからだったのだろう。

「沢木さんと石田さんが恋人関係だという推測が成り立てば、その他の推測も簡単です。恋人同士なら、沢木さんが自分を取り巻く現状を相談している可能性が高い。沢木さんのスマホから、大野さんのアドレスを確認することも可能でしょう。『4』のメールを出せるのは、石田さん、あなたしかいません」

「……先生の仰《おっしゃ》る通りです」

高槻の言葉に、石田がまたうなずく。

遠山が尋ねた。

「しかし、なぜそんなことを？　あなたが大野さんに『4』のメールを出して、沢木さんやあなたに何かメリットがありますか？」

石田が何か言いかけて口ごもる。

代わりに答えたのは、高槻だった。

「それは勿論、沢木さんを守るためです。……これは推測というより想像なんですが、林さんを襲った通り魔の正体もまた、石田さんだったのでは？」

「……はい。その通りです」

低い声で、石田が認めた。

尚哉は少し驚いて石田を見つめた。いかにも優しそうに見える石田が鉄パイプで人を襲ったなんて、にわかには信じがたい。

石田がもう一度ため息を吐いた。そのまま、深くうなだれるように、あるいは申し訳ないとでもいうかのように、首を垂れる。

そして、石田は話し始めた。林を襲い、大野にメールを出すことになった経緯を。

「あの晩——林さんと大野さんが、店に来たんです」

それは、林が遠山から契約の打ち切りを言われた日のことだった。

もう閉店間際の遅い時間で、客は他にいなかった。おそらく林と大野は近くの店で食事をした後に、この店に立ち寄ったのだろう。林は少し酔っているようだったし、随分と荒れていた。

「カフェの店長なんていうのはね、前にもお話しした通り、大抵のお客さんにとっては家具同然なんですよ。だから皆、平気で店の中で仕事の打ち合わせをしたり、別れ話をしたり、仕事の愚痴を話したりします。まあ、こちらも話を聞いている素振りなんてしませんからね。——林さんはあの日、こう言っていました。『何で俺がクビにならなきゃいけないんだ。やっぱりあの所長、沢木とデキてんじゃねえのか。あいつばっか贔屓《ひいき》しやがって』と。こっそり聞き耳を立てている私がゆかりと付き合っているなんて、夢にも思っていなかったんでしょうね。『むかつく、マジで階段からでも突き落としてやろうか沢木の奴』とわめく林さんを、大野さんは面白がって煽《あお》っているような感じでした。『今なら例の呪いのせいにできるんだから、いいんじゃないの』とね。それから二人は、まるでドラマの脚本でも練るみたいに、どうやってゆかりを事故に見せかけて階段から落とすかという話を始めました。それはあまりにも具体的な話し方で……ああこの二人なら本当にやりかねないと思いました」

かろうじて家具のふりを続けはしたが、内心では、石田はこの二人を許せないと思った。そんな馬鹿馬鹿しいやっかみで、ゆかりに怪我を負わせられてはたまらない。

「あのときの私は、冷静ではなかったんです。今振り返るとどうしてと思うほどに、かっとなっていました。……どうしてでしょうね、本当に。自分はゆかりの恋人だと名乗り出て、二人が今話していたことについてすっかり聞いていたと言ってしまえばよかったのかもしれません。そうしたら、二人の企《たくら》みはあっさり阻止できたのかも。……でも、言えなかった。別にゆかりは、事務所の人達に自分達の仲を隠す必要はないと言っていたのに……私の方に、負い目があったんです。彼女は若くて綺麗《きれい》で、仕事も有望で……こちらはしょぼくれた中年で、客の少ない小さなカフェのマスターですから」

店を出る前、林は「まだ飲み足りない」と話していた。二人が店を出た後、石田は片付けもせずに扉だけ施錠して、林を追いかけた。林は大野と別れ、深夜営業しているバーへと入っていった。石田はそれを見届け、いったん店に戻ると、普段使っているバイクのヘルメットを取ってきた。

そして、林がバーを出て歩き出すのを待ち、近くの建設現場から拝借してきた鉄パイプで殴りかかった。林はひどく酔っている様子だったし、石田がヘルメットで顔を隠していたこともあって、襲撃者が誰なのかには気づいていないようだった。

とはいえ、その場を逃げ出した後は、石田も生きた心地がしなかったらしい。いつ自分のもとに警察が来るかと最初のうちはびくびくしていた。

だが、石田にはまだやることがあった。林がゆかりに『4』のメールを送るよりも早く、大野宛てにメールしてしまうことだ。

「あの二人が呪いにかこつけてゆかりにひどいことをするつもりなら、先に大野さんを標的として指定してしまえば、ゆかりには何もできないはずだと思いました。勿論《もちろん》、大野さんに危害を加えるつもりはありませんでしたよ。錯乱して車道に飛び出したと聞いたときには、とても後悔しました。本当に申し訳なく思っています……」

そこまで話して、石田は深く深くうなだれた。

高槻も遠山も、そんな彼を静かに見つめていた。

尚哉もまた言葉もなく石田を見つめるしかなかった。林に怪我をさせたのは確かに悪いことだが、話を聞く限りでは同情の余地が十分あったし……何より、ゆかりのことを思うと、胸が痛かった。

彼もまた、『四時四十四分の呪い』に巻き込まれた一人と言えるのかもしれなかった。

ゆかりが話し、林がやろうと言った禁忌の遊びは、思いのほか多くの人間を巻き込んでしまったのだ。遊びに参加したのではない石田の心の中にまで、常とは違う異質な感情を招いてしまうほどに。

林に対する暴行の件について、石田は警察に行くと自分で言った。

だがその前に、自分からゆかりに全てを話したいということだった。……高槻も遠山も、それがいいだろうとうなずいた。

カフェを後にして歩き出しながら、遠山が深いため息を吐いた。

「参ったなあ……さすがに沢木さんが可哀想だ。ただでさえショックを受けているところに、恋人が警察に自首するなんていう話になるんだから」

「すみません、僕としても、これ以上沢木さんを傷つけたいわけではなかったんですが、知らないふりもできなかったもので。沢木さんのことはせめて上司であるあなたがケアしてあげてください、この先は僕が手出しできる領分を越えますから」

高槻が言う。遠山は「それはそうですけど」とぼやいている。

これからしばらくの間は、遠山の事務所は大変な状態になるのかもしれない。せっかくやる気を取り戻した優秀なスタッフが、また傷心で仕事が手につかなくなるかもしれないのだ。それでなくても、そもそも遠山の事務所は二人スタッフが減ったようなものだ。林はおそらくもう出社してこないだろうし、大野もまた仕事に戻るかどうかはわからないというのだから。

……やっぱり落ち着くまでは自分がバイトに入った方がいいのかなと尚哉が思いかけたとき、高槻がまた口を開いた。

「遠山さん。ところで一つ、確認させていただきたいことがあるんですが」

「はい、何でしょうかね」

遠山が高槻を見る。

高槻は遠山の方にすっと顔を近づけた。ぎょっとして遠山が身を引きかけたのも気にせず、さらにぐいと顔を近づけて、眼鏡越しに相手の瞳《ひとみ》を覗《のぞ》き込む。

「ずっと訊《き》きたかったんです。……あなた、最初からわかっていたんでしょう？　林さんと村田さんと大野さんが、嘘をついて沢木さんを騙《だま》そうとしていたことを」

遠山も長身だが、高槻の方がなお高い。上から覗き込むようなその視線に射すくめられたように、遠山が身を固くするのがわかった。

間近から遠山を覗き込む高槻の瞳は、いつの間にか青みを帯びている。底知れぬ夜の闇の色をした藍《あい》の瞳に気づいて、遠山がかすかに息を呑《の》んだ。

「高槻先生……あなた、一体」

「僕のことなどどうでもいい。僕はあなたのことが知りたいんですよ、遠山さん」

藍色の瞳でまばたきもせずに遠山を見つめ、高槻が言った。

「あなたには最初からわかっていた。だから、林さんを解雇することにしたんですよね。

――あなたには、相手がついた嘘がわかるから」

高槻の言葉に、尚哉は目を見開いた。

「え……？　先生、今、なんて……？」

だが、高槻は尚哉の問いには答えず、遠山の瞳を覗き込み続ける。

「沢木さんから一連の話を聞いたときに、幾つかあなたの行動がおかしいなと思っていたんです。彼らが『四時四十四分の呪い』をオフィスでやったことを聞いたとき、あなたはそれを笑って許した。寛容な態度ですね。でも、村田さんが足をくじいたという話をしたとき、あなたはファイルをデスクに叩《たた》きつけて話を遮った。これは随分と厳しい態度です。林さんが本棚の下敷きになりかかったときもそうです。普通ならまずは心配するでしょうに、あなたは林さんを心配することもせず、逆に不機嫌な様子で彼を別室に呼び、契約の打ち切りを言い渡した。これはもう厳しいというより、ちょっとひどいですよね。ああそれから、沢木さんはこうも言っていました、あなたは普段は優しい人だけど、ある日突然人を切ることがあると。行動に一貫性がなくて、まるでとんでもない気分屋のように思えます。――でも、別の視点から眺めてみれば、そこにははっきりとした一貫性がある」

高槻の瞳が藍色の光を増す。そこには本物の夜がある。ずっと眺めていたら息が止まりそうなほどに静謐《せいひつ》で、下手をすれば魂ごと呑み込まれそうなくらい深淵《しんえん》なる夜の空。

「嫌いなんでしょう？　嘘つきが。だから、嘘をついている人がいると不機嫌になる」

「それ、は……」

ぎこちなく、遠山が何かを言いかける。必死に高槻から目をそらそうとしているようだが、眼鏡の下の瞳は高槻の瞳を見上げ続けている。尚哉には遠山の気持ちがよくわかる。高槻の、あの夜空の瞳には、抗《あらが》いがたい力がある。いつもあの瞳に覗き込まれると、隠しておくべきことまで口にしてしまいそうになる。

瞳の中に夜空をたたえたまま、高槻はかすかに唇に笑みを浮かべた。

「ねえ、遠山さん。教えてください。あなたが深町くんに興味を持った理由は、彼があなたと同じだということに気づいたからでしょう。——彼もまた、嘘を聞き分ける耳を持っているから」

眼鏡の下の遠山の目が瞠《みは》られた。

ぱちり、と高槻がまばたきする。途端に瞳から夜空の色がかき消える。

遠山がはっとしたように高槻から身を離した。そのまま数歩後退《あとずさ》り、呼吸を整えるように大きく息を吸って吐く。

「……まったく、何なんですかあなたは本当に……」

「さあ。それは僕自身にもよくわからないことなんです」

にこりと笑って、高槻が言う。

遠山はもう一度大きく息を吐き出し、尚哉を見た。

「深町くん。君、出身は横浜って言ってたけど、親戚《しんせき》に長野の人はいる？」

「あ……母方の実家が、長野で……小さい頃は、よく行ってました」

「そう。私も別に長野の出身じゃないんだが、親戚が住んでいてね。子供の頃に何度か行ったことがある。……そしてそこで一度だけ、とても不思議な体験をした」

「それって……」

「真夜中に、祭を見た。青い提灯《ちょうちん》の下で、顔に様々な面をつけて踊る人々を」

くらり、と尚哉は眩暈《めまい》を覚えた。

頭の中に、またあの祭の光景がよみがえる。太鼓に合わせて踊る人々。死んだはずの祖父に連れていかれた屋台。黒鬼の面をつけた男と、台の上に置かれた三つの菓子。

アンズ飴《あめ》、リンゴ飴、べっこう飴。

――一つだけ選べ。

「深町くん。大丈夫？」

高槻が尚哉の肩を支えてくれる。大丈夫です、と尚哉はかすれた声で答える。

遠山が自分の耳に手をやって言った。

「そうか。……やっぱり君も、私と同じなんだな」

遠山が尚哉の耳を気にしたり、あれこれと尋ねてきたりしたのは、尚哉の態度から自分と同じなのだと気づいたからだったのだ。

尚哉はあらためて、遠山を見つめた。自分と同じような人間がいるなんて、今まで考えたこともなかった。

「あの……俺みたいな奴に他にも会ったことって、ありますか？」

「いや、君が初めてだよ。——君も、嘘をついている人の声が歪《ゆが》んで聞こえるの？」

「……はい」

「そう。それは……大変だよね。よく、わかるよ」

遠山が言う。実感のこもったその言葉には、かけらの嘘もなかった。

「普段はどうしてるの。人込みの中とか、辛《つら》いんじゃないかな」

「……イヤホンをして、音楽を聴いてます」

「ああ、それは私もよくやっていた。あらかじめ耳の中で音を鳴らしておけば、あまり気にならなくなるから」

そう言って、遠山は眼鏡の下の目を優しく細めた。

「聞きたくない音は聞き流すようにする訓練をしておいた方がいいよ。不快な音は耳に入れないようにするんだ。最初は難しいかもしれないけど、だんだんできるようになる。……まあ、それでも、耳に入るときは入るけどね」

「あ……ありがとうございます、やってみます！」

その瞬間、尚哉は、泣きたいような笑いたいような奇妙な気持ちが胸の中にあふれるのを感じた。尚哉がずっと苦しんできた歪んだ声を聞く辛さを、この人はずっと味わってきたのだ。それは尚哉が今まで誰とも共有できなかった感覚だ。いくら言葉で説明したって、実際に同じ音を聞いてみなければわかりっこない。

自分だけじゃないんだというのが、これほど嬉《うれ》しいことだなんて思わなかった。今まずっと、こんな耳を持っているのは自分だけなんだと信じていたから。

「なんか俺……すごく、ほっとしました。こんな耳持ってても、遠山さんみたいにちゃんと社会に出てやっていけてるんだなって……正直俺、自分がこの先上手《うま》く生きていけるか、自信なかったから」

「――この能力も、そう悪いものではないよ？」

苦い笑みを浮かべて、遠山がそう言った。

「何しろ相手の嘘がわかるんだからね。不利な取引にはすぐに気づくし、信頼できない相手はこちらから切り捨てていける。嘘の調査報告や見積もりを出してくる業者なんかはすぐにわかるし、事務所に置いておきたくないスタッフの見分けも簡単につく」

遠山は、自分の能力を割り切って使っているのだ。己の持つ武器として。

純粋に、すごいと思った。そんな風な生き方だって、できるのだ。

遠山のようになりたい。強く、そう思った。世界に線を引いて閉じこもるのではなく、きちんと人と関わって。今更この力は捨てられなくても、逆にそれを利用しながら、社会に出て働いて。そう、そうしたら、もしかしたら普通の人みたいに、いつか誰かと結婚して家庭を持つことだって。

――だがそのとき、尚哉の胸の底を冷たいものが流れた。

遠山の左手が目に入ったのだ。

「……遠山さん」

「何だい？」

「あの……」

訊きかけて、尚哉は一度ためらった。

けれど、尋ねずにはいられなかった。

「遠山さん――ご家族は？」

かすかに、遠山が顔を歪めた。

その瞬間、尚哉は、あ、と思う。

遠山が言った。

「結婚は――していないよ。両親と妹は……そうだな、どこかで生きてるんじゃないかな。死んだって話は聞かないから」

尚哉の胸の底に流れた冷たいものが、そのまま冷えて石と化す。ずしん、と心を重たくする。

黙り込んだ尚哉に代わるように、高槻が口を開いた。

「遠山さん。僕は、深町くんの耳がこうなった原因の祭について、いずれ調査したいと思っています。子供の頃にその祭を見たという村を、大人になってから訪れたことはありますか？　今そこがどうなっているのか、ご存じでは」

「――行かない方がいい」

ふいにきつい口調で遠山が高槻の言葉を遮った。

高槻が口を閉じる。尚哉もまたはっとして遠山を見る。

遠山は眼鏡の下から高槻を見据え、言った。

「あそこはもう、廃村同然です。訪れたところで、調査のしようもないでしょう。やめておいた方がいい」

「……そう、ですか」

高槻が目を細める。

遠山は高槻から目をそらし、再び尚哉に目を向けた。

名刺を取り出し、裏に何か書きつけて、尚哉に差し出す。

「何かあれば、いつでも連絡してきてかまわない。私は、君よりもずっと長くこの能力と付き合ってる。相談に乗れることも、あると思う」

「……ありがとうございます」

尚哉は礼を言って受け取った。高槻に渡していた会社用の名刺の裏に、プライベート用と思われる電話番号とメールアドレスが書かれている。

仕事に戻ると言って去っていく遠山を見送り、尚哉は遠山から受け取った名刺に視線を落とした。

建築設計事務所の所長、という社会的な肩書。事務所には、設計デザインでもらったと思われる賞のトロフィーも飾られていたように思う。部下を持ち、取引先や客と関わり、きちんと社会で成功している人だ。

でも——あの人が今幸せなのかどうかはわからないと思った。

そんなことは尚哉が判断すべきことではないというのはわかっている。でも、家族について尋ねたときの遠山の表情は、尚哉が普段鏡の中に見る自分の顔によく似ていた。

——あれを選べば、お前は孤独になる。

あの呪いはやはり、一生ついて回るのだ。

ぽん、と高槻が尚哉の頭に手を置いた。

「……あのね、深町くん」

高槻が口を開く。尚哉はその手を払いのける気にもなれず、かといって高槻を見上げることもできず、手の中の遠山の名刺を見つめ続ける。

「人の生き方は人それぞれだよ。……同じ力を持っているからといって、同じ道を歩むとは限らない」

慰めてくれているのだと思った。

まだ顔を上げられぬまま、尚哉は言った。

「……そうですね。そもそも遠山さんみたいに俺が社会に出て上手くやっていけるかもわかんないですしね」

「それは平気じゃないかな。君、意外と上手くやってるもの」

「そうですか？」

「うん。キャンパスの中の君を見てると、そこそこ人付き合いして自分の立ち位置を器用に守ってる感じはするからね。……僕としては、それでももう少し親しい友達はいた方がいいんじゃないかなあって思うんだけど」

「それは別にどうでもいいですよ」

「そうかな。でも、難波くんとは仲良くしてるじゃない」

「……あれは向こうが寄ってくるからです」

「本当、ひねくれ者だよね。深町くんって」

「――ちょ、な、何すんですかっ！」

高槻にわしゃわしゃと髪の毛をかき回されて、尚哉は慌てて逃げた。

高槻はいたずらっ子のような笑みを浮かべてわきわきと指を動かし、

「深町くんの頭って、ちょうどいい位置にあるんだよね。健《けん》ちゃんの頭は僕より上にあるからねえ、なかなかこういうのできなくてね」

「佐々倉さんの頭かき回して何が楽しいんですか？」

「それはやってみないとわからないでしょう。……絶対怒られるけど」

「でしょうね。ていうかこれ、何の会話ですか？」

「うん。深町くん元気出してって会話」

高槻が、にっこりしながら軽く首をかしげてみせる。

「なっ……べ、別に元気なくしてるわけじゃないですから！」

「そう？　しょげてるように見えたもんだから。――じゃあ、そろそろ帰ろうか。深町くん、お腹減らない？　晩御飯食べて帰ろうよ」

「……奢《おご》ってくれるなら」

「勿論《もちろん》」

高槻がそう言って、さっさと駅の方へと歩き出す。一度歩いたことのある道なら、この人は一人で歩いても道には迷わない。

尚哉は遠山の名刺をポケットにしまい、高槻を追いかけた。

「そういえば先生。俺、先生に聞きたいことがあるんですけど」

「うん、何？」

「例の、沢木さんに渡してたお守り。『稲人士』って、何ですか？　どこかの地方の呪《まじな》いか何かですか？　なんか字面からして、稲作地方っぽい感じですけど」

「ああ、あれのこと？」

高槻は尚哉を振り返り、にっと笑った。

「深町くん。その言葉、逆から読んでごらん」

「え？　逆？」

「いいから」

言われて尚哉は、『稲人士』の逆読みを考える。

「えーと、『いなじんし』だから……しん、じ、ない……？」

発音してみて、はっと気がつく。

——信じない。

「ちょっと！　まさかあれ、でたらめですか⁉　お守りって言ってたのに！」

「お守りはお守りだよ？　僕が創作したものではあるけどね」

「創作って、やっぱ嘘じゃないですか！　よくそんなの沢木さんに渡せましたね！」

「だから、ちゃんとお守りなんだってば。——深町くんは、『そうぶんぜ』とか『ソウシナハノコ』とか『与田惣《よだそう》』の話って知らない？」

「な、何ですかそれ」

「『そうぶんぜ』や『ソウシナハノコ』は、ある怖い夢の中から抜け出したり、そもそも夢自体を回避したりするための呪文なんだけどね。さかさまから読むと『ぜんぶうそ』『コノハナシウソ』になるっていうのがオチなんだ。『与田惣』は子供を襲う怪異で、その際に『俺は与田惣だ！　さかさまだ！』とか叫ぶんだよ。で、その謎を解けないと殺されちゃうって話。これも、逆さから読むと『うそだよ』になる。——こういう言葉遊び的な怪談はたくさんあるんだ。何しろ、この国の人達は語呂《ごろ》合わせや回文が大好きだからね。でも、『そうぶんぜ』も、『ソウシナハノコ』も、その意味に気づくまでは、怪異から身を守ってくれる心強い呪文だ。この怪談が流行《はや》っていた頃には、たくさんの子供達が必死になって覚えたはずだよ。それさえ覚えておけば怖い夢は見ない。見ても必ず抜け出せる。そして、そう信じている限り、その呪文は効くんだ。だからね、僕が考えた『稲人士』だって効く。沢木さん、一生懸命唱えてたでしょう？」

「……『信じる者は救われる』的な話ですか」

『鰯《いわし》の頭も信心から』、の方が近いかもね」

あはは、と高槻が笑う。

まったくこの人は、と尚哉は思う。なんだかとんでもない肩透かしを食らったような気分だ。

「……そういうのを、全く声を歪《ゆが》ませずに言えちゃう先生が怖いです」

「だって僕、別に嘘を言ったわけじゃないもの。本当にそう思ってるからね」

嘘だ、と尚哉は思う。

確かに今は本当にそう思っているとしか話していないのだろうが、ゆかりにお守りを渡したときには、たぶん慎重に言葉を選んでいたはずだ。すぐ横にいる尚哉に気づかれないように、嘘にならない言葉だけを使って話したのだと思う。高槻は頭のいい人だ、そのくらいのことは簡単にできてしまう。

「先生って、やっぱりちょっとずるいですよね」

「賢い人って言ってほしいなあ」

思わず高槻を睨《にら》んだ尚哉の瞳《ひとみ》を覗《のぞ》き込むように少し身をかがめ、高槻が言った。

「言ったでしょう、深町くん。呪いは信じたら終わりだって。――信じない、それが一番の回避方法なんだよ」

「それはそうかもしれないですけど」

「だからね、君が孤独になるなんて呪いも、信じたら駄目だ」

尚哉の瞳をじっと見つめ、高槻がそんなことを言った。

尚哉は思わず口をつぐむ。

こちらを覗き込んでくる高槻の瞳に、藍《あい》の色は見えない。普段と変わらぬ焦げ茶色の瞳だ。……高槻自身の、瞳だ。

柔らかい光を浮かべたその目を笑みの形に細め、高槻は言った。

「信じちゃ駄目なんだよ。そんな呪いは、全部嘘かもしれないんだからね」

——ああこの人は、まだ自分を慰めてくれてるんだなと思った。

そんなに自分はしょげかえった顔をしていたのだろうかと思いつつ、尚哉は高槻の目から視線をそらした。焦げ茶の瞳には、いつまでもこちらの視線を捕らえておく魔力はないのだ。

「……ていうか先生、呪いは一度でも信じたら終わりだって言ってませんでしたっけ。だったら手遅れだと思うんですけど」

「そ、そこはこう、頭でもぶつけていっぺん忘れてみるとか！」

「何そんな気軽に記憶喪失を勧めてるんですか！　頭いいくせに、たまに変なこと言いますよね先生って」

「……深町くん、なんだか僕今とても気持ちがしょげたから、慰めてくれるかな」

「嫌です」

冷たくそう言い捨てて、尚哉は高槻の前に出て歩き出す。

——お前は孤独になる、とあの夜の祭で祖父は言った。

その言葉の通りに、尚哉はずっと一人で生きてきた。

……はず、だったのだが。

尚哉は後ろを振り返った。子供のように拗《す》ねた顔でついてきていた高槻が、尚哉の表情を見て、怪《け》訝《げん》そうな顔になる。

「どうしたの、深町くん」

「……なんでもないです」

そう言って、尚哉はまた前を向く。

そうしながら、尚哉は胸の中で、祖父に向かって語りかけていた。

——じいちゃん。俺今、本当に孤独なのかな、と。

第二章　人魚のいる海

——江《え》の島《しま》に人魚が出た、という噂が広まったのは、六月初めのことである。

最初は、スポーツ紙の記事だった。

早朝に漁船で海に出た地元漁師が、波間に何か黒いものがゆらゆらと広がりながら漂っているのを見つけたのだという。最初はごみか海藻だと思っていたが、そのうちにその真ん中がひゅっと持ち上がり、丸いものが海の中から浮かび上がった。

その時初めて漁師は、最初に見た黒いものが波間に広がる長い髪で、海の中から現れたのが人間の頭部であることに気づいたそうだ。

遭難者か、あるいは死体か。驚いた漁師が船から身を乗り出したときだった。

くるりと、その頭部がこちらを向いた。

女だった。濡《ぬ》れた黒髪が貼りついた青白い肌。大きな黒い瞳。そして、赤い唇。

遠目にも美しい顔をしたその女は、こちらを見て唇の端を吊《つ》り上げ、そして。

その頭が再び海中に沈んだ——と思った直後、波を割って何かが跳ね上がった。

細い肩。たわわな乳房。引き締まった腰から下は鱗《うろこ》に覆われた魚の体。

飛沫《しぶき》を跳ね返し、こちらをからかうように空中で一回転してまた海に戻ったそれは、まぎれもなく人魚そのものだった——という漁師の談話を載せたその記事は、別に紙面のトップを飾ったわけでも何でもなかったらしい。扱いも小さく、おそらくは単なる穴埋め的な記事だったのだと思われる。

だが、この記事がネットニュースに取り上げられたことで、少々流れが変わった。

記事のリンクがツイッターでさかんにリツイートされ、人魚を見にわざわざ江の島の辺りを訪れる人まで出始めたのだ。

そして、「自分も人魚を見た」という人が、何人も現れるようになった。

「稲村《いなむら》ガ崎《さき》でサーフィンをしてたら、すぐ横に女の顔が浮いていた。直後に、巨大な魚の尾が海から跳ね上がった」「七里《しちり》ガ浜《はま》の海岸を歩いてたら、遠くで人魚が手を振っていた」などという話が幾つも出てきて、徐々にマスコミもこの話題に食いつき始めた。

そして、そんな話に、青和大にいるこの男もまた、食いつかないわけがなかった。

「——というわけで、今日は予定を変更して、人魚の話をします！」

教壇に立った高槻が満面に笑みを浮かべてそう言うと、教室に笑いが広がった。

尚哉の横に座った難波も、「だよなー」などと呟《つぶや》いている。どうやらほとんどの学生が、高槻がこの話題を講義で取り上げるのを期待していたらしい。配布されたプリントを見て、くすくす笑っている者も多い。

「現代で語られる都市伝説では、人魚ネタというのはあまりない気がします。たぶん、現代において人魚というと、西洋の人魚の印象が強いからじゃないかな。アンデルセンの童話『人魚姫』やディズニー映画の『リトル・マーメイド』に出てくる人魚は、化け物というより、もっと愛らしくて親しみやすい印象です。とはいえ、人魚を恐ろしいものとして扱うものがないわけじゃない。何年か前に池袋《いけぶくろ》のサンシャイン水族館でやってたホラーイベントに『あやかしの人魚』っていうのがあったんだけど、知ってる人いる？　行った人は？　あ、いるね。夜の水族館を使ったストーリー性のある体験型お化け屋敷だったんですが、ライトアップされた水槽と不気味な人魚の人形がいい感じにマッチしていて、お客さんもたくさん集まったようです。お化け屋敷なので、勿論《もちろん》この人魚は恐ろしい異形として描かれていました。人魚に襲われる体験なんて、なかなかできないですからね！　ついでに魚やクラゲも見られて、とても楽しいイベントでした」

にこにこ笑って高槻が言う。その口ぶりから、ああ行ったんだなこの人、と尚哉は思う。一緒に行ったのは瑠衣子《るいこ》達だろうか。佐々倉は誘われても断りそうだ。

「では、そもそも人魚がこの国でどのように扱われていたのかを見てみましょう。日本における人魚の記述で一番古いものは、『日本書紀《にほんしょき》』です。配布した資料の①を見てください。巻第二十二、推古《すいこ》天皇の時代です。そこにこうありますね、『二十七年の夏四月の己亥《つちのとい》の朔《ついたち》壬寅《みずのえとら》に、近江国《あふみのくに》言《まう》さく、「蒲生河《かまふがは》に物有り。其《そ》の形人の如《ごと》し」とまうす。秋七月に、摂津国《つのくに》に漁父《あま》有りて、罟《あみ》を堀江《ほりえ》に沈《お》けり。物有りて罟に入る。其の形児《わかご》の如し。魚にも非《あら》ず、人にも非ず、名《なづ》けむ所を知らず』――蒲生河《がもうがわ》というのは、今で言うところの滋賀県日野《ひの》川の下流のことで、この川の中に何かがいたというんですね。その形は人に似ていた、と。その後の、摂津国の漁師の網に子供みたいなものがかかったという記述の方には、人でもなく魚でもない、どう呼べばいいのかわからない、とあります。人でもなく魚でもない、つまり人にも魚にも似ていたということでしょう。人魚というと海にいるイメージがありますが、この頃は川に出るものだったようですね」

そんな「うちの国になんか変なものが出たんですけど」というような報告が『日本書紀』に載っているのかと思うと、なんだかおかしな気分になる。スポーツ新聞の記事と同等の内容が、国が作った歴史書に書かれているというわけだ。

「さて、資料②は中世の説話集『古今著聞集《ここんちよもんじゆう》』巻二十、『伊勢国別保《いせのくにべつぽ》の浦人、人魚を獲《と》りて、前刑部少輔忠盛《さきのぎやうぶのせうただもり》に献上の事』。漁師が奇妙な大魚を捕らえたので平《たいらの》忠盛に献上したという話なんですが、ここにははっきりと『人魚』という言葉が使われており、姿の描写も割と詳しくされています。頭は人間のようだけど、歯は魚のように細かく、口は猿みたいに突き出していて、体は普通の魚と同じだった。しかもこの人魚は、人が近くに寄ると、まるで人間のような声で鳴き、涙を流したとあります。三匹獲《と》れたうちの二匹を献上された忠盛は気味悪がり、すぐに返してしまったんですが、なんと漁師達は三匹とも切り刻んであっさり食べてしまいました。漁師達に別状はなく、ただおいしく食べて終わったようです。八百比丘尼《やおびくに》の伝説だと、人魚の肉を食べると不老長寿になるんだけど、ここにはそういう記述はありません。どんな味なのか気になりますね！」

嬉々《きき》として話しながら、高槻が黒板に何か描き始めた。どうやら『古今著聞集』に出てくる人魚を描いているようなのだが、だいぶシュールだ。高槻自身の画力の問題も多分にあるとは思うが、そもそもの画題の問題もあるだろう。何しろ、魚の顔部分にダイレクトに人間の頭部がくっついているのだ。『人魚姫』の童話に比べるとだいぶ魚要素が強い。これでは王子様と恋をするのは難しそうだ。というか、王子が逃げそうだ。

「資料③は、江戸時代中期に編纂《へんさん》された『和《わ》漢三才図《かんさんさいず》会《え》』の人魚の項目です。イラストもついていますね。これは上半身までが人間の女性、下半身が魚タイプです。説明の部分には、『和名抄《わみょうしょう》』や先程の『日本書紀』などが引用されていますが、それに続いて、今でもたまにこういうのが網にかかるという記述があるところからすると、やっぱり漁師さんというのはちょくちょく人魚に遭遇していたんじゃないかなあという気がしますね。まあ、実際はこのイラストにあるような人魚ではなくて、単に人間っぽい顔した魚、去年の講義で取り上げた人面魚みたいなものかもしれませんが」

高槻の話を聞きながら、尚哉は前にテレビで見たナポレオンフィッシュを思い出していた。魚というとサンマやイワシのような平べったくて尖《とが》った頭のイメージがあるものだが、丸っこく突き出た額や分厚いタラコ唇を持つナポレオンフィッシュは、なんとなく人の顔のように見えなくもなかった。普通の魚を見慣れた人間がいきなりああいう魚に遭遇すると、思わず人面魚と思ってしまうかもしれない。

「江戸期になると、人魚というのは割とメジャーな妖怪《ようかい》として扱われるようになります。

資料④に挙げた山東京伝《さんとうきょうでん》による黄表紙『箱入娘面屋人魚《はこいりむすめめんやにんぎょ》』では、海で漁師に釣り上げられた人魚が陸に上がり、漁師と結婚して、生活のために遊女になったりします。これは頭から首にかけてが人間で、肩から下は魚なので、腕はありません。ただ、同じ山東京伝の『竜宮《りゅうぐう》羶《なまぐさ》鉢樹《はちのき》』の方には、上半身が女性で下半身が魚タイプが出てきます。これらはどちらも浦島太郎の話を下敷きにしていまして、『箱入娘面屋人魚』に出てくる人魚は、浦島太郎が竜宮城にいた頃に、乙姫様以外の魚と浮気してできた子供という設定になっています」

　そう言って高槻が示した資料には、顔だけはよく浮世絵に描かれている女の人と同じだが、体はそのまま普通に魚という、かなりインパクトの強い絵が載っていた。サイズも人間と変わらず、畳の上に魚の尾を使って器用に立ち上がっている。顔は美人という設定なのだろうが、はたしてこれで遊女として客がとれるのだろうか。難波が資料を眺めて「江戸時代人すげえ。俺絶対無理」と呟いているが、尚哉も同意したい。

「資料⑤に挙げた『街談文々集要《がいだんぶんぶんしゅうよう》』の文化《ぶんか》二年の記事には、越中国《えっちゅうこく》富山にて怪魚を捕らえたという話が載っています。イラストを見ると、角の生えた女の頭を持つ魚、という感じですね。本文によれば『面ハ般若《はんにゃ》面の如く、鰭《ひれ》に唐草の如き紋有り、横腹左右ニ目三ヅ、あり』とのことで、佐渡《さど》では時々漁師の網にかかるけど、人魚が獲れると不漁になるから、獲れた人魚にご飯や酒を与えて海に戻すという記述も見られます。資料⑥は、文化二年五月の瓦版《かわらばん》に描かれた人魚図。『街談文々集要』の記述と大体同じなんだけど、最後に『此《この》魚を一度見る人ハ寿命長久し、悪事災難をのがれ一生仕合よく福徳幸を得るとなり』とあって、姿は不気味なのに幸せのシンボルみたいな扱いを受けているのが面白いですね。この後、これによく似た『姫魚《ひめうお》』の絵が、病気除《よ》けになるとして流行《はや》ったりもしました。――つまり、そういう理由をつけて、こういった絵を街頭で売りさばく人がいたというわけですね。そして、それをありがたがって買う人も多かった」

瓦版に描かれた人魚図は、髪を振り乱した女の顔がダイレクトに魚の体にくっついている。髪の中から突き出た二本の角といい、開いた口の中に並ぶ歯といい、確かに般若の面のような顔をしていた。これを見ると寿命が延びると言われても現代人には信じがたいが、当時の人々は喜んでこれを壁に貼ったりしていたのかもしれない。

配布資料に視線を落とし、高槻が少し苦笑して言った。

「それにしても、日本における人魚というのは、江戸期まではあまり美しくない感じですね。人魚のミイラなんてものもあちこちに残ってるけど、あれも美しくない。大抵は猿とかの上半身に鮭や鱒《ます》などの体をくっつけたもので、剝製《はくせい》技術を応用した作り物だと言われています。京伝の黄表紙に描かれた人魚は、顔はまあ美人ですが、やはり現代人である僕らが思い浮かべる人魚とはイメージが違います。西洋文化の流入によって僕らの人魚に対する認識がどれだけ変化したのかが、よくわかりますね」

そのとき、教室の前の方に座っていた女子学生が手を挙げた。

「先生。それじゃ、江の島で目撃情報が上がってる人魚は、どうなるんですか？　あれは、腰までは人間で、しかも結構美人だったって話が多いです。つまり西洋系の人魚、現代の私達がイメージしている人魚そのものですよね」

「うん、今出ている情報を見る限り、そんな感じだね」

　にこにこしながら、高槻が応じる。

　女子学生は少し身を乗り出すようにして、

「そしたらやっぱり、あの人魚の噂は嘘ってことですか？」

　そう言った。

「だって、そもそも日本の人魚は、頭部だけ人間っていうタイプだったわけじゃないですか。今出てる目撃例とは違いすぎます。西洋系の人魚の話しか知らない人が作った嘘か、あるいは見間違いって話になりませんか？」

「うーん、その話をするためには、まず、日本には昔からこの頭だけ人間タイプの人魚が実際に生息していたっていう前提が必要になるかな」

　高槻がそう言って、先程黒板に描いた人魚の絵を指差した。

　女子学生が、あっという感じに片手で口元を覆う。人魚が実在するという前提で自分が話していたことに、たった今気づいたらしい。他の学生達が笑い出し、彼女は恥ずかしそうに身を縮めた。

　が、高槻は、馬鹿にしたように笑う学生達を不思議そうに見回して、

「え、何で笑うの？　今の、とてもいい質問だったのに」

学生達の笑いが収まる。縮こまっていた女子学生が、少しだけ顔を上げる。

高槻はにっこり笑って彼女を見つめ、言った。

「この国にはたくさんの妖怪がいるよね。例えば鬼、河童《かっぱ》、天狗《てんぐ》。皆、その名前を聞けば、それがどんな姿かを思い浮かべることができる。でもね、じゃあ本当に鬼を見たことがある人、河童を見たことがある人っていうのは、たぶんこの教室にはいないよね？　皆、漫画や小説、何らかの資料を見て、知ったような気になっている。『ぬりかべ』の絵を描いてって今僕が言ったら、絶対皆『ゲゲゲの鬼太郎《きたろう》』に出てくるあの四角いキャラクターの絵を描くでしょう？　こういうやつ」

高槻が黒板に、短い手足の生えた大きなはんぺんのようなものを描いてみせる。はんぺんの真ん中辺りに目を二つ描き込むと、高槻はくるりと学生達に向き直り、

「ぬりかべです」

胸を張って、そう宣言した。学生達から、ぱらぱらとまばらな拍手が送られる。画題が単純なおかげで、まあなんとか、ぬりかべに見える。

「僕達は、伝えられた物語によって、あるいはそれに添えられた絵によって、見たこともない存在の形をはっきりと頭に思い描くことができる。しかもそれを、共通の認識として分かち合うことができる。かつてこの国で人魚といえば、大抵はこういう頭部だけが人間になっているタイプの生き物だった。それが、当時の人達の認識だったんです。でも、明治になってさかんに西洋文化が流入してくるようになると、向こうの物語もた

くさん日本に入ってきた。日本人は、他国の文化を取り入れるのがとても上手な民族です。西洋の童話、小説、そこに登場する化け物達をも、僕らは柔軟に吸収した。結果、人魚という生き物に対するイメージは更新され、『上半身は美女、下半身は魚』という共通認識が広まった。――本当の人魚がどんな姿かなんてのはね、この場合、実はどうでもいいことなんです。だって僕らは、語られた人魚の姿しか知らないんですから」

そう言って、高槻が軽く肩をすくめてみせる。

ああ、そうだ。本物の人魚に会ったことのある者なんて、たぶんこの場にはいない。なのに皆、人魚といえばこういうものだというイメージがある。そして、高槻が今日講義で話した内容があらたにインプットされたことで、そこに『日本における人魚というのは、もともとはこんな姿だった』というイメージが付け加えられた。

だが、それが本物の人魚にどれだけ似ているのかなんて、誰にもわかりはしないのだ。

「人というのは基本的に、自分が見たいようにしか世界を見られないものです。海で人魚みたいなものに出会ったという衝撃的な体験でさえ、もともと持っている共通認識に影響を受ける。『人魚を見た』と思った瞬間、本当はよく見えなかったはずの全身像までがイメージによって綺麗《きれい》に補完されてしまったりしますからね。まして、又聞きならばなおさらです。そして勿論《もちろん》、それを伝える媒体の性格も影響します。スポーツ紙なら、やっぱり面白おかしく書きたいでしょう。『なんだか気持ち悪い人と魚が混ざった生き物が出ました』と書くよりも、『胸もあらわな美しい人魚が海面で跳ねた』と描写した方が、読む人の興味を引きますからね」

高槻は楽しそうにそう話し、先程手を挙げた女子学生にまた目を戻した。

彼女はもう恥ずかしそうに縮こまってはいなかった。いつものように姿勢を正し、興味深げな様子で高槻の話を聞いている。高槻はあらためて彼女に笑いかけ、

「今世の中で騒がれている人魚の噂が嘘か本当か、それはまだわからないけどね。この国にはこれだけ古くから人魚の話が伝わり続けているんだ。だったら、人魚と呼ぶべき何かが、本当にこの国にはいるのかもしれない。——そのくらいのロマンは常に持っておきたいよね、やっぱり！　ていうか見てみたいよね、人魚！　そしたら、この頭部だけ人間タイプと上半身が人間タイプのどっちが正しいかがわかるものね！」

目をきらきらさせながらそう語る高槻に、学生達がまた笑い出した。

あれだけ解説しておきつつ、最終的には「人魚が見てみたい」という結論になってしまうのが、とても高槻らしい。そのうち本当に江の島まで人魚を探しに行きそうだ。

その場合、やっぱり佐々倉が車を出すんだろうかと思っていたら、高槻がこっちを見た。にんまりと笑う。……ああこの人やっぱり行く気だな、と尚哉は思った。

とはいえ、講義が終わっても、高槻から特に連絡はなかった。

図書館にでも行こうかと思って、尚哉は一人で校舎を出た。両耳にイヤホンを押し込み、キャンパスの中を歩き出す。

が、途中でふと思い直して、カフェテリアの入っている建物へと方向転換した。紙コップに入った安いコーヒーだけ買って、店の真ん中辺りの席に腰を下ろす。

——といっても、別にコーヒーが飲みたくてここに来たわけではなかった。

つけたままのイヤホンからは、音漏れしない程度の音量でずっと音楽が鳴り続けている。たまたま聴いて気に入った、海外アーティストの昔のアルバムだ。

コーヒーに口をつけながら、尚哉はそっと店の中を見回した。

周囲の席はどれも、二人連れや三人連れの客で埋まっていた。

彼らは笑ったり顔をしかめたりしながら、口々に何か話している。だが、彼らが何を話しているのかは、尚哉には聞こえない。イヤホンから流れる英語の歌詞が、まるでバリアを張ったみたいに外の会話を聞こえなくしてくれている。

尚哉はコーヒーを置き、眼鏡のブリッジを軽く押し上げた。小さく息を吸って吐く。

それから、片耳だけ、イヤホンをはずした。

途端、イヤホンをはずした方の耳に、店内の話し声がどっと流れ込んできた。

「だからー、気にしすぎだって！　あの二人、別に付き合ってないってば！」

「あたしもその本、前に読んだ！　すっごく泣いたー！　本当、感動作だよね！」

「いやこれ本当の話なんだけどさあ、前にバイト先の女の先輩が俺に向かって胸を」

あちこちで交わされる会話のところどころに、嘘の歪《ゆが》みが交ざっているのがわかる。たぶんどれも些《さ》細《さい》な嘘だ。その場を取り繕うための、あるいは面白おかしく話を盛るための。話している本人には、別にそこまで悪意があるわけでもないのだと思う。

それでも、尚哉の耳は、嘘というだけで彼らの声をひどく歪ませる。聞くに堪えない音声へと勝手に変換する。ぞわぞわと背筋を走る悪寒に耐えようと、尚哉は下を向く。

——聞きたくない音は聞き流すようにする訓練をしておいた方がいいよ、というのは、四月に出会った遠山が言っていたことだ。

尚哉と同じ能力を持つ遠山とは、あの後何度か連絡を取った。訓練というのはどうすればよいのか尋ねてみたところ、教えてもらったのがこのやり方だ。

人の多い場所でイヤホンで音楽を聞きながら、片耳だけイヤホンをはずす。そうして、周りの会話を半分だけ耳に入れるようにする。

片耳のイヤホンから流れてくる音楽にだけ耳を澄ますようにして、歪んだ声が聞こえてきても意識を向けないようにするのだ。一度意識してしまうと余計に耳が嘘の声ばかりを拾うようになるから、あくまで雑音だと思って聞き流す。

遠山の言わんとすることは、なんとなくわかった。誰かと会話している最中なら、相手の話に集中しているから、そんなに周囲の会話が気にならないことがある。それと同じことを、一人でいるときにもできるようになれという話なのだと思う。慣れてきたら両耳ともイヤホンをはずして、周りの音の中から聞いていたいと思う音だけを拾うようにしろということだった。

——そしてこれが一番重要で、なおかつ一番難しいことなんだけれども、と遠山が言ったことがある。

『誰かの嘘を聞き分けることに、罪悪感を覚えないことだ』

遠山も尚哉も、相手が言葉の中に潜ませた嘘に一瞬で気づいてしまう。それは、相手がどれだけ表情を取り繕い、声音を調整したところで同じことだ。本人が「これは嘘だ」と自覚している言葉を吐けば、その時点でその声は歪みに変わる。

だけど、誰だって、自分が嘘をついていることを気づかれたくはないはずだ。

『私や深町くんが持っている能力は、相手の心の中を盗み見しているのと変わらない。確かにそうかもしれないが、でもそれは、別に意識してやっていることではない。……あまり気にしないようにすることだ。難しいとは思うがね』

遠山はそう言って、苦く笑った。尚哉もまた、同じ表情だったと思う。

自分の家族にさえ疎まれた能力なのだ。今更気にするなと言われても、そう簡単にできることではない。

「あー、その気持ちわかるー。それ別にマミは悪くないじゃんね？」

「いやマジ嘘なんて言ってないし！　全部本当だって！」

きいんと甲高く響いた直後にねじれながら重低音まで落ちた声に脳味噌《のうみそ》をかき回され、尚哉は顔を歪めて耳を押さえた。

今日はここまでにしようと思って、イヤホンをはめ直す。結構頑張ったような気がするのに、紙コップの中のコーヒーはまだたいして冷めてもいなかった。苦いだけのコーヒーを無理に喉《のど》の奥に流し込み、席を立つ。

すぐにはできなくてもちょっとずつ慣らしていけばいいと、遠山は言っていた。遠山も昔は人の多い場所で倒れたりしたそうだが、今はそういうこともないらしい。とりあえず遠山に言われた通り、訓練を続けていくしかないだろう。

とはいえ、やはり少し疲れた気分だった。図書館に寄るつもりだったが、もう今日はこのまま帰ろうかと思って、尚哉は校門の方に足を向けた。

相変わらず中庭には人が多い。通行人やベンチに座って話している者も多いが、各種サークルが活動の場にもしているからだ。音楽をかけながら踊っているダンス部や、発声練習をしている演劇サークルの横で、なぜかバナナの叩《たた》き売りをしている者もいたりして、いつ見てもカオスだ。

くわえて気になるのは、近頃急に鳩が増えたことである。

ベンチに座る学生達がパンや菓子を投げ与えた結果、ここを餌場と思って近くの鳩達が集まってきてしまったらしい。今も尚哉の足元を、灰色の鳩がてけてけと警戒心もなく歩いている。糞《ふん》も落ちるし、たまに人を人とも思わずに真正面から低空飛行してくる鳩もいるので、大学内では少々問題になっていた。教務課があちこちに「エサやり禁止」の看板を立ててはいるが、一度集まった鳥達はそうすぐにはいなくならない。

心配になって高槻に大丈夫なのかと訊《き》いてみたら、「なるべく中庭は通らないようにしてる」とのことだったので、一応対処はできているらしい。が、そのうちばったり倒れるのではないかと思うと、気が気ではない。

　そのときだった。

　一人の男性が、校門を通り抜けてこちらに歩いてくるのが見えた。学生ではない。もっとずっと年配だ。かっちりした三つ揃いのスーツをまとい、口髭《くちひげ》を生やしている。脚が悪いのか、手にはステッキを持っていた。年齢は五十代くらいだろうか。教授陣の一人なのかもしれないが、これまで見かけた覚えはない。

というか、こんな人が大学にいたら、間違いなく目につくはずだ。

　そう思うほどに、その男性はちょっと浮世離れした雰囲気を漂わせていた。のばした灰色の髪を後ろで一つに束ねた髪型や、よく整えられた口髭は、まるで映画の中から出てきたかのようだ。日本人なのだとは思うが、英国紳士、という言葉が自然と頭に浮かぶ。長身でスタイルも良く、ハンサムな顔立ちに適度に入った皺《しわ》が渋みを添えていた。

　そんなことを考えながら、ついじっと見てしまったからだろうか。英国紳士が、ふっとこちらを向いた。

　目が合った途端、英国紳士がにこりと微笑んだ。

　その瞬間、あれ、と尚哉は思った。どこかで見たことがある気がする。もしかして、本当に映画俳優だったりするのだろうか。

　歩み寄ってきた英国紳士の唇が動くのが見えて、慌てて尚哉はイヤホンをはずした。

「あ、すいません、聞こえなくて……どうかしましたか？」

尚哉が尋ねると、英国紳士は、おや、という顔をしてからあらためて微笑み、

「邪魔をしてすまなかった。この大学で教鞭《きょうべん》を執っている高槻彰良という男に会いたいんだが、どこへ行ったら会えるだろうか？」

響きの良いバリトンの声が、そう尋ねてくる。

英国紳士の口から突然出てきた高槻の名前に、尚哉は少し驚いて、

「えっ……と、高槻先生なら、たぶんこの時間は研究室棟にいると思いますけど」

「おや、もしかして君は彼の教え子か？　もし差し支えなければ、案内してもらえると助かるんだが」

「いいですよ。こっちです」

別に今日はもう帰るだけなのだ。英国紳士を案内するくらいお安い御用だ。

高槻を訪ねてくるということは、他所《よそ》の大学の教授か何かだろうか。『隣のハナシ』を見てやってきた依頼人ではなさそうだ。怪異に脅かされている雰囲気ではない。

英国紳士は中庭を見回し、面白そうに目を細めてみせた。

「随分と活気がある。今日は何かイベントがある日かな？」

「いえ、いつも大体こんな感じです。サークル活動です、あれ全部」

「コヴェント・ガーデンみたいだな。コインを入れるカップを置いておけばいいのに」

英国紳士はそう話しながら、くるくると手の中でステッキを軽く回してみせた。握りの部分に彫られているのは狼だろうか。注意して見ないとわからない程度だが、少しだ

け右足を引きずっているようだ。

研究室棟にたどり着き、３０４の部屋まで英国紳士を案内した。が、扉をノックしても、返事が返ってこない。

「あれ？……先生、いないのかな」

この時間ならいつもいるはずなのに、と思いつつ、ドアノブに手をかける。鍵《かぎ》はかかっていないようだ。とりあえず英国紳士は部屋の中で待たせておけばいいだろうか。

そう思いながら、扉を開けて部屋の中を覗《のぞ》いた尚哉は、ぎょっとした。

研究室の中には、本やルーズリーフが散乱していた。

机の上にも床の上にも、何冊もの本が積まれている。文献のコピーを挟んだクリアファイルが幾つも散らばり、その間に何本ものペンがばらまかれている。まるでついさっきまでここで修羅場が展開されていたかのようだが、人の姿は見えなかった。

高槻はあれでかなり綺麗《きれい》好きな人だ。出したものはすぐしまう習性があるようで、研究室はいつも片付いている。……こんな事態を招く人物の心当たりは、一人だけだ。

尚哉は机の下を覗いた。

「……あーもう、やっぱり！　瑠衣子先輩！」

髪の長い女性が、まるで行き倒れたかのような姿勢で床に倒れていた。傍らに開いたまま置かれたノートパソコンも、とうにブラックアウトしている。高槻研究室に所属する院生の生方瑠衣子だ。研究発表や論文の締め切り前になると、よく研究室の床に落ちている人である。

「ほら、先輩！　そんなとこで寝ちゃ駄目ですよ、起きてください」

歩み寄って声をかけてみる。んー、とも、うー、ともつかない声を上げ、瑠衣子が寝返りを打った。普段は難波が喜ぶような美人なのだが、今日はあいにく残念な方の瑠衣子らしい。髪はぼさぼさなうえに化粧気もなく、ずれた眼鏡の下には隈《くま》もできている。

「先輩、先輩ってば。起きてください、今日はバイトの日でしょう」

「んー……深町くん、代わりによろしくー……ギャラははずむから……」

「いや無理ですって、何言ってんですか」

と、そんな瑠衣子に、反対側から声をかけた人物がいた。

「Excuse me, lady. 大丈夫ですか？」

英国紳士だった。

わざわざ机を回り込んで、そっちに行ったらしい。ステッキを机の端に立てかけ、瑠衣子の傍らに膝《ひざ》をついて、優しく抱き起こす。

「女性がこのような冷たい床の上で寝てはいけないな。ああ、随分と疲れているようだ、可哀想に。さあ、せめてその椅子に座るといい。造形的には一つも褒め称《たた》えるところのないパイプ椅子だが、美しい君を床よりはまだ上手《うま》く受け止めてくれることだろう。ほら、立てるかな？」

響きの良い声が、芝居の台詞《せりふ》かと思うような言葉を臆面《おくめん》もなく紡ぐ。やっぱりこの人俳優なのかなと尚哉は思う。なかなか常人には言い難い台詞のような気がする。

が、残念ながら、言われている瑠衣子はまだ半分眠っている状態だ。英国紳士に支えられてパイプ椅子に腰を下ろし、瑠衣子はようやくぼんやりと目を開け、

「ん……？　アキラ先生、いつの間にお髭《ひげ》生やしたの……え、やだ、似合うー……」

「瑠衣子先輩、その人、高槻先生じゃないですよ」

まだ半分夢見心地な感じで呟《つぶや》いている瑠衣子に向かってそう指摘しながら、尚哉ははたと気がついた。

そうだ。この英国紳士の顔に見覚えがある気がしたのは。

似ているからだ。

——高槻彰良という人に。

「あれー？　どうしたの、ドア開けっぱなしにして」

そのとき、扉の方から高槻の声が聞こえた。

封筒を幾つか抱えた高槻が、研究室に入ってくる。教務課にでも行っていたらしい。

「うわ、瑠衣子くん、君また散らかして……あれ、深町くん？　それと——え？　えええええっ？　渉《わたる》おじさん!?」

尚哉を見て、次に英国紳士に視線を移した高槻の目が丸くなった。

英国紳士が再び机を回り込み、高槻に歩み寄った。

「よお、彰良！　ひさしぶりだな、元気だったか？」

「おじさん！　どうしたの、来るなんて聞いてないよ!?」

「ははは一、サプライズだ！　立派になりやがってこの野郎、会いたかったぞー！」

「僕もだよー、おじさん！」

英国紳士が両腕を広げ、高槻をハグする。高槻も嬉《うれ》しそうにハグを返す。こうして並べて見るとやっぱりよく似ている。顔立ちも、背格好も、少し浮世離れした雰囲気も。

「んー、アキラ先生が二人いるー？……何これー……」

パイプ椅子の上でゆらゆら揺れながら、瑠衣子がそう呟いた。

その眼前に、尚哉はスマホの時計画面を突きつける。

「先輩。今日、木曜ですよ」

「もくよーうー……？」

「今日、バイトですよね」

「……――あっ」

途端、瑠衣子が覚醒《かくせい》した。

がたりとパイプ椅子を揺らして立ち上がり、机の下から引っ張り出した大きなトートバッグにパソコンやらファイルやらペンやらをあっという間に詰め込んで、まだハグし合ったままの紳士二名の横を「すいません失礼します！」のひと言ですり抜ける。再起動した後の瑠衣子の行動は、感心するほど迅速だ。というか、これから一度帰って支度してバイト先の塾まで行くとなると、かなりぎりぎりの時間なのだろう。

「瑠衣子くーん、転ばないように気をつけるんだよー」

開け放したままの扉の向こうを去っていく足音に向かって、高槻がそう声をかける。

「はーい！」という返事は、もうかなり遠くの方から聞こえた気がした。

ようやく高槻から体を離し、英国紳士が言った。

「彰良。女性を床に寝かせておくとは、紳士としてなってないな。がっかりだぞ」

「いやあの、瑠衣子くんはね、研究熱心ないい子なんだけど、忙しくなると睡眠とか食事とか忘れちゃうタイプで、たまにあんな風に研究室の床で行き倒れるんだよ……」

「何だ、昔のお前みたいじゃないか。そういう事態が発生するとわかってるなら、床にあらかじめ毛布でも敷いておきなさい。うちもそうしていただろう」

「あのねおじさん、ここ、研究室だから。僕の家じゃないから、さすがに毛布は……」

困った顔で笑いながら、高槻が研究室の扉をようやく閉める。

それから高槻は、はっとした顔で尚哉を振り返った。どうやら今まで尚哉がいることを忘れていたらしい。

「ああ、深町くん、ごめんね！　深町くんがおじさんをここまで案内してくれたの？」

「はい。校門の近くでたまたま会って」

「そっか。どうもありがとう。――あのね、この人は、僕の母方の叔父《おじ》で、高槻渉《たかつきわたる》さんっていうんだ。ほら、前に話したよね、僕が一時期海外の親戚《しんせき》に預けられてたってこと。その親戚っていうのが、この渉おじさんなんだ。普段はイギリスに住んでるんだけど」

高槻がそう説明してくれる。どうやら本物の英国紳士だったらしい。

英国紳士——もとい、高槻渉が、優雅な仕草で尚哉に会釈してみせた。

「どうも、高槻渉です。ええと、君は、深町くんというのかな？　深町、何くんかな」

「尚哉、です。深町尚哉」

「そうか。それでは尚哉くん、あらためて、どうぞよろしく」

渉がそう言って、右手を差し出してくる。日本にはあまり握手の習慣はないんだけどなと尚哉は思うが、向こうは郷に入っては郷に従うつもりはないらしい。仕方なく尚哉が手を出すと、渉は大きな手でがっしと尚哉の手をつかんで勝手に上下にぶんぶん振った。やっぱり高槻に似ている。初対面の相手との距離感のなさが同じだ。

確か高槻の家は、父親が入り婿という話だった。母方の叔父の苗字《みょうじ》が高槻なのは、だからなのだろう。

「おじさん、とりあえず座って。飲み物入れるよ。ティーバッグしかないけど、紅茶でいい？　深町くんも座りなよ、せっかくだからコーヒー飲んでいきなさい」

高槻に言われて、渉がパイプ椅子に腰を下ろす。そろそろ帰ろうかと思っていた尚哉は、高槻のその言葉でタイミングを失った。仕方なく、自分も椅子に座ることにする。

研究室の中をぐるりと見回し、渉が言った。

「しかし、彰良ももう准教授か。前に会ったときは、まだ講師だっただろう？　もう五年くらい前になるか」

「そうだね、五年ぶりだ。おじさん、今回はどうして日本に？　仕事？」

「ああ、新しく取引先が増えそうで、その商談で来た。あとはまあ、ひさしぶりに可愛い甥《おい》っ子の顔が見たくなってな」

「この通り、元気でやってるよ。おじさんも元気そうでよかった」

飲み物を載せたトレーを持って戻ってきた高槻が、渉の前に紅茶を置く。

使用されているそのカップを見て、尚哉は、あ、と思った。

この研究室で客用に使われるのは、誰に対しても問答無用でサイケデリックな大仏柄のカップだったはずだ。だが、今高槻が渉に出したのは、赤一色のマグカップだ。普段瑠衣子が使っているものである。

尚哉の前にコーヒーの入った犬柄のマグカップを置きながら、高槻が苦笑した。

「そんな睨《にら》まないでよ、深町くん。おじさんは、イギリスでアンティーク商をしてるんだよ。美的センスとかにうるさいんだ。さすがにあのカップ出したら怒られるよ」

「先生でもそういうの気にするんですね」

「気にするよ、そりゃ。おじさんにはお世話になったからね」

高槻が言う。誰に対してもマイペースな高槻が、随分と珍しい。

だが——そういえば、前に高槻は、こう言っていた気がする。

『あの人のところでしばらく過ごしてなかったら、僕はどうなってたかわからない』

この高槻渉という人は、たぶん高槻が一番大変だった頃、高槻の傍にいた人なのだ。

だが、そう思うと余計に、なんだか居心地が悪いような気分になってきた。せっかくひさしぶりに会った親戚なのに、それもたぶん特別な相手なのだろうに、自分が邪魔をしてはいけないような気がする。

早くこれを飲み干して帰ろう。そう思いながら、尚哉はマグカップを口に運ぶ。

と、なぜか渉が尚哉をじいっと見つめていることに気づいた。

「え、何ですか？」

「——ああいや、彰良は君を気に入ってるんだなあと思って。普段から彰良は君に懐いてるんじゃないかな」

渉が言う。笑うと目《め》尻《じり》に深い皺《しわ》が寄る。

「懐くって、あんまり年上から年下へのことに対して使う言葉じゃないような気が」

「でも、懐いているだろう。よしよし、君にはチョコをあげよう。彰良をよろしくな」

そんなことを言いながら、スーツのポケットから取り出したチョコレート菓子を尚哉の手に押しつけてくる。いや、こんなものを渡されても困るのだが。

高槻が口を挟んだ。

「おじさん。深町くんは甘いものが食べられないんだよ。あと、あんまり深町くんにおかしなこと言わないでほしいんだけど」

「別におかしなことは言っていないだろう。お前は昔から、一度懐いた相手は自分の傍から離さない子だったじゃないか」

「だからそういうこと言わないでって言ってるのに……」

顔をしかめて、高槻が呟《つぶや》く。なんだか今まであまり見たことのない表情だ。子供時代のあれこれを勝手に披露されるのが恥ずかしいらしい。要するに渉は、高槻にとって親同然の存在なのだろう。高槻でもこんな顔するんだなあ、と尚哉は思う。

渉を挟んで反対側の椅子に腰を下ろした高槻の手元には、いつもの青いマグカップがあった。中身はココアのようだが、マシュマロは入っていない。そんなところもいつもと違っていて、ちょっと面白かった。

マシュマロなしのココアを口に運び、高槻が渉に尋ねた。

「おじさん、日本にはいつまでいるの？」

「せっかくだから、しばらくいようかと思ってるよ。商談はもう終わったんだが、ひさしぶりの日本だからな」

「会社は？　大丈夫なの」

「優秀な秘書がいるからな！　アイリーンっていうんだが、全てがパーフェクトでな。俺なんかいなくても、彼女さえいれば会社は回る。だから、しばらく遊んでても——」

渉がそう言いかけた途端、その懐でバイブ音が鳴った。電話のようだ。

スマホを取り出し、画面を見た渉が、げっと小さく呟く。表示には『Irene』と出ていた。渉が「すまん」と言って席を立ち、廊下に出て行く。秘書の電話を受けるというより、お説教を聞きに行く子供みたいな顔をしていた。

ややあって戻ってきた渉は、若干しょんぼりした表情で、

「……一週間は待ってやるから、それまでに戻ってこいって言われた……」

「一週間遊んでていいって言ってくれるんだから、とても優しい秘書だと思うよ？」

「向こうは今、朝の八時半だぞ？　そんなに仕事ばっか愛してないで、もっと俺を愛してくれてもいいと思うんだが……くそ、半月くらいはのびのび羽をのばして京都とか温泉とか行こうと思ってたのに……彰良ともいっぱい遊ぼうと思っていたのに……」

「時間の許す範囲で遊んであげるから、気を落とさないで。おじさん」

がっくりと机に突っ伏した渉の背中を、高槻がぽんぽんと叩《たた》く。やっぱりこの二人色々似てるなあと尚哉は思う。拗《す》ね方までそっくりだ。

「おじさん、今夜は？　時間あるなら、一緒に食事しようよ」

「今夜は駄目だ。この後、ちょっと人に会う予定がある。それより彰良、この週末は？予定が空いてるなら、おじさんをどこかに遊びに連れて行ってくれないか」

「あ、土曜日は……」

高槻が少し言葉を濁した。

渉が片方の眉《まゆ》を跳ね上げ、高槻を見る。

「何だ。デートなら、相手を紹介しなさい。叔父として挨拶《あいさつ》せねば」

「そうじゃなくて。——えっとね、そう、週末の予定を聞きたかったから、深町くんに残ってもらったんだ。ねえ深町くん、今週の土曜日って空いてる？」

「はっ？……な、何ですか急に」

突然自分に話題を振られて、尚哉はびっくりしてコーヒーで噎《む》せそうになった。

高槻は渉越しに尚哉を見ながら、

「あのね、人魚を探しに一緒に江の島方面に行かないかと思って。さっき健ちゃんから連絡きて、土曜なら休みって言ってたから、車出してもらえるし。きっと楽しいよ？」

「はあ……いいですけど。やっぱ見たいんですね、人魚」

講義のときの顔を見たら行く気満々なのはわかっていたが、どうやら佐々倉の連絡待ちだったらしい。

高槻がわくわくと目を輝かせて言う。

「だって、もしかしたら本当にいるかもしれないでしょう。日本の人魚が本当はどんな姿なのか、自分の目で確認できるチャンスかもだよ！」

渉が首をかしげた。

「何だ、人魚って。ジャパンの海には近頃人魚が泳いでるのか」

「うん。目撃証言多数のホットな話題だよ。健ちゃんの予定押さえちゃったから、土曜日はどうしても江の島方面に行きたいんだよね。それでよければ、おじさんも一緒に行く？　ついでに鎌倉《かまくら》観光とかしてもいいし」

「行くとも！　ジャパニーズマーメイド、面白そうじゃないか！」

渉が同じように目を輝かせて、満面に笑みを浮かべる。本当に高槻とよく似ている。

もうそこそこの年なのだろうに、子供みたいに喜ぶ顔は驚くほどそっくりだった。

渉は、とりあえず今日は高槻の顔を見るために寄っただけだったらしい。紅茶を飲み終えると、早々に席を立った。尚哉もそれに合わせて帰ることにする。

高槻が渉を駅まで送ると言い、結局三人で研究室棟の外に出た。

中庭のサークル活動はまだまだ絶好調のようだった。バナナの叩き売りがいなくなった代わりに、大道芸研究会が中国ゴマを披露している。縄を二本使って行う大縄跳びのダブルダッチも始まっていて、飛び入り参加も受け付けてだいぶ盛り上がっていた。尚哉達はその間を縫うようにして、校門に向かって歩いていく。渉はこの手の騒ぎが好きらしく、面白そうにあちこちの集団を覗《のぞ》き込んでは拍手を送ったりしていた。

「そういえば、先生が昔暮らしてたのって、イギリスだったんですね。ロンドンにいたんですか？」

先程渉がこの中庭の様子を評してコヴェント・ガーデンのようだと言っていたのを思い出し、尚哉は高槻に尋ねてみた。確かコヴェント・ガーデンというのは、ロンドンにある有名な観光地だった気がする。

高槻がにこりと笑って振り返った。

「住んでたのはロンドン郊外の町だよ。渉おじさん、そこにアパートメントを持っててね。アパートメントの住人達と、皆で家族みたいに暮らしてたんだ」

「なんか海外のドラマみたいですね」

「うん。実際そんな感じだった。国籍もばらばらだったしね。パン屋で働いてるイギリス人と、ＩＴ企業に勤めるインド人と、フランス人のカウンセラーと、大きな犬が二匹いて、大家がおじさんで、僕が居候」

「うわ、聞くだけでなんかメンバー濃い……」

「でしょ。ごはんは皆でそろって食べる決まりで、ごはん当番は持ち回りだった。犬の散歩は僕の役目。毎日楽しかったなあ。また皆に会いたいよ」

高槻がそう言って、懐かしそうに目を細める。

それを見て、高槻にとって当時のことは本当に良い思い出なのだろうなと、尚哉は思う。……そんな風に過ごせていた時期が高槻にあったのだと思うと、なぜだか尚哉までほっとするような気持ちになった。

そのときだった。

わっと、前方で声が上がった。

今度は何の騒ぎだ、と思ってそちらに目を向けた尚哉は、ぎょっとして思わず高槻の腕を引っ張った。

「先生――！」

鳩だ。

数羽の鳩が、通行人をものともせずにばさばさとこちらに向かって飛んでくる。

今更避けようもなかった。この状態になったら、高槻はもう身動きができなくなる。ちょうど人の高さで突っ込んできた鳩達が、こちらの肩や頭をかすめるようにして、ばさばさと後ろに飛び去って行く。尚哉達は身をすくめてそれをやり過ごす。

「……っ」

かすかに、高槻があえぐのが聞こえた。

尚哉がはっとしたときには、もうその体は尚哉の方に倒れかかっていた。

「先生！」

「彰良！」

渉が声を上げる。なんとか尚哉一人で支えようとしたが、結局支えきれず、高槻を抱えて尚哉はその場に座り込む。

「彰良。おい、彰良！」

ステッキを放り出してその場に膝《ひざ》をついた渉が、高槻の肩を揺さぶった。が、高槻は目を開ける気配はなかった。血の気を失った顔が紙のように白くなっている。

「尚哉くん。彰良は今でも、鳥を見るとこうなるのか？」

「……はい」

厳しい声で渉に問われ、尚哉は小さくうなずいた。

ふと気づくと、周りには人が集まりつつあった。心配そうにしている者もいるにはいるが、好奇の目を向けてきている者も多い。まずいな、と尚哉は思う。早く高槻を移動させた方がいいのだろうが、尚哉一人で高槻を運ぶ自信はない。脚の悪い渉に手伝ってもらうわけにもいかないだろう。でも、薄ら笑いを浮かべながらこっちを見下ろしてきている学生達に助けてくれというのも気が引けた。スマホで撮影しようとしている者までいるのに気づいて、ぞっとする。撮影して、その写真をどうするつもりなのか。

「――あれ？　深町？」

そのとき、聞き慣れた声が耳に入って、尚哉ははっとしてそちらを振り返った。

難波だった。人垣の向こうから、こっちを覗き込んでいる。

「やっぱ深町じゃん。何してんだお前……え、てかそれ、高槻先生か!?」

「な……難波！」

思わずすがるような目を向けた尚哉に、難波は一瞬びっくりした顔をしたが、すぐに人垣をかき分けてこっちに来てくれた。

「どうした。何かの発作？　それとも貧血？」

「……みたいなもの」

「マジか。医務室行くか？」

「あ、うん……けど、一人じゃ運べなくて」

「まかせろ。手伝う」

「え……」

ごく自然にそう言って高槻の腕に手をかけた難波を、尚哉は少しぽかんとして見た。

難波が自分の肩に高槻の腕を回すようにして、立ち上がろうとする。が、何しろ難波も尚哉とそんなに体格が変わらない。慌てて尚哉ももう片方の高槻の腕を自分の肩に回し、二人がかりで高槻を抱えるようにして、立ち上がった。

「——おら、おめーら見てんじゃねえよ！　見世物じゃねえんだ、散れ散れ！」

難波が集まっていた野次馬を蹴《け》散《ち》らす。

スマホを取り出して何やら話していた渉が、通話を切ってこちらを振り返った。

「医務室に運ぶより、彰良のマンションに連れて帰った方がいい。今、校門前にタクシーを呼んだ。すまないが、彰良を運んでくれるか？」

「……ごめん、難波。手伝ってもらってもいいか？」

「ああうん、わかった。——愛美ごめん、ちょっと先行ってて！　俺、後から行くわ、これしょーがねえわもう！」

難波が、散り始めた人垣の向こうにいたポニーテールの女子に向かって言う。わかった、と心配そうにうなずいたあの子が、難波が付き合っている彼女なのだろう。

渉が呼んだタクシーは、すぐに来てくれた。難波と二人で、何とか後部座席に高槻を運び入れる。この後、マンションの部屋まで高槻を運ぶことを考えると、難波にも一緒に来てもらう必要があった。少し窮屈だが、後部座席の真ん中に高槻を座らせて、尚哉と難波がその両側に乗り込むことにする。

高槻の住所は渉が知っていたようで、助手席に座った渉が指示すると、タクシーはすぐに発車した。程なく代々木《よよぎ》のマンションに着くと、渉が高槻のポケットを探って鍵《かぎ》を見つけ出した。再び尚哉と難波で高槻をかつぎ、どうにかこうにか部屋まで運び込む。ジャケットを脱がせた高槻を寝室のベッドに寝かせ、それでやっと一息つくことができた。やっぱり意識のない人間というのは重い。これを一人で平然と運べる佐々倉のことを、ちょっと本気で尊敬したくなった。

「世話をかけてすまなかったな、重かったろう。ちょっと電話をしてくるから、彰良を見ていてくれないか」

渉がそう言って、スマホを手に寝室を出て行った。

見ていろと言われたからでもないが、尚哉は難波と二人して、ベッドの上の高槻を見下ろした。首の辺りが窮屈そうだったので、ネクタイを外して襟元を広げてやる。高槻はまだ目覚める気配がない。

難波が口を開いた。

「なあ。誰、あのイケオジ」

「先生の叔父《おじ》さん。今日たまたま会いに来てて」

「うっわ、まさか一族全員イケメンか！　どんな優良遺伝子だよ。……つか、本当に病院連れてかなくていいのかよ？　この先生」

「よくあることなんだ。しばらくしたら、ちゃんと起きる……はず」

「マジか。なんか持病でもあんの？」

「うん、まあちょっと……な。それより難波、ごめん」

尚哉が言うと、難波は「え？」と首をかしげた。

「用事があったんだろ。巻き込んでごめん」

「ああ。サークルの会合。遅れても全然オッケーなやつだから、気にすんなって」

へへ、と難波が笑う。

その声にちらと混じった歪《ゆが》みに、尚哉は少し胸が苦しくなって思わず口をつぐんだ。

ああ馬鹿だなこいつ、と思う。本当は全然オッケーなんかじゃないくせに。遅れたら何か困ることがあるのだろうに……嘘をついてでも、気にするなと言ってくれる。

ああ確かに、世の中にはこういう嘘もあるのだ。誰かのためにわざとつく優しい嘘。

「どした？　深町」

「あ……」

余程おかしな顔でもしていたのか、難波に怪訝《けげん》そうに覗《のぞ》き込まれて、また口を開く。

「……ありがとう、難波」

吐き出した息は、自然とそんな言葉になった。

難波の無造作な優しさが嬉《うれ》しかった。あのとき、へらへら笑いながらこっちを見下ろしてくるばかりの奴らの中に、難波の顔を見つけたときの安心感といったらなかった。

「よせよせ、こーゆーのはお互い様だろ。それに俺は昔から、道端で倒れた人を助けて、最後に『名乗るほどの者じゃありません』って言って去るのが夢だったんだ」

「何だよそれ」

難波の言い草に笑いながら、尚哉はまたなんとなく高槻に視線を戻した。

どうしてか、前に高槻が言っていた言葉が耳の底で聞こえた気がした。

『困ったときには、誰かに頼っていいんだよ。——覚えておきなさい』

言われたときは、まるで子供でも諭すかのようなその言い方に、何だそれと思った。

でも——あのとき高槻が言っていたのは、こういうことだったのかもしれない。

「じゃあ俺そろそろ行くな。先生起きたら、よろしく言っといて。主に単位関係」

「いや、倒れてるのを運んだからって、単位来ないだろ……ていうか、『名乗るほどの者じゃありません』はどうした」

「それはそれ、これはこれ、単位は単位だ」

遅ればせながらサークルの会合に向かうという難波を玄関まで見送る。

リビングを覗いてみると、ちょうど渉が通話を終えたところだった。

「ああ、もう一人の子は帰ったのか。彰良はまだ起きないか？」

「はい。あの……高槻さんも、この後用事があるんですよね、確か」

一瞬どう呼べばいいのか悩み、そう呼んでみたら、「渉でいい」と返された。

「予定なら今キャンセルした。あの状態になった彰良を一人にさせておきたくない」

「え、でも、放っておいたら起きるって……あ」

言いかけて、尚哉は思い出す。

春休みに旅行したとき、高槻がやはり意識を失ったことがあった。

その後で意識を取り戻した高槻は、いつもと様子が違っていたのだ。

尚哉の表情を読んだか、渉が軽く目を眇《すが》めた。

「尚哉くん、君――もしかして、もう一人の彰良に会ったことがあるのか？」

渉に問われて、尚哉はびくりとして顔を上げる。

渉はじいっと尚哉を見下ろし、片手で軽く己の顎《あご》をなでた。そんな仕草まで高槻と同じだった。

「君は、どこまで知ってるんだ？　彰良のことを」

「どこまでって……」

こちらを見下ろす渉の視線に負けて、思わず尚哉は目を寝室の扉の方に逃がす。

そして、あの扉の中で眠っている人のことを思った。

高槻のことなら――たぶん、よく知っている。

他の学生が知らないような高槻の事情を、尚哉は幾つも知っている。

「子供の頃に神隠しに遭ったこととか、背中の傷痕《きずあと》のこととか……目の、こととか。あと、家族とちょっと問題があって、一時期海外で暮らしてたとか……」

渉に向かってそう言いながら、でもそれじゃあ高槻のことなら何でも知っているのかと、自分で自分に問いかけたくなった。

だって、いつも疑問に思う。

本当の高槻がどんな人なのか。時折青く色を変えるあの瞳《ひとみ》で、彼がどんな風に世界を見つめているのか。これまで高槻の事情に深く関わるようなことが何度かあったから、それで知ったような気になっているのだとわかってる。

そのとき、渉が奇妙なことを尋ねた。

「なあ、君は——彰良の笑った顔以外を見たことがあるか？」

「え？」

一瞬戸惑って、尚哉は渉を見上げた。

高槻は、基本的にいつも笑っている人だ。子供のように楽しそうな笑い顔、ちょっと困ったような笑顔。ごめんなさいと謝るときでさえ、笑っていることの方が多い。

でも……何度か、違う顔を見たこともある。

たとえば『奥多摩《おくたま》の奇跡の少女』の事件のとき。声を荒げて怒る高槻を、尚哉はあのとき初めて見た。涙を流している顔も。

「……成程《なるほど》。彰良は、君をだいぶ近くに置いてるみたいだな」

また尚哉の表情を読んだのか、渉はそう言って、一つ息を吐き出した。

それから、ふっと寝室の方へと視線を向ける。

「もっと知りたいか？　あいつのこと」

そう尋ねられて、え、と尚哉は思う。

渉は、大人になる前の高槻を知っている人だ。そしておそらく——今の高槻を、作った人なのだと思う。

母親に『天狗《てんぐ》の子』として扱われた高槻は、自分が人なのか神なのか化け物なのかわからなくなったと言っていた。高槻の母親も、そして高槻自身も、精神的に相当追い詰められて——結局、高槻の父親は、高槻を渉のもとに送った。

そうして渉のもとで過ごすことで、高槻は、人間としての自分を取り戻したという。

……本心を言うなら、その頃の高槻のことを知りたい気持ちはあった。

でも。

「それは……俺が聞いていいことなのかどうか、わからないです」

高槻は、本質的なところでは尚哉と同じタイプの人間だ。

開けっ広げな性格に見えて、実は周囲と自分との間にはっきりと線を引いている。言いたくないことは上手《うま》く隠すし、そもそもそんなに自分のことを話さない。尚哉が知っている高槻の事情にしたって、佐々倉から聞いたものの方が多いくらいだ。

渉がくしゃりとした笑みを浮かべて、ぽんと尚哉の頭に手を置いた。

「いい子だなあ、君は」

「え……」

そのまま頭をなでられて、尚哉はますます戸惑う。

と、渉が突然、ぱん、と両の手を打ち合わせた。

「——さて！　尚哉くん、君は料理は得意かな？」

「は？」

「まあいい、俺が作るから。君、今日この後予定は？　特にないな？　それじゃあ、おじさんが手料理を振舞ってあげよう！」

「て、手料理って……何で急に」

　何か急に話がおかしな方向に転がり始めた気がする。

　が、渉はキッチンに向かって何やら楽しげな様子で歩き出し、

「何しろこの後の予定をキャンセルしてしまったからな。ここで何か自分で作って食べるしかないだろう？　ここまできたら君も付き合いたまえよ、さて冷蔵庫には何が入っているのか……おおお、Bloody hell!!」

　キッチンの冷蔵庫を開けた渉が、英語で何か叫ぶ。どうしたのかと思って尚哉も見に行くと、一人暮らし用にしては随分と大きな冷蔵庫の中は、ほぼ空だった。

「あー、確か先生、普段ほとんど料理しないって言ってましたけど……」

「俺はあいつをそんな風に育てた覚えはないぞ！……お、かろうじて味噌《みそ》はあるな。チーズ……これはつまみだな。卵が三個……調味料と、油も一応……米も、ちょっとだがあるか。炊飯器、ＯＫ。鍋《なべ》、フライパン、基本の調理器具ＯＫ。よし、わかった」

　勝手にキッチンのあちこちを漁《あさ》り、渉が再び尚哉に向き直った。

　財布を取り出し、いきなり万札を抜き出して、

「尚哉くん。買い物を頼む」

「へっ？」

「とりあえず、魚と野菜。魚は……この季節だと、アジか。なかったら、別に肉でもいい。牛でも鶏《とり》でも豚でもどんと来いだ。野菜は基本的なところでいい。ニンジン、タマネギ、ジャガイモ、キャベツ、何でもいい。迷ったら電話しろ、携帯の番号はこれだ」

「え、ええとあの、勝手にキッチン使っていいんですか……？」

「寝てる彰良が悪い。というか、こんな立派なキッチンがありながら、普段使っていない彰良が悪い。圧倒的に悪い。さ、行ってきたまえ。米は炊いておくから」

渉はそう言ってジャケットを脱ぎ、冷蔵庫の横に掛けてあったエプロンをさっさと装着している。英国紳士というのはエプロンも似合ってしまうものらしい。

仕方なく尚哉は、渡された万札を握りしめてマンションの外に出た。スマホで近所のスーパーを検索し、言われたものを買って帰る。

料理が得意だという先程の言葉の通り、渉は尚哉が買ってきた食材を手際よく調理した。尚哉が手伝うまでもなく、あっという間にダイニングのテーブルに料理が並ぶ。アジの塩焼き、野菜の煮物、味噌汁と炊き立てのご飯。イギリス暮らしと聞いていたが、並んだ料理はザ・ジャパニーズな感じだった。

夕食の間は、主にイギリスの話や渉の仕事の話を聞かせてもらった。渉は話し上手で、どの話も聞いていて楽しかったが――その話に、高槻のことは一度も出てこなかった。

食事が終わり、後片付けをした後、渉と一緒に寝室を覗《のぞ》きに行った。

高槻は眠ったままのようだったが、渉は高槻の様子を見て、うん、と一つうなずき、

「これなら平気だな。今はもう、単に寝てるだけだ」

「何でわかるんですか？」

尚哉が尋ねると、渉は自分の唇に人差し指を当て、静かにしろというようにウインクしてみせた。

すると、かすかだが——確かに、寝息が聞こえた。

「気絶した後の彰良は、寝息をほとんど立てないんだよ。何も聞こえなかっただろう、さっきまで。姿勢も変わってるし、放っといていい」

渉が言う。

そう言われればそうだった。今まで、意識を失った高槻を見る度に不安な気持ちになったのは、あまりにも静かなせいだったのかもしれない。寝息も聞こえず、身じろぎもせず、いつも人形のように力なく横たわっていた。

今の高槻は、ベッドの上で横向きになっていた。布団に隠れて顔はよく見えないが、すうすうという寝息を聞く限り、気持ちよさそうに寝ている感じだ。

「ああなったら、もう一人の彰良も出てこない。大丈夫だ」

寝室の扉を閉め、渉はそう言った。

尚哉は渉を見た。

「……あの。あれ……は、何なんですか？　もう一人の先生って……先生が気を失うと、

よく出てくるんですか？」

「よくってほどじゃない。俺も数えるほどしか会ったことはないし、何なのかは今もわからない。だが……あれが彰良じゃないのは、確かだ」

「二重人格、とかですか？」

「どうだろうな。一応専門家には話を聞いたが、そういう徴候はないと言われた。それに俺は……あれが、彰良の中から出てきたものだとは到底思えない」

そして渉は、にやりと笑って尚哉を見下ろした。

少し身をかがめるようにして、こちらの顔を間近から覗き込んでくる。

「さて、尚哉くん。そろそろ、情報交換といこうじゃないか」

「じょ、情報交換……？」

「俺は、彰良の過去を話す。君は、彰良の現在を話してくれ。――ああ、酒がいるなあ、どれどれ……ふん、冷蔵庫は空だってのに、ワインはちゃんと置いてるじゃあないか。尚哉くん、君は赤と白ならどっちが好みだ？　ちなみに俺は赤が好きだ」

「ちょ、ちょっと待ってくださいよ！　俺はまだ……！」

勝手にワインの置かれている棚を漁り始めた渉に、尚哉は声をかける。高槻のいないところで、勝手にそんな話をしていいのかどうかわからない。なのに渉は棚からボトルを抜き出し、座れとばかりに尚哉をソファの方に突き飛ばすと、

「だって君は、この先も彰良の近くにいるんだろう」

ぽんと言葉を投げつけるように、無造作な口調でそう言った。

確認でも問いかけでもなく、まるですでに決まりきった事実を言うかのようなその口調に、尚哉は一瞬口をつぐんで渉を見る。渉は尚哉の耳のことを知らないはずだ。なのに、どうしてそんなことが言えるのだろう。

だが、渉は尚哉を真っ直ぐ見つめて、真顔でこう続けた。

「なあ、尚哉くん。正直に言うがな。——俺は、自分の甥《おい》っ子がとても可愛いんだよ」

「はい……？」

「本当は、彰良を日本になんて戻したくなかった。俺や俺の仲間達と、ずっとイギリスで楽しく暮らせばいいと思ってたんだよ。その方が絶対幸せだから。だが、彰良は、日本に帰ると自分で決めた。……俺に守られるのではなく、自分で戦うことを選んだ」

はずしたエプロンをダイニングの椅子に放り出し、渉はそう言った。

「なら、彰良の近くは、あの子をよく知る味方で固めておいてやりたい。様子を見る限り、彰良は君を随分気に入って、近くに置いてるようだ。なら俺は、彰良のために君を利用させてもらう」

「利用、って」

「彰良の心をこの先守り続けるために、君を巻き込ませてもらう。過去は現在に、そして未来につながるものだ。だから君には、一つでも多くあの子の事情を知っておいてほしい。どうせあの子は、自分からは話さないだろうから。……年若い君に対して、悪いと思わなくもない。だが俺は昔っから、利用できるものは何でも利用する主義でな」

　どこかで聞いたことのあるフレーズだった。

　ああそうか、と尚哉は思う。高槻と尚哉の関係について、たぶん渉はある程度何かを察しているのだろう。何か特殊な事情を尚哉もまた抱えているからこそ、高槻が尚哉を近くに置いているのだと気づいている。

　でも、これから高槻の過去のことをあえて尚哉に話そうとしているのは——そうすることで、尚哉が高槻から余計に離れられなくするためだ。

　だが、そんなのは。

「——……今更ですよ」

　ぽそりと尚哉が呟《つぶや》くと、渉がまばたきした。

「何だって？」

　尚哉は答えず、すとんとソファに腰を下ろした。

　そう、今更だ。

　どうせ高槻は尚哉を手放そうとはしないだろうし——尚哉だって。

「成程《なるほど》な。いい覚悟だ」

　渉がそう言って、食器棚からワイングラスを取り出した。

　自分もソファに腰を下ろし、尚哉の前にグラスを一つ置く。

「あの、俺は……」

言いかけた尚哉を遮るように、渉はボトルからワインをどぼどぼと注いだ。

容赦ないなと思って顔をしかめた尚哉に、渉が平然と言う。

「飲めないってことはないんだろう？」

「飲めなくはないですけど。でも」

「いいから飲んどけ。そして、全部酒のせいにしろ。これから俺が話すことを君が聞いたのも酒のせい、俺が話したのも酒のせい。そういうことだ」

そして、またにやりと笑う。悪い大人の笑みだった。

ほら乾杯、と言われて、尚哉はグラスを持ち上げた。渉のグラスと触れ合って澄んだ音が響いた瞬間、何かの悪事の共犯にでもなった気がした。

透明なグラスの中で、血のように赤いワインがぐるぐると渦を巻くように揺れている。なんだか変な感じだった。今日会ったばかりの英国紳士と、自分の大学の先生のマンションで、その先生そっちのけで酒盛りとは。でも、そういえば前にも同じようなことはあった。佐々倉から初めて高槻の事情を聞いたときも、よく似た状態だった。あのときは、ワインは飲ませてもらえなかったけれど。

……まだ、若干の後ろめたさはあった。

だけど、あのときだって——尚哉の方から佐々倉に、知りたいと頼んだ。

尚哉はグラスに口をつけた。渋い赤ワインは、慣れていない尚哉には少し飲みづらい。でも、そのくらいの方が、これから聞く話にはいいんだろうなという気がした。

尚哉は尋ねた。

「……先生が何歳のときだったんですか。渉さんが先生を引き取ったのって」

「十五歳。そこから三年間、彰良は俺のもとにいた」

渉が答える。それなら、高校生の間ずっとということだ。

あっという間に半分以上空けたグラスに自分でまたワインを注《つ》ぎ足し、渉は言った。

「俺は二十代の半ばから海外暮らしをしていたから、小さいときの彰良には実はほとんど会ったことがなくてな。滅多に日本に帰ることもなかったから、姉貴が家族連れでヨーロッパ旅行に来たついでに何度か一緒に食事したって程度だったな。……——わかるか？　それなのに、彰良は、俺のところに預けられたんだ。数えるくらいしか会ったこともない、しかも実家からほぼ縁を切られていたような、叔父《おじ》のもとに」

髭《ひげ》の下の唇を歪《ゆが》め、低い声で渉はそう話した。

「あの頃の彰良は、傍目《はため》には普通に見えた。いつもにこにこしててな。もしかしたら今より笑ってたかもしれん。……笑う以外の顔を、あの頃あいつは忘れてたんだよ」

その言葉に、尚哉はろくに味もわからないワインをまた口に運ぶ。

渉の話は——とても、とても長い話で。

確かに酒の一つも飲まないとやってられないような、そんな話だった。

——翌朝、尚哉は誰かに肩を揺すられて目を覚ました。

高槻だった。

「深町くん、君、何でうちにいるの？」

「あ……おはようございます、先生」

寝ていたソファから起き上がり、尚哉は目をこすりながらそう言った。昨夜はずしてテーブルに置いたはずの眼鏡を手探りする。が、なかなか見つからない。寝起きのせいか、昨夜のワインのせいか、どうも頭がぼうっとしている。延々と手探りをしていたら、呆《あき》れ顔の高槻が、テーブルの下に落ちていた眼鏡を拾って渡してくれた。

「まったくもう、おはようじゃないよ。起きたら深町くんがいるもんだから、びっくりしたよ。……ねえ、もしかして僕、また倒れた？」

「はい。渉さんを送ろうとして、中庭を通ったのを覚えてますか？　そのとき、鳩が」

「ああ、そっか……ごめん、迷惑かけたね。ていうか、よく家まで僕を運べたね」

「あ、それは難波が手伝ってくれて」

「難波くんかあ……後でお礼言っておいてくれる？」

高槻が情けない声で言う。どうやら高槻も、さっき起きたばかりらしい。昨日寝かせたときのシャツのままだし、髪に少し寝癖もついている。

壁に掛かった時計を見ると、時刻は六時半だった。昨夜は渉の話を聞いて、尚哉も少し話をして、その途中で眠くなってそのままソファで寝たような気がする。別に泊まっていくつもりはなかったのだが。

「おー、二人とも、起きたかー」

　そこへ、一人だけこざっぱりした姿の渉がやってきた。髪も髭もすでに整えられており、ジャケットを着ていなくても立派に英国紳士な姿だ。

「バスルームとシャツを借りたぞ、彰良。お前もシャワー浴びてこい。その後すぐに朝食だ。夕食食いっぱぐれてるから、腹減ってるだろ」

「ちょっとおじさん！　深町くんにお酒飲ませたでしょう！　駄目だよ、深町くんまだ未成年なんだから！」

　渉を見るなり、高槻がそう叱りつける。テーブルにボトルやらグラスやらが出しっぱなしになっているものだから、昨夜の二人飲み会は高槻にバレバレだったらしい。

　渉が肩をすくめて、

「学生なんざ、入学してすぐからコンパでがんがん飲んでるだろうが。そう怒るな」

「そういう問題じゃないよ！　イギリスでは十八歳から飲酒可能だけど、日本では一応二十歳越えるまでは駄目ってことになってるんだから！」

「――あの、大丈夫です。俺もう誕生日来たんで二十歳です」

　朝から喧嘩《けんか》されてもと思って、尚哉はそう口を挟む。

　途端、高槻がものすごい勢いでこっちを振り返った。

「……え？　深町くん、今、何て？」

「いや、だから、もう飲酒可能年齢」

「そうじゃなくて。誕生日、いつ来たの」

「先月ですけど」

「先月のいつ」

「十五日、ですけど……？」

そんながっくりうなだれないでほしい。誕生日が一体どうしたというのだ。

と、高槻ががばりと顔を上げ、

「どーして言わないかなあ!?　健ちゃんと約束してたんだよ、深町くんが二十歳になったらお酒飲む会開いてあげようねって！　今まで飲ませてあげなかったから！　なのに、なのに君ときたら！　僕達に言わずにひそかに誕生日を迎えてたなんて！」

「そんな、だって別に訊《き》かなかったじゃないですか」

「訊くタイミングを計ってたんだよ、下手な訊き方したらサプライズとか無理になっちゃうから！——ああもう、本当そーゆーとこが深町くんだよね！」

そんな拗《す》ねた顔をされても困る。というか、この年になって周りに自分の誕生日を言いふらす奴というのもいない気がするのだが。

ぷりぷり怒ったまま高槻がバスルームに消え、渉が苦笑いしながら尚哉の肩を叩《たた》き、

「彰良は随分表情豊かになったようだな。何よりだ。——さて尚哉くん、俺は朝食の準備をするから、君はそこのボトルやグラスを片付けてくれたまえ」

再びエプロンをまとった渉が、昨夜使った材料の残りと冷蔵庫に元々入っていたもの

でメニューを検討し始める。冷凍庫からロールパンの入った袋が発掘された時点で、和食ではなく洋食と決まったらしい。オムレツとミニサラダを作り、オーブントースターにパンを入れる。温めたポットに紅茶の茶葉を入れてお湯を注いだところで、高槻がバスルームから戻ってきた。

まだ濡《ぬ》れている髪をタオルで拭《ふ》きながら、高槻が渉を見て言う。

「わあ、おじさんの料理、ひさしぶりだなあ。もしかして材料、買ってきたの？」

「ああそうだった、彰良！ちょっとそこに座れ！」

今度は渉が高槻を叱りつける。高槻がびっくりしてダイニングの椅子に座った。

腕組みしてそれを見下ろし、渉が言う。

「彰良。何だこのキッチンは！　お前、ほとんど料理してないのか。おじさんはがっかりしたぞ、あんなにお前に料理教えたのに！」

「いや、前はしてたんだけど。自分一人のためにごはん作っても、おいしくなくてさ」

「じゃあ、普段食事はどうしてるんだ。外食ばかりだと、栄養が偏るだろう」

「近くに、安くておいしい定食屋さんがあるんだよ。すごく優しいおじさんとおばさんがやってて、割と体に良さそうな家庭的なメニューが色々あって。……ていうかおじさん、僕もう三十五だよ？　その手のお説教はさすがにどうかと」

「俺なんかもう五十八歳だぞ。文句あるか」

「……はい。すみません、僕が悪かったです」

諦《あきら》めたような顔で、しおらしく高槻が言う。

尚哉は何とも言えない気分で、そんな二人を見やった。

昨夜の話を聞いていなければ、高槻もそんな顔をするんだなとか、ちょっと面白いなとか、そんな風に思えていたかもしれない。

でも今は――この二人がどんな風にこの関係を築いたのかを聞いた後では、なんとなく、胸の中が苦しいような気分になる。

「さて、せっかく作った朝食が冷めてしまうな！　尚哉くん、君は食べてからシャワー使いなさい。まずは食事だ。食事は一日の基本だぞ、特に朝はちゃんと食べないと！」

渉がぱんぱんと手を叩いて言い、カップに紅茶を注いだ。

全員着席して、さあ食べようとなったときだった。

――ぴんぽーん、とインターホンが鳴った。

「おい、誰だ？　まだ七時だぞ」

渉が眉《まゆ》をひそめる。高槻がふっと表情を消したのが気になった。

立ち上がった高槻が、壁のモニターに歩み寄る。モニターには、知らない男性の顔が映っていた。

「黒木《くろき》さん。何ですか、こんな時間に」

モニター下のボタンを押して、高槻が冷めた口調で言う。

マイク越しに、ひどく事務的な声が聞こえた。

『おはようございます。本日この近くで会議があるもので、ついでに寄らせていただきました』

「食事中です。来客中でもあります」

『こんな時間にですか？　昨夜どなたか、お泊まりになられましたか』

「プライベートですよ、黒木さん」

『お時間はとらせませんので、彰良さんのお顔を拝見したく。少々お話もございます』

ち、と小さく高槻が舌打ちするのが聞こえた気がして、尚哉は驚いた。高槻がこんな態度を取るのは珍しい。

　渉が尋ねた。

「彰良。何者だ、一体」

「――黒木さん。父さんの秘書の一人だよ」

ため息交じりにそう言って、高槻が玄関の方へと歩いていく。

高槻の父親は、妻の父、つまり高槻の祖父から引き継いだ貴崎《たかさき》商事という大会社の社長をしている。その秘書が、こんな時間に高槻に何の用があるというのだろう。

扉を開ける音がして、再び「おはようございます」という声がした。渉が立ち上がって様子を窺《うかが》いに行ったので、尚哉も渉の陰からこっそり玄関の方を覗《のぞ》き見る。

　ダークスーツを着た男性が、高槻と話していた。年齢は高槻より少し上だろう。真っ黒な髪をぴっちりとなでつけ、姿勢正しく立っている。これといって特徴のない地味な顔立ちだが、目つきだけがやや鋭い。

「お元気そうで何よりです、彰良さん。体調にお変わりはありませんか？」

「見てのとおりですよ。元気にしています」

「そうですか。昨日倒れたということだったので、心配していたんですが」

「……どうしてそれを？」

高槻の口調は丁寧ではあるが、いつもと違って随分冷ややかだ。

対する黒木という男の口調もまた、冷たい感じのするものだった。心配していた、という言葉がかすかに歪《ゆが》んだのが気に障る。本気で気にかけていたわけではないのだ。

と、そのとき、黒木の視線がこちらを向いた。

「あちらの方々は？」

「客です。叔父《おじ》と、うちの大学の学生」

「叔父？——ああ、もしかして渉さんですか？」

黒木がわずかに目を瞠《みは》り、そのまま家の中に上がり込んできた。高槻が不機嫌そうに顔をしかめたが、黒木は気にした様子もなくずかずかとリビングまで入ってくる。

渉が黒木を睨《にら》むように見た。

「こんな朝早くから人の家を訪ねてくるとは、随分と不躾《ぶしつけ》な秘書だな」

「大変申し訳ありません。ですが、こちらも仕事ですから。——初めまして、高槻渉さんですね。黒木と申します。昨夜の社長との会食を急にお断りになられたと思ったら、まさかこちらにおいでしたか。少々驚きました」

エプロン姿の渉をじろじろ見つつ、形だけ笑顔を作って、黒木が渉に名刺を差し出す。黒木和真《かずま》、と書かれたその名刺を、渉は興味なさげにテーブルに放り出した。

それよりも尚哉は、昨夜渉が会うはずだった相手が、高槻の父親だったことに驚いていた。高槻もまた、少し眉をひそめて渉を見ている。

渉が言った。

「義理の兄貴より、可愛い甥《おい》っ子の方に先に会っておきたくてな。そうしたら、ちょっとトラブルがあったもので、悪いが会食はキャンセルさせてもらった」

「ああ、昨日彰良さんが倒れたときに、もしかして渉さんも居合わせたんですか？」

「どうして君がそれを知っているんだろうな？」

「このようなものが、インスタに上がっていたもので」

黒木がそう言って、スマホを取り出して見せる。そこに映っていたものを見た瞬間、尚哉は、がん、と胸の辺りを殴られたような気分になった。

短い動画だった。揺れながら人だかりに近づいていくカメラ。誰かの肩越しの映像。倒れた誰かの長い脚と、それを抱え起こしている者の背中。音声も入っている。がやがやという騒々しい人の話し声。「何、誰か倒れてんの？」「あれ、高槻先生じゃない？」「あ、本当だ、高槻だ。民俗学の」という会話。

カメラが少し横に動き、倒れている人物の顔を捉《とら》える。

目を閉じた高槻の顔。尚哉の顔も、少しだけ映っている。

昨日のキャンパスでの様子だ。たぶんあの場にいた学生の仕業だろう。そういえば高槻が倒れたとき、スマホを掲げている者が何人かいた。「#青和大」「#事件」「#高槻准教授」とタグまで入っている。

「ストーリーに上げられたものなので二十四時間で消えると思いますが、念のため削除依頼は出しておきました。しかし、社長が大変心を痛めておいででしたよ。彰良さん、やっぱりきちんと治療を受けた方がよろしいのでは？」

まるで高槻が悪いとでも言わんばかりのその言い方に、尚哉は思わず鼻白む。こんなの、高槻のせいではないではないか。悪いのは人が倒れているところをネットにアップするような常識知らずだ。大体、治療というのはどういう種類の治療のつもりだ。

尚哉の視線に気づいたか、黒木がちらとこちらを見た。が、すぐに興味をなくしたようで、また高槻に視線を戻す。

高槻が冷え冷えとした声で言った。

「お話はそれだけですか？　でしたら、お帰りください。見ての通り、食事中です」

「ええ、本日の用件は以上となります。非常識な時間に訪問して朝食のお邪魔をしてしまい、大変申し訳ありませんでした。それでは、失礼いたします」

そう言って、黒木は三十度の角度で礼をすると、さっさと玄関から出て行った。

ぱたんと扉が閉まるなり、渉が憤懣《ふんまん》やるかたなしという顔で口を開く。

「何だあいつは！ とんでもなく失礼な奴だな、前の奴からいつ代替わりした？」

「あの人はここ五年くらいかな。おじさんが知ってる人から、もうあれで三人めだよ」

まだ淡々とした口調のまま、高槻が答える。

「三人めって……」

尚哉が思わず口を挟むと、高槻がこちらに目を向けた。

少し疲れたような、苦い笑みがその顔に浮かぶ。

「何て言えばいいのかな、お目付け役？ それとも、監視かな。——僕が変なことをしたり、目立った行動に出たりしないように、たまにああやって抜き打ち検査みたいにやってくるんだよ」

「さっきのインスタは？ あんなのもチェックしてるんですか」

「そんなに暇な人じゃないはずなんだけどね、ご苦労様だよねえ。前に僕がテレビに出たときなんて、すごく怒られたよ」

そういえば、前に高槻と女優が一緒に写った写真が雑誌に出そうになったときには、発売前に圧力がかかって掲載取りやめになったと聞いた。

高槻の父親は、高槻とはほぼ絶縁状態だが、自分の息子に関するおかしなニュースが出回りそうになると、残らず叩《たた》き潰《つぶ》すという話だった。それをやっているのが、あの黒木という男なのかもしれない。

軽く肩をすくめて、高槻が言った。

「どうも父の希望として、僕には可能な限りひっそりと生きていってほしいというのがあるらしくてね。まあ、こちらとしても、昔父が用意したマンションに住み続けてるわけだし、あんまり文句は言えないんだ。普通に暮らしてる分には何も言われないしね」

「でも、そんなの」

そんなのは、あまりにひどいのではないだろうか。

そうやって息子や周囲を常に警戒して、高槻の父親という人は、何を守ろうとしているのだろう。自分の経営している会社なのか――それとも高槻なのか。

だが、先程の黒木の態度を見る限り、高槻が大事にされているとは思えなかった。

高槻が渉に目を移した。

「ところで、おじさん。昨夜、父さんと会う予定だったの？……キャンセルしたって言ってたけど、よかったの？」

「ああ、気にするな。別に仕事の話じゃない。日本に戻るなら一度くらい食事でも、って言われてたから会う約束を入れてただけだ。向こうが俺に用事があるっていうなら、俺がこっちにいる間にまた声をかけてくるだろう」

「そう……ごめんね、昨日はおじさんにも迷惑をかけたね」

高槻が少しうつむいて言う。

と、ぱんぱんと渉が手を叩いた。

「さあ、辛気臭い話はやめだ。朝食が冷めたな。パンだけでも温め直すか」

高槻が顔を上げ、にこりと笑ってうなずく。

「うん、そうだね。もったいないけど、紅茶は新しいのを入れようか。――あれっ、そういえば深町くん、今日、講義は？　一限入ってたりする？」

「二限からなんで、まだ時間は大丈夫です。食べたら家に帰ります」

今日は金曜日だ。この後は自分も高槻も大学に行かなくてはならない。とはいえ、ここで朝食を食べていっても、一度帰ってシャワーを浴びるくらいの時間は十分ある。

「あ、そうだ深町くん、明日は江の島で人魚だからね、忘れないでね！　待ち合わせの時間と場所は、後でメールするから」

「はい、わかってます」

お湯を沸かしに立ち上がった高槻は、もういつも通りの顔をしていた。尚哉も立ち上がり、朝食を温め直すのを手伝うことにする。

けれど、高槻の顔に浮かぶ笑みを、尚哉は普段のように見ることができなかった。

この人は……やっぱり、こうやって笑うのだ。辛くても。悲しくても。笑顔という名の鎧で全てを覆い隠して、平気なふりをする。春休みに一度叱り飛ばしたはずなのに。

昨夜渉から聞かされたのは、高槻がなぜこんな風になってしまったのかという話だった。こうならざるをえなかった高槻の少年時代を思うと、どうしようもなく胸が痛くなって、尚哉はそっと下を向いた。

そして、土曜日。

待ち合わせ時刻は八時半と早めだった。いつものように佐々倉の車にピックアップしてもらった尚哉は、江の島日帰りプチ旅行へと出かけることになった。

いつもと違うのは、後部座席に渉も座っていることだろう。今日もステッキを携え、英国紳士然とした様子でシートに身を預けた渉は、楽しそうに窓の外を眺めていた。高槻もスーツ姿なので、車内に紳士が二人いる感じだ。佐々倉はラフなシャツ姿だが、相変わらず服装は全体的に黒い。

「江の島で人魚探しかあ。美女だといいなあ、人魚といえば美女だろう？」

「日本の人魚は大体こんな感じらしいですよ？」

わくわく顔の渉に、尚哉は先日高槻が講義で扱った瓦版《かわらばん》の人魚図の画像をスマホで見せた。渉が目を剝《む》いて「Bloody great……」と呟《つぶや》く。好みではなかったらしい。

「相変わらずですね、渉おじさん」

運転席の佐々倉が言った。高槻がイギリスにいた頃、佐々倉も何度か遊びに行ったことがあるそうで、渉とは旧知の仲らしい。

「そういう君も、相変わらず目つきが悪くて大変よろしい。そういえば彰良から聞いたよ、この前凶悪犯を取り押さえて負傷したんだって？　かっこいいなあ健ちゃん」

「はあ、その後怪我の療養で旅行に行ったはずが、寒中水泳する羽目になりましたね」

「相変わらず彰良の世話を焼いてくれているようで嬉《うれ》しいよ。どうかこれからも末永くよろしく頼むよ」

「はあ……そうですね」

バックミラー越しにちらと渉を見て、佐々倉が言う。何しろ眉間《みけん》に皺《しわ》の寄った顔がデフォルトなのでまるで睨《にら》んでいるように見えるが、一応会釈したらしい。

都内から江の島までは車で一時間ちょっとだ。高槻の話では、とりあえず片瀬《かたせ》漁港に行くつもりだという。最初に人魚を見た漁師に話を聞けるかもしれないからだ。その後は、すぐ近くの江の島を観光して、稲村ガ崎に移動するつもりだという。

「最初の目撃証言は片瀬漁港沖なんだけど、その後は七里ガ浜とか稲村ガ崎の方に移ってきてるんだよね。特に近頃は、稲村ガ崎にある公園付近での目撃例が多い」

助手席でスマホをいじりながら、高槻がそう言った。

佐々倉がちらと空に目を向けた。

「天気は……ぎりぎり持ちそうか」

「どうかなあ。まあ、梅雨時だからね。でも、雨が降ったら少し人が減るんじゃない？　鎌倉とか江の島って結構観光地だよね。僕、実はあんまり行ったことがないんだけど」

「この時期の鎌倉は、雨が降っても人は減りませんよ」

尚哉が後部座席から言うと、高槻が振り返った。

「雨でも人減らないって、どうして？」

「紫陽花《あじさい》を見に来る人が多いからです。明月院《めいげついん》なんて下手したら二時間待ちですよ」

明月院は紫陽花の名所だ。各種ガイドブックに載っているらしく、国内外の観光客がこの時期の鎌倉には結構な数押し寄せる。

「それじゃあ、その辺りは避けた方がよさそうだね。――ああそっか、深町くん、横浜出身だっけ。じゃあ鎌倉とか江の島とか近いよね、この辺詳しい？」

「詳しいって程じゃないですけど、何回かは行ったことあります。中学の遠足とかも鎌倉だったし。……ただ、あの、一つ気になることがあるんですが」

「え、何？」

「先生、江の島に行っても大丈夫ですか？」

尚哉が尋ねると、高槻はきょとんとした顔で、

「大丈夫ですかって、何が？」

「いや、だって――あそこ、いつもものすごい数のトビが飛んでますよ？」

「え――」

高槻の顔が強張《こわば》った。

車内に重い沈黙が落ちる。なんと、今の今まで誰も考えていなかったらしい。

江の島に行くと聞いたときから、ずっと気にはなっていたのだ。早めに言っておけばよかったのかもしれない。

最初に口を開いたのは、佐々倉だった。

「……そういえば聞いたことあるな。あれだろ、後ろから飛んできたトンビに弁当盗《と》ら

れるとか。ニュースの映像で見た気がするぞ」

「はい。うちのキャンパスの鳩どころじゃなく、積極的に襲ってきますよ」

「うわやめて、想像しちゃったんだけど……」

高槻の顔からはすでに血の気が引き始めている。

渉が諭す口調で言った。

「彰良。江の島はやめておいた方がいいんじゃないのか」

「うーん、せっかくここまで来たのになあ……」

高槻が悩み始める。今の話を聞いて、持ちこたえられる自信がないらしい。

佐々倉が前方に目をやりながら言った。

「おとなしく、鎌倉観光に切り替えるか？　海沿いまで行かなければ、トンビもそんなに飛んでないだろ」

「いやでも人魚……ああ、僕今いつにも増してこの体質が憎いなあ……」

が、スマホで調べてみても、トビに注意という情報ばかりだったらしい。空を埋め尽くさんばかりに飛び交うトビの写真が出てきた辺りで、高槻はそっとスマホを閉じ、

「……わかった。鎌倉見て帰ろう。大仏とか鶴岡八幡宮《つるがおかはちまんぐう》とか、その辺にしとこう……」

「泣くな彰良。それはそれできっと楽しい」

「そうだぞ彰良。おじさんが鳩サブレー買ってやるからな！」

落ち込んだ様子の高槻を、佐々倉と渉が代わる代わる励ます。別に本当に泣いている

わけではないが、確かに高槻が可哀想な気はした。

「江の島は無理でしょうけど、稲村ガ崎ならまだ平気なんじゃないですか？」

尚哉が言うと、高槻がまたこっちを振り返った。まるで自分だけお祭りに行けなくなった子供みたいな顔をしている。

昨日の黒木のこともある。気分転換も兼ねて、高槻にはせめてこの旅行を楽しんでもらいたかった。

「たぶん江の島って、漁港があるし、観光客がたくさんいて人が多いから、トビも集まってきてるんだと思いますよ。ネットの記事を見る限り、稲村ガ崎の公園の方は人もそんなにいないみたいですし、トビも少ないかもしれません。……まあ、人が少ないってことは、いつもみたいに聞き込みとかはできないかもしれませんけど」

先程自分のスマホで検索した公園の記事を見せる。とりあえず使われている写真には、ほとんどトビは写っていない。

高槻は眉根《まゆね》を寄せてしばし考えこみ、それから佐々倉に視線を向けた。

「……健ちゃん、一応行ってみてもらってもいい？　なんだかもう調査って感じじゃないけど、とりあえず人魚が出たっていう海だけはちゃんと見ておきたいかな」

「わかった」

佐々倉がうなずく。

「まあ最悪、お前が倒れたら、お前一人車に寝かせておいて、渉おじさんと深町連れてその辺適当に観光してくるから。安心しろ」

「心強い言葉をありがとう。うん、その場合はそうしてくれていいからね」

高槻はそう言って、苦笑いしてみせた。


目指す公園は、国道１３４号線沿いにあった。近くのパーキングに車を停め、恐る恐る空を見上げてみると、トビは一応飛んでいるものの、数は少なかった。飛んでいるのも上空の高い位置のようで、こちらに向かって襲いかかってくる気配はない。

「あ、これなら大丈夫そうかも……」

高槻がそう言ったので、とりあえず公園まで行ってみることにした。

ここは尚哉も初めて来る場所だった。公園というか、自然公園と呼んだ方がいいのだと思う。海に向かってやや突き出した形をした場所で、広々とした砂浜があり、そこから海沿いの岩山に向かって小高い丘のように整地された部分には、芝生が敷かれているようだ。視界一杯に広がる海は曇った空の下でやや精彩を欠いてはいるが、それでもはるか彼方《かなた》から幾重にも重なって砂浜に押し寄せてくる波や絶え間なく響く波音は雄大で、当たり前のことなのだが「ああ海に来たんだなあ」と思ってしまう。そもそも海に来ること自体、随分ひさしぶりだ。

沖にはサーフィンをしている人々の姿が見えた。視界を横にずらせば、江の島も見える。なかなかに景色の良いところだ。観光客らしき姿も確かに少ない。どちらかというと、地元の人がのんびりと散歩をしているような雰囲気だ。

が——想定外の客のグループが一つ、砂浜にいた。

テレビカメラを携えたマスコミだ。

どうやら彼らの狙いも人魚らしい。サーファーや通りがかる人を捕まえては、マイクを向けて質問している。ワイドショーででも流すつもりなのかもしれない。

「どうする？　彰良」

佐々倉が高槻に尋ねた。

高槻は丘の方に視線をやり、

「砂浜はやめておこうか。あっちの丘の方には人が少ないみたいだから、行ってみよう」

波打ち際の方には行かず、丘の方へ向かって歩き出す。

二人は、うっかり高槻がカメラに映ってしまうことを気にしているようだった。直接インタビューを受けなくても、ちょっと背景に映っただけで、もしかしたら例の黒木という男に嫌味を言われるのかもしれない。

そう思うと、やっぱり腹立たしい気分になった。別にテレビで安く高槻の顔を売りたいわけではないが、まるで行動を制限されているようで、理不尽に思う。

と、ぱん、と頭を真上から叩《たた》かれた。

びっくりして顔を上げると、佐々倉だった。

「何するんですか急に」

「――黒木に会ったんだってな。彰良から聞いた」

低めた声で、佐々倉が言う。

高槻は渉と一緒に少し前を歩いている。今にも波音にまぎれそうな音量の声は、たぶん尚哉にしか聞こえないだろう。

「……なんか嫌な感じの人でした。あの人、先生のことなんだと思ってるんですか」

「俺もあいつはいけ好かない」

佐々倉がそう言い捨てる。

「あの黒木って人、まさか毎日先生の記事が出てないかチェックしてるんですか？　何でそこまで……先生が前にテレビに出たときも、すごく怒ったって聞きましたけど」

「……いや、あれは俺も、後で話聞いて、怒った」

「え？」

その言葉に、尚哉は少し驚いて佐々倉を見る。

佐々倉は言葉を探すようにしばらく海の方に視線を向け、それからまた口を開いた。

「――あのな。彰良の母親が、彰良の神隠しの原因について、ファンタジーの世界に逃げ込んだって話は何度も聞いてるだろ。彰良の父親とじいさんは――逆だった」

「逆？」

「彰良は、人間にさらわれたんだと判断した。……どこかの変態にな」

それはとても現実的な考え方だ。現実的すぎて、高槻の母親にはとても許容できなかった判断。

十二歳の高槻は、どこかの変態にさらわれて監禁され――頭の中身も瞳《ひとみ》の色も変質するようなおかしな薬を打たれ、最終的には背中の皮を剝《は》がれて捨てられた。

勿論《もちろん》、その考えを裏付けるようなものは何もない。高槻の神隠しの原因は、当時の警察がどれだけ調べてもわからなかったのだ。だが、一か月という期間と、発見されたときの状況を思えば、高槻の祖父と父親がそう考えるのも無理はなかっただろう。

「じゃあ彰良自身はあの事件のことをどう思っているかといえば、あいつは、両方の可能性を考えてる。非現実的な事件に首を突っ込みつつ、脳味噌《のうみそ》の反対側では、この世のどこかに自分をさらった人間がいるのかもしれないと思ってるんだよ」

ざっと、佐々倉が足元の砂を蹴飛《けと》ばした。ひさしぶりに歩く砂浜は思いのほか歩きづらく、あっという間にスニーカーが砂に埋もれる。前を行く紳士コンビは革靴で大丈夫なのだろうか。

「あいつがテレビ出演をＯＫした理由を聞いたときはぞっとしたぞ。……彰良の顔は、ガキの頃からそう変わってない。昔のあいつを知ってる奴なら、気づく可能性が高い」

波音にかき消されそうな佐々倉の声に必死に耳を澄ませながら、尚哉は最初、その言葉の意味がよくわからなかった。

けれど、すぐに気がついた。

気づいた瞬間、ものすごく嫌な気分になった。

「まさか先生……自分で自分を囮《おとり》にしようとしたんですか？」

かつて自分をさらった奴が、今の自分の顔を見て、再び食いついてくるかもしれないと思って。

佐々倉がもともと怖い顔をさらに凶悪に歪《ゆが》め、うなずいた。

「あいつ、あのとき平然と言いやがった。子供をさらって悪戯《いたずら》するような奴は大人には興味がないかもしれないけど、でも万に一つの可能性があるかもしれないと思ったって——だからわざと、テレビで自分の顔を売ったって」

「万に一つって、そんな危ないこと……！」

「だから叱ったって言ったろ。まあ結局何も起こらなかったし、彰良もその作戦はもうあきらめたとは思うが」

それでも、あまりに危険すぎる。

だが、それなら一つ腑《ふ》に落ちることがある。

高槻は、怪異を装って罪を犯した人間を捕らえるとき、驚くほどの攻撃性を見せることがある。

あれはきっと、いつか自分をさらった犯人を、自分の手で捕まえようと思っているからなのだ。

それもまた——普段高槻が笑顔の下に包み隠している、素顔の一つなのだ。

「彰良の父親が黒木を使ってやらせてることは、彰良の過去をほじくり返したり、彰良があの頃やらされてた『天狗《てんぐ》の子』の話が出たりして、会社に傷がつくのを防ぐためなんだとは思うが——結果的に、あいつを守ってる気も、しなくはない。万に一つの可能性であろうと、あいつがまた犯罪の標的になるのはまずい。まあ、もしそうなっても対処できるように、ある程度の護身術と逮捕術は仕込んだが……多少腕っぷしが強くなったところで、あいつには、どうしようもない弱点がある」

　そう言って、佐々倉が視線を上に向けた。

　少ないとはいえ、ここの空にもトビはいる。

　たとえば今あのトビが高槻に向かって飛んできたなら、その時点で高槻は意識を失う。高槻をさらった犯人がその弱点を知っているなら、それを利用しない手はないだろう。そうなったら高槻は、抵抗すらできぬまま、下手をすれば命まで奪われかねない。

「……佐々倉さんって」

　さっき佐々倉がやったように足元の砂をざっと蹴散らして、尚哉は言った。

「完全に先生の保護者ですよね」

「うるせえ」

　言いながら、佐々倉が上空のトビを睨《にら》みつけた。

　ちょうどこちらに向けて旋回しようとしていたトビが、急に方向を変えて飛び去る。

「ちょ、ちょっと佐々倉さん⁉　あんた目からビームでも出てるんですか」

「動物は気配に敏感だからな。あと、鳥は目がいい」

まさか今のは偶然ではなく、本当に佐々倉が追い払ったのだろうか。……まあ、これだけ殺気のこもった視線なら、動物などひとたまりもなく逃げるのかもしれないが。

佐々倉は——渉曰《いわ》くの、『高槻をよく知る味方』なのだろう。といっても、もともと幼馴染《おさななじみ》で仲が良かったようだから、別に渉がそう仕向けたわけでもないのだろうが。

渉は、尚哉にもそうなってほしいと思っている。尚哉だってそのつもりだ。

だが、味方といっても、尚哉は佐々倉のように強くない。何かあったときに高槻を守れるわけではないのだ。むしろ、普段守られているのは自分の方だという自覚もある。

唯一尚哉の武器になるものといえば——この耳くらいだ。

尚哉はそっと、己の耳に手を当てた。

この耳の力をそんな風に考えられるようになったのも、高槻に出会ってからのことだ。

せめてこの耳が、もう少し役立てられればいいと思う。

「あ、そういえばお前、今夜は彰良の家で飲み会だからな」

佐々倉が唐突に言った。

「えっ。聞いてないですよ、そんなの」

「今言った。二十歳になったんだろ。タダ酒飲ましてやる」

「……いやあの、俺、そんな強くないんでいいです。ていうか、先生とか佐々倉さんとか、酒を水みたいに飲む人達と飲み会とか怖すぎるんですけど」

「だから宅飲みにしてやるって言ってんだ。安心しろ、つぶれたときは介抱してやる」

「つぶす気満々なのやめてくださいよ！」

渉と飲んだときも思ったのだが、どうも尚哉の周りの大人達は酒が強すぎる気がする。彼らが酔っ払っている様というのを見た覚えがない。こちとらワイン二杯で気持ちよく寝てしまうのに。

そんなことを話しているうちに、丘の下までたどり着いた。ゆるやかな階段を上った先は、見晴らしが良さそうだ。

「おじさん、脚は大丈夫？」

「ああ。せっかくここまで来たんだ、上まで行こう」

紳士コンビがそう言って、階段を上っていく。尚哉も佐々倉と一緒に上っていった。

階段を上り切った先は、整地された公園になっていた。ベンチや屋根のある休憩スペースが設けられ、松の木が数本植わっている。紫陽花《あじさい》の花が咲く茂みもあった。海に面した側は崖《がけ》になっており、低い柵《さく》の向こうには空と海が広がっている。ぱらぱらと人はいるが、やはり地元の人達向けの場所といった風情だ。

「――ここから人魚を見たっていう人が、何人もいるんだよ」

高槻がそう言って、柵の方に寄った。尚哉達もその横に並び、皆で海を眺める。

高い位置から見下ろす海は、曇っていてもそれなりに眺めが良かった。立体的に積み上がった分厚い雲の下、ブルーグレーの海面がうねっては持ち上がり、砕けて白い波頭を散らせる様は、しばらく見ていても飽きない。しかし、その波と戯れるサーファーの姿は見えても、人魚らしき影はとりあえず見渡す限りにはないようだった。

公園を見回すと、地元の人らしき中年の女性が犬の散歩をしているのが目に入った。せっかくだからと、高槻がそちらに歩み寄る。

「こんにちは。ちょっとお話を聞かせていただいてもよろしいですか？」

高槻がにっこり笑ってそう話しかけると、女性は足を止めた。その足元の柴犬《しばいぬ》も、高槻を見上げてきちんとお座りしつつ、ぱたぱたと尻尾《しっぽ》を振った。

高槻が人魚について尋ねてみると、女性はぷっと小さく笑った。

「ええ？　わざわざ大学の先生が、あんな噂話の調査に？……うーん、私は見たことないですよ、人魚。でも、近所の人が例の最初に人魚を見たっていう漁師さんと友達らしくて、又聞きですけど話は聞きました。あれ、新聞の記事はやっぱり大げさだって言ってましたよ。海面に跳ね上がって一回転なんてのは、嘘なんですって」

「そうですか。では、その漁師さんが実際に見たのは、どんなものだったんです？」

「陸からだいぶ離れた海で女性が泳いでるのを見た、ってだけの話らしいですよ。ただ、大きな魚のひれみたいなものも、そのとき実際見たそうです。だから人魚じゃないかって思ったんですって。でもまあ、海ですからねえ。魚、普通にいますものね」

くすくす笑いながら、女性が話す。

「そうですね、たまたま海で泳いでいた女性のすぐ近くを、たまたま大きめの魚が並んで泳いでいたっていうだけなのかもしれませんね。ところでその女性なんですが、どうしてそんなところを泳いでいたんでしょうね？　遠泳の名所だったりするんですか？」

「いえ、その辺りは遊泳には適さないというか、普段は泳いでる人なんていないはずですよ。だから漁師さんも、最初は自殺者かって思ったらしいんです。でも、こっちを見て笑ったから、ああ違うんだなって思ったらしくて。しばらくしてまた海を見たら、もう見えなくなっていたらしいですけど」

名残惜しそうに高槻に尻尾を振り続けている犬を引きずり、女性が去っていく。

佐々倉が言った。

「なんだ、結局ガセか？　要は、『女が泳いでた』ってだけの話じゃねえか、今の」

「うーん、そうだねえ」

高槻が指先で軽く自分の顎《あご》をなで、苦笑する。

「どうやら真相は『泳いでる女性』と『大きな魚のひれ』の二つを見たという体験が、一つにまとめられて『人魚を見た』に変換されてしまったってことみたいだね。そうして生まれた話がスポーツ紙に載り、ネットで拡散されたことによって、新たな噂話の温床となったんだ。確かスポーツ紙以降の目撃談は、主にツイッターで上がってたよね」

電子掲示板と同じく、ツイッターもまた匿名性が高い。架空の話を作って拡散させるのに適した場所だ。皆、読んだツイートが面白ければ、いいねを押したり、リツイートしたりする。話題のツイートが上がれば、類似のツイートも発生しやすくなる。

「そうやって、たくさんの人魚の目撃談が上がっていくと、それを見ていた人の頭の中では『江の島』と『人魚』という二つのワードが強い結びつきを得るようになる。……そうするとね、やっぱり信じちゃう人も出るんじゃないかな。本当にここの海には人魚がいるっていう風に」

結果、人魚を見に江の島までわざわざやってくる客が現れ始めた。

そうなると、当然のごとく見間違いも発生しただろうし、実際に見てもいない人魚についてさも見たかのような投稿をする者はさらに増えただろう。そうして、ついにはマスコミが取材対象にするほどの騒ぎになってしまった。

こうなってしまえば、もう、ここの海に本当に人魚がいるのと変わらない。

「なんだか、あれみたいじゃないか。ネス湖のネッシー」

渉が、ステッキの先で軽く地面をつつき、そう言った。

高槻がうなずく。

「そうだね、そっくりだ。あの湖も、本当にいるのかわからない怪獣を見にやってくる客で賑《にぎ》わってた。一番有名な『外科医の写真』が偽物だってばれた後だって、あそこを訪れる客はそんなに減らなかったっていうし、学術的な調査も入った。今でもネッシーがいると信じている人はいるはずだし、ネッシーにいてほしいと思ってる人はもっといるはずだ。それと同じように、ここの海に人魚がいてほしい、いるはずだって皆が思った結果が、今のこの状況なんだろうね」

砂浜の方に目を向ければ、まだテレビクルーらしき連中の姿が見える。別に彼らだって本気で人魚がいるなんて思ってはいないのだろうが、彼らは「この海には人魚がいるかもしれない」という前提をにおわせながら番組を作るはずだ。

尚哉はなんとなく、『きさらぎ駅』の話を思い出した。

あれは、本当か嘘かもわからない電子掲示板の書き込みに対し、皆でそれがさも本当の出来事であるかのようなふりをしながら様々なことを書き込んで作り上げた怪談だ。

今回の人魚の騒動も、それとよく似ている。「人魚のようなものを見た」という最初の話に、その話を面白いと思った者達がどんどん乗っかっていったのだ。そうしてネット上にあふれた様々な目撃証言が、『江の島の人魚』という都市伝説を作り上げた。

案外、世の中にあふれる怪談や都市伝説の多くは、そんな風にして出来上がっていったのかもしれない。誰かがどこかで呟《つぶや》いた小さな話が、多くの者の口を介して語られるうちに肥大化し、やがて「こういう話だ」という共通認識へとたどり着く。

そうして、ネス湖にはネッシーが、江の島には人魚がいるという認識が出来上がる。

それが真実とずれていたとしても、別に構いはしない。

だって、その話を語る者の多くは、本当に人魚を見たわけではないのだから。

高槻がまた海の方に目を向けた。

「とはいえ、ちょっと気になるのは、その女性が何者だったのかってことだ。遊泳に適さない場所で泳いでいたわけだからね。それ自体がちょっと異常な、インパクトのある出来事だよ。漁師さんが人魚と結びつけちゃった気持ちも、わからなくはないよね」

「こんなところに女の人がいるはずないっていう異常な体験について、あれは人間じゃなくて人魚だっていう風に解釈したってことですか？」

尚哉が言うと、高槻はうなずいた。

「うん、そうなのかもしれない」

そこを泳ぐ謎の女性を探すように海を見つめる高槻の瞳《ひとみ》に、ちらと藍《あい》の光が混じる。

「だけど、どんな解釈をしたところで――そこに女の人がいたっていう現象そのものは、なしにはならないよ。一体何だったんだろうね、その人は」

「やっぱり自殺者じゃないのか？」

佐々倉が言う。

「幽霊かもしれないぞ！」

わくわくした口調で渉が言い、佐々倉が嫌そうに顔をしかめた。

すると高槻はにこっと笑って二人を順番に見た。

「どっちも正解説もありかもだよ」

尚哉は首をかしげて、

「どういうことですか？」

「うん、この前ちょっと調べてみたんだけどね。実際ここの海では、一年前に自殺者が出てるんだよ。遺体は見つかっていないらしいんだけど、女性がどんどん沖に向かって泳いでいく様が目撃されてる。その漁師が見たのは、新たな自殺者か、あるいは一年前に自殺した女性の幽霊なのかも――」

「――死んでないよ！」

突然、甲高い声が高槻の声を遮った。

皆びっくりして、声のした方を振り返る。

いつからそこにいたのだろう。幼稚園か、あるいは小学校低学年くらいの男の子が、真っ直ぐな瞳で高槻を見上げていた。くるくるした柔らかそうな癖っ毛が可愛らしい。

「お母さんは死んでないよ！　死んでない！　海で人魚になったんだもん！」

男の子は、子供特有のきんきんと響く高い声でそう叫んだ。

まさかこの子は、一年前に自殺した女性の息子なのだろうか。

高槻が、男の子の前にしゃがみ込んだ。

「ねえ。お母さん、人魚になったの？」

「そうだよ！　だって、サエちゃんがそう言ってたもん！」

「サエちゃん？　それは誰かな？」

「えっとねー、お店に来るおねーさん！　お母さんのお友達で、お魚屋さんなの！」

男の子が言う。

高槻が尚哉にちらと視線を向けた。尚哉は首を横に振る。男の子の声に歪《ゆが》みはない。

このくらいの年の子供というのは、わざと嘘をつきたがったりするものだ。『本当じゃないこと』を言うのが楽しくて、それを言いふらすのを遊びと思うのだ。だが、この子は今、嘘をついていない。本当に、母親が人魚になったと信じて喋《しゃべ》っている。

尚哉の能力は、別に真実を突き止めるためのものではない。本人がそうと信じて語れば、その声に歪みは出ないのだ。たとえそれが真実と相反していようとも。

そのとき、近くのベンチにいた老人が、こっちを見て立ち上がった。

「おお、陸《りく》くん。何をしてる、こんなところで」

「つまんないから、遊びに来たのー！」

陸、と呼ばれたその子が、元気いっぱいに答える。

高槻が立ち上がり、老人に尋ねた。

「この子を知っているんですか？」

「ええ、ええ。すぐ近くのレストランの子ですよ」

「はらだ、りく、です！　ろくさいです！」

陸がそう言って、背伸びしてみせる。立ち上がった高槻の頭が随分高いところにあるのが悔しいらしい。高槻が腕をのばして抱き上げると、嬉《うれ》しそうに笑った。

「陸くん。一人でここまで遊びに来たの？」

「ほんとはだめなの！　でも、つまんなかったから、来ちゃった！」

「そっか、来ちゃったかー。でも本当は駄目なんだねえ」

高槻が苦笑して言う。

老人は、さっきの犬を連れた女性とのやりとりをベンチですっかり聞いていたらしい。

高槻に向かって、

「あんた、大学の先生ってさっき話してたかい。人魚のこと調べに来たって？」

「ええ、青和大学の高槻と申します」

「近頃人魚がどうのと騒ぐ奴らが多いみたいだがね。あまりそんな話をこの子の前でしないでほしいんだよ。この子、本当に母親が人魚になったって信じてるみたいで」

「じゃあ本当に、この子のお母さんは……？」

「ああ。一年前に、ね」

　老人が言葉を濁す。一年前の自殺者は、陸の母親で間違いないらしい。

「そのレストランは、どこにありますか？　陸くんを連れて帰った方がいいですよね、お家の人が心配しているのではないかと」

　高槻が尋ねると、老人は、道路を挟んですぐ向かいだと教えてくれた。

　高槻は陸を下ろし、目線を合わせるためにもう一度しゃがみ込んで、言った。

「陸くん。さあ、お家に帰ろうか」

「えー」

「送ってあげるから。ね？」

「……じゃあ、手、つないでくれる？」

　陸が、小さな手を高槻に差し出した。

「ぼくねー、歩くのへたっぴなの。すぐ転んじゃうの。泳ぐのは上手《うま》いんだよ？　水の中ならスイスイいけるの。でも地面だと駄目なの。だから、手つないでて」

「うん、わかった。いいよ」

高槻がにこっと笑って立ち上がり、陸の手を取る。見れば、半ズボンから覗《のぞ》く陸の膝《ひざ》小僧《こぞう》は、絆創膏《ばんそうこう》だらけだった。本人の言う通り、よく転ぶのだろう。

「ぼくが歩くのへたっぴなのはね、お母さんが人魚だからなの！　だからぼく、歩くよりも泳ぐ方が得意なんだよ！」

「それもサエちゃんが言ってたの？」

「そう！　サエちゃん、いっつも遊んでくれるんだ！」

　陸が言う。人魚の子だから歩くのが下手、というのはなかなか面白い解釈だ。実際は、この年頃の子供というのはまだ頭が大きいから、皆転びやすいのだと思うが。

　丘を下り、砂浜を歩いて、陸と一緒に道路まで戻る。老人の言った通り、陸の家だというレストランは、道路を渡って向かい側にあった。駐車場を兼ねた広めの前庭には小型のトラックが一台停まっており、その向こうにログハウス風の建物が建っている。『レストランＨＡＲＡＤＡ』という木の看板の下には、開店時刻が十一時であることが書かれていた。現在時刻を確認すると、十時四十分だ。少々早いが、まあ子供を送ってきたのだから入ってしまってもいいだろうか。

　陸が店の扉を背伸びして開け、中に駆け込んでいった。

「ただいまー！」

「こーら、陸ー！　お前、どこ行ってたー!?」

中から女の人の声が聞こえる。

「あのー、すみませーん」

陸が開けた扉を押さえ、高槻が中にそう声をかけた。

「そこの公園で陸くんと一緒になりまして。ご近所の方にこのお店のことを聞いて、送ってきたんですが」

「えーっ、ちょっと原田さーん、陸がお世話になったみたいよー！——あーすいません、とりあえずお店の中入っちゃってくださーい！」

なんだか随分と元気のいい女の人の声にそう言われて、皆で店の中に入る。

　小さなレストランだった。テーブル席が四つ、あとはカウンター席が五つある。外観に合わせて内装も木の温かみを活《い》かした雰囲気になっていた。大きな窓からは海がよく見え、貝殻で作った飾りが幾つもかけられている。が、それらの明るい雰囲気とはややミスマッチな感じのいかにも古そうな白黒写真が、額に入れられて壁やカウンターに飾られているのが少し気になった。

　店の中には、エプロンを着けた若い女性がいた。Tシャツに穿《は》き古したデニムというラフな格好だ。二十代くらいだろうか、腰近くまである真っ黒な髪を首の後ろで束ね、手にはモップを持っている。卵型の顔は色白で、どこかお雛様《ひなさま》を思わせる和風の美人だった。右目の下にある泣きぼくろが、ちょっと独特の色気を醸し出している。

「すみませんね、陸がお世話になってー。どうです、ついでだからこの店でランチ食べていきません？　うちで卸してる魚使ってるんですけど、おいしいですよ！」

足元にまとわりついてくる陸の頭をがしがしなでながら、女性が笑う。どうやらこの女性が、陸が言っていたサエちゃんらしい。

渉が高槻を見て、真顔で言った。

「彰良。ランチはこの店にしよう。こんな美人の誘いを断るわけにはいかない」

「うん、まあいいけどね、どうせそのつもりだったし」

高槻が苦笑する。英国紳士はどうやら大層女性好きのようだ。

そのとき奥にある厨房《ちゅうぼう》から、一人の男性が慌てた様子で顔を覗かせた。この人が陸の父親らしい。日に焼けた顔はやや童顔で、小柄だがよく筋肉がついた体つきをしている。店がないときはサーフィンでもしているのかもしれない。

「ええと、うちの陸が何かご迷惑でもっ⁉」

「ああいいえ、迷惑なんてことはありません。本人曰《いわ》く、『本当は駄目だけどつまらないから一人で公園に来た』とのことでしたので、お家の方が心配されているかもと思い、連れて帰ってきました」

「あああ……それは申し訳ありません！」

「いえ、こちらこそ、開店前に押しかけてしまって。でも、できればこちらで昼食を取っていこうかと思うのですが、よろしいでしょうか？」

「ああ、勿論《もちろん》です！　どうぞお座りください！」

原田が恐縮した顔で言う。

店に掲げられた黒板に書かれたメニューを見る限り、どうやらここはイタリアンレストランらしい。オススメはペスカトーレとあるのを見て、結局全員がそれにした。

注文を取ると、原田はまた奥に引っ込み、代わりにさっきの女性が歩み寄ってきた。

「お客さん達、海で遊びに来た感じじゃないねえ。ねえ、海辺にスーツ姿で来るなんて、一体何の用事？」

気さくな口調で話しかけてくる。

高槻がにこやかな笑みを浮かべた。

「人魚の調査に来たんですよ。僕は、青和大学というところで民俗学を教えている、高槻彰良と申します」

「へえ、大学の先生！　すごいね！　あたしは海野《うみの》沙絵《さえ》。近くの魚屋で働いてるの」

「お魚屋さんが、レストランの掃除までするんですか？」

高槻が、沙絵が持っているモップを指差して言う。

すると沙絵は笑って、

「あー、違うの。これはサービス。魚の配達して回ってるんだけどね、この店が最後なのよ。で、この店、去年奥さんがアレしちゃったもんだから、旦那《だんな》さん一人で回してて人手不足でさ。だから、配達のついでに簡単な手伝いくらいはしてあげてるの。掃除とか、陸の相手とか、お客さんの相手とかね」

アレしちゃった、と軽い口調で沙絵が言ったのは、すぐ傍に陸がいるせいかもしれない。陸はカウンターの椅子によじ登り、足をぶらぶらさせながらこっちを見ている。

高槻は店の中を見回し、壁に掛けられた白黒写真に目を向けた。写っているのは、砂浜で作業する人々や、漁港で舟をいじっている人々だ。

「あの写真は、随分古いもののようですね。昔のこの辺りを写したものですか？」

「あーうん、そんなこと言ってたかな。ねえ原田さん、この写真、何だっけー？」

沙絵が、厨房に向かって大声で呼びかける。

厨房から、調理する音にまぎれて原田が同じように大声で返した。

「うちのじいちゃんの家から出てきたやつーー！　昔の様子を知ってもらうために、店に飾ってるんだよーー！　そういうの悪くないでしょー、文化の保存とかさーー！」

「けどダサいよ？　なんかこう、カラーの風景写真とか海の写真とか飾った方がいいんじゃないかなーー！　ほらこれとか、汚い格好した昔の人が浜辺で干物作ってる写真だしさー、つまんないよー。見ててもお客さん気が滅入《めい》るんじゃないー？」

言いながら、沙絵がカウンターに置いてあった写真をえいとばかりに伏せてしまった。

別に気が滅入りはしないが、まあ確かに華やかさはないかもしれない。

それから沙絵は、再びこちらのテーブルにやってきて、

「まだ準備中だったから、料理できるまでにもうちょっと時間かかると思うよ。――そ

うだ、ねえ、手相見てあげようか！　あたし手相見得意なんだ、ほら手出して！」

言われて、まず最初に手を出したのは、やっぱりと言うべきか、渉だった。

「レディに手を取ってもらえるなんて、それだけで幸せなことだからね！　しかし、やはり日本の女性は美しいな、海辺で働いている割に白磁のような肌をしている。骨董《こっとう》品の人形のようにガラスのケースに入れて持って帰ってしまいたくなるな」

「やーだ、おじさんったらサイコパスなこと言うねー。手相的には普通なんだけど」

英国紳士の美辞麗句を軽く受け流し、沙絵はじっくりと渉の手のひらを見つめ、

「んー……おじさん、身近な女性を怒らせてない？　あと、今って恋愛してる？　仕事頑張ったら成就するかもしれないから、まあ、あきらめずにファイトだよ！」

にぱっとした明るい笑顔で、渉にそう告げる。言われた渉は、何かがぐさっと刺さったかのように手で胸を押さえ、

「うう……アイリーンのことか？　成就？　成就するのか、あの仕事ラブ女と？」

などとぶつぶつ呟《つぶや》いている。どうやら意外と当たっているらしい。

「次。じゃあ、そこのコワモテのおにーさん！」

沙絵が佐々倉を指名した。佐々倉が仏頂面で大きな手を差し出すと、沙絵はしみじみと佐々倉の手を眺め、開口一番、

「苦労性だね！」

「……っ」

言い放たれた言葉に、佐々倉が苦虫を嚙《か》みつぶしたような顔をする。

「おにーさん、あんまり無理しちゃ駄目だよー？　人間、やれることには限界があるんだからね！　あっちもこっちもぜーんぶなんとかするとか、それ無理だから！　まあでも頑張って！　あなたいい人だと思う！」

沙絵がそう言って、ばしんと佐々倉の背中を叩《たた》く。初対面で佐々倉の強面《こわもて》を気にしないのもすごいが、佐々倉の表情を見る限り、こちらも図星だったらしい。沙絵はにこにこしながら、もう一度佐々倉の背中を叩いた。

「次。じゃー、眼鏡くん！」

沙絵がそう言って、今度は尚哉を指名した。

「え。俺はいいです」

即座に尚哉は拒否する。なんだか色々当たっているようで怖い。

しかし、沙絵は自分から手をのばして尚哉の手首をがっしとつかみ、

「いいじゃなーい、ケチケチしないでおねーさんに手を見せなさい！——え？」

尚哉の手を見た沙絵が、急に目を瞠《みは》った。

尚哉は思わず手を引き戻しそうになった。まさかとは思うが、明日《あした》死にますとか言われたらどうすればいいのだ。が、沙絵はがっちりと尚哉の手をつかんだまま離さず、それどころか尚哉の手のひらに顔を近づけてさらに覗《のぞ》き込んでくる。

「君……随分、面白い手相してるね」

「お、面白いっ？　何ですかそれ」

「うん。——面白い」

　沙絵が顔を上げた。

　尚哉の手をつかんだまま、真っ直《す》ぐにこちらの目を見据えてくる。光の加減のせいもあるだろうが、沙絵の瞳《ひとみ》は真っ黒だった。尚哉はびくりとして顎《あご》を引く。

　どうしてだろう。今一瞬、高槻の瞳を思い出した。色合いは違うのに——今にも瞳の奥に引きずり込まれそうな感じが、あの夜空の瞳とひどく似ている気がした。

「君——何か秘密を抱えているでしょう」

「……え？」

　びくっと、もう一度自分の肩が跳ねたのがわかる。隣に座った高槻が、少し表情を変えて沙絵を見た。

「この先、試練が待ってるよ。……呑《の》み込まれないように、頑張って」

　まるで託宣を告げるかのように静かな声でそう言って、沙絵は尚哉の手を離した。

　自分の手を引き戻し、尚哉はあらためて沙絵を見る。が、沙絵はもう尚哉には興味を失ったように、高槻に向かってにぱっと明るく笑いかけ、

「さあさあ！　今度は大学の先生！　手を出して！」

「なんだか怖いなあ」

　高槻がそう言いながら、沙絵に手を差し出す。

沙絵は高槻の手を広げ、ふっと表情を止めた。

目線を、高槻の手のひらから顔に移す。沙絵の目は再び瞠られていた。

「……どうしましたか？　沙絵さん」

落ち着いた口調で、高槻が尋ねる。

沙絵が手をのばした。高槻の頬に両手を添え、己の方に引き寄せるようにして、高槻の瞳を覗き込む。高槻は逆らいもせず、されるがままに沙絵を見つめ返す。

あともう少しでキスできそうなほどの距離から高槻の瞳を覗き込む沙絵の瞳は、やはり真っ黒に見えた。かすかに眉《まゆ》をひそめた高槻の、その瞳の奥に藍《あい》の光がちらつくのを見て、沙絵がさらに目を瞠る。

「……誰なの？　そこにいるのは」

沙絵が呟く。

高槻がさらに眉をひそめる。佐々倉と渉も、少し頬を強張らせて沙絵を見る。

「沙絵さん？」

高槻の呼びかけに、沙絵がはっとしたようにまばたきした。

それから、あらためて高槻の瞳を見る。それは、先程までの奥底を覗き込もうとする視線というより、高槻自身と目を合わせるためのもののように見えた。

「あなたも、秘密を抱えてる」

沙絵が言った。高槻が目を細める。

「もっと慎重になりなさい。自ら危険に飛び込むようなことは、しない方がいい。周囲を巻き込んで、大変なことになる。何もかも知りたがるのは駄目。……世の中には、知らない方がいいこともあるんだからね」

沙絵の言葉はまるで、忠告のように聞こえた。

高槻が、にこりと微笑んだ。

「それは、一体どういう意味ですか？」

沙絵が高槻から手を離した。

姿勢を戻し、高槻と同じように、にこりと微笑んでみせる。

「さあ、何だろう？　なんかそんな気がしただけ、かな」

「すでに手相見ではなくなっていたような気がしますが」

高槻がひらひらと己の手を振ってみせる。

沙絵はテーブルの端に立てかけていたモップを手に取り、

「イケメンは手じゃなくて顔を見るもんなの！　眼福だったわー、ありがとね先生！　さてと、そろそろ料理できてるんじゃないかな、見てくるね！」

そう言って、厨房《ちゅうぼう》へと引っ込んでいった。

程なく、原田と沙絵が二皿ずつ大きなパスタ皿を持って、厨房から出てきた。料理が出来上がったらしい。イカやエビや貝がどっさり入ったペスカトーレは、オススメというだけあって、とてもおいしそうだった。

高槻がにっこり笑って原田に言った。

「どうもありがとうございます。——すみません、もしよろしければ、食事をしながら少々原田さんにお話を伺いたいんですが、よろしいでしょうか？」

「あ、はい、今なら他にお客さんもいないんで、いいですよ。何ですか？」

「僕はここに、近頃巷《ちまた》を騒がせている人魚の件を調査しに来たんです。先程陸くんが、人魚は自分のお母さんだという話をしていたもので……」

「あ、あああ……そうですか、陸が……」

原田が困った顔をして陸を見る。陸は足をぶらんぶらんさせながら、こっちを見て笑った。自分の話になったのが嬉《うれ》しいらしく、

「そうだよ！　お母さんは、人魚になったの！　ねー、サエちゃん！」

「うん、そうそう、陸のお母さんは人魚だもんね！　ねー！」

沙絵も陸に話を合わせて、二人で「ねー！」と言っては笑い合っている。原田はますます困った顔で、

「あのさ、沙絵ちゃん、悪いんだけど、ちょっと陸を向こうで遊ばせててもらってもいい？……あんまり、陸に聞かせたくなくて」

「ああうん、いいよ。——ほーら、陸！　サエちゃんと向こうで遊ぼうね！」

沙絵が陸を店の隅にあるテーブルへと連れていった。そこで陸と手遊びをして遊び始める。まだ若いのに、子供の相手には慣れているらしい。陸もよく懐いているようだ。

原田は、別のテーブルから椅子を持ってくると、尚哉達が座っているテーブルのすぐ横に座った。話しあぐねるように何度か口を開けては閉じ、がしがしと短い髪を片手で掻《か》きむしると、原田はカウンターの隅に置かれた一番小さな写真立てに目を向けた。

　そこには、原田と陸と、そして髪の長い優しそうな女性が写っている。あれが、陸の母親なのだろう。

　原田はその写真立てを引き寄せ、一つため息を吐くと、話し始めた。

「……妻とは、海で出会ったんです」

　原田の妻は、夕子《ゆうこ》という名前だった。

　出会ったのは、八年前。まだ原田が学生だった頃だ。

　その頃原田は、この辺りの海でサーフィンに明け暮れていた。誰かと一緒に来ることもあったが、大抵は、一人でふらっとやってきては波に乗っていたらしい。

　が、あるとき、自分のすぐ横を泳いでいる女性がいるのに気づいた。

「危ない、と思いました。ボードが当たったら大事故です。それで慌てた瞬間、私の方がバランスを崩してボードから落ちまして……浮上したら、夕子が目の前で笑ってました。楽しそうに」

　夕子は、近くの蕎麦《そば》屋で働いている娘だった。年老いた夫婦がやっているその蕎麦屋に、住み込みで働いているという。原田と年齢はそう変わらないようだったが、夕子は大学に通ってはいなかった。

夕子とはそれ以来、よく海で顔を合わせるようになった。夕子はサーフィンよりもただ泳ぐことの方が好きだったようだが、原田がボードの乗り方を教えてやると、すぐに上達した。あっさり難しい波を乗りこなすようになったその姿や、楽しそうにころころと笑う様子に、いつしか原田は恋に落ちていたのだという。

「この店は、もともと親父がやってたものだったんです。私が大学を卒業するタイミングで、親父が引退するって言うもんだから、そのまま店を引き継ぐことにしまして。それで、夕子には、同じタイミングでプロポーズしました」

夕子は嬉しそうに笑って、プロポーズを受け入れてくれた。

小さなレストランを新婚二人で切り盛りするのは、大変ではあったけれど、同時にとても楽しかった。そのうちに、子宝にも恵まれた。陸が生まれ、家族は三人になった。

夕子と沙絵は、原田と知り合う前からの友達だったようだ。魚屋で働いている沙絵は、レストランに魚を卸しに来るついでに、夕子や陸とよく遊んでいった。沙絵は、もう一人の家族のようなものだった。

だが、陸が生まれてから数年したとき――夕子が、店で倒れた。

「もともと、産後の肥立ちがあんまり良くなかったんです。出産後から夕子はだんだん体が弱ってきてて……倒れたときにはもう、内臓がぼろぼろだったらしくて」

ついには布団から起き上がれなくなった夕子は、ぽろぽろ涙を流しながら、何度も原田に向かって謝った。ごめんね、こんなことになってごめんね、ずっと一緒にいるはずだったのに、と。

原田は夕子の看病のために、レストランを一時休業にしようと決心した。だが、夕子がそれを許さなかった。夕子の病院代だって随分かかってしまったし、この先陸のためにもお金は必要だ。それが夕子の主張だった。

でも、原田は、夕子の傍にできるだけいてやりたかったのだという。

「今思えば……それがいけなかったんでしょう。私が夕子のために店を閉めるなんて言ったから。それが夕子を、追い詰めたんだと思います」

あるとき、陸を連れて買い物に出た原田は、海沿いの道を車で走りながら、ふと目を海の方に向けた。

遠くで盛り上がった波を乗り越えるようにして沖へ向かう、黒い頭が見えた。

ああ誰かが泳いでいるなと、そのとき原田は思ったらしい。

だが、すぐにおかしいと思った。

そのとき季節は冬で、海で泳ぐ者などいるわけもなかった。ウェットスーツを着てサーフィンをする者ならたまにいなくもないが、そんな様子ではない。

嫌な予感がした。慌てて家に戻り、夕子の部屋を覗《のぞ》いた。

もぬけの殻だった。ろくに起き上がれもしなかったはずなのに。

原田は陸を家に残し、先程の浜辺へと急いだ。

海にはもう誰の姿も見えなかった。

だが、代わりに——目撃者が、いた。

たまたま冬の海にデートしに来ていたカップルだった。おろおろした様子で警察を呼ぶべきかどうかと話していたので、事情を聞いてみると、教えてくれた。

——女の人がやってきて、いきなり海に入った。そのままどんどん沖へ泳いで行って、ついには見えなくなった。

彼らに夕子の写真を見せると、間違いなくこの人だったと言った。

警察は、病気を苦にしての自殺と断定した。亡骸《なきがら》は見つからなかった。

「陸に何と説明すればいいのか……わからなかったんです」

原田はそう言って、尚哉達の前でうなだれた。

向こうで沙絵と遊んでいる陸に聞こえないよう、ひそめた声で言う。

「母親が自殺したなんて、言えないでしょう。それで困り果てて、沙絵ちゃんに相談したら、沙絵ちゃんが人魚の話を陸に……」

「『お母さんは人魚になったんだよ』ですか」

高槻が首をかしげて言うと、原田は困った顔でうなずいた。

「陸を傷つけないためとはいえ、何しろあの年頃の子供です。どうも、すっかり信じてしまったようで……家の外でも言いふらしているようで、ちょっと困っています。だけど今更言えないでしょう、あれは嘘だったんだよ、なんて」

確かに、六歳児といえば、まだサンタクロースだって信じている頃だ。母親がいなくなったことについて、『人魚になって海に帰ったんだよ』と言われたら、あっさり信じてしまうかもしれない。

「時が経てばそのうち忘れるかと思ってたんですが、そこで起きたのが今回の人魚騒動です。陸はますます盛り上がってしまって、夕子が帰ってきたと思い込んでしまって」

原田が片手で顔を覆って首を振った。

そのときだった。

「――嘘じゃないよ」

甲高い声が、そう言った。

原田がはっと顔を上げ、後ろを振り返る。

原田のすぐ後ろに、いつの間にか陸が立っていた。

陸は大きな瞳《ひとみ》でじっと原田を見つめ、言った。

「嘘じゃないもん。お母さん、帰ってきたもん」

沙絵が立ち上がり、こっちに来た。陸の傍に身をかがめ、陸の肩に手を置いて言う。

「こーら、陸。大人の話の邪魔したら駄目なんだよ？　ほら、向こうで遊ぼう」

が、陸は沙絵の手を振り払い、なおも原田を食い入るように見つめ、

「お母さん、この前夜中に窓の外に来たよ」

そう言った。

原田が、今にも泣きだしそうな顔で陸を見つめる。

「お母さん、前に約束してくれたんだもん。窓の外で、お歌を歌ってくれたもん。ぼく、聞いたもん」

「陸。夢を見たんだよ、それは」

「夢じゃないもん。ぼく、ちゃんと起きてたもん。――お母さん、前に約束してくれたんだもん。ゆびきりげんまんしたんだよ。ぼくが、お母さんどこへも行かないでねってお願いしたら、大丈夫ってお母さん言ったんだよ！　お母さん言ったんだもん、もし何かあって離れることがあっても、必ずまた会いに来るからって！」

どこか追い詰められたような瞳をしながら、陸が大声を出した。

それを見て尚哉は、ああ、と思う。

陸にとって、母親が人魚になった話は決して壊してはいけないファンタジーなのだ。だって、その話が嘘なら、母親は死んだことになってしまう。もう二度と会えなくなってしまう。陸にはそれが耐えられない。たとえ父親に否定されても、童話のようなその話にしがみついておきたいのだ。信じていたいのだ。

……高槻の母親と同じだ、と尚哉は思った。過酷な現実から目を背け、己の心を守るために、夢物語の虚構に逃げ込んでいるのだ。

尚哉は思わず高槻に目を向ける。高槻は陸に対してどう言うのだろう。高槻は、偽物の怪異を認めない。その裏に隠された本当の出来事を暴き立て、真実を明かすのが高槻のやり方だ。いつだってそうだった。

「陸……」

でもそれは——たった六歳の子供に対して、すべきことではない気がする。

沙絵があらためて陸の肩に手を置いた。

「陸。わかったわかった、そうだよね、陸のお母さんはもともと人魚だったんだもんね。でも陸で暮らすうちに体を壊して、海に帰らなくちゃいけなくなったんだよね」

優しい声で言う沙絵に、陸は赤ちゃん返りしたように親指をしゃぶりながら、言葉もなくうなずいた。大きな目から、ぽろぽろと涙がこぼれ落ちている。それを見た原田の目にも、涙がにじんだ。

沙絵が、陸の口からそっと指をはずした。それから、その手をぽんぽんと叩《たた》き、そのまま握り込む。

「陸。ちょっとサエちゃんとお外で遊ぼうか。——原田さん、いいでしょう？」

「あ、ああ……ごめんな、沙絵ちゃん」

原田がうなずくと、沙絵は陸と手をつないだまま、店の外に出て行った。

それを見送り、原田は指で自分の目をこすった。そして、真っ赤になった目で尚哉達を見て、また困ったように笑ってみせた。

「すいません、変な話して……料理、冷めちゃいましたね。作り直しましょうか？」

「いえ、結構ですよ」

高槻が微笑んで、まだ半分以上残っているパスタにフォークを入れる。尚哉達も、のろのろとフォークを手に取った。トマトと魚介の出汁《だし》が混ざったペスカトーレは冷めてもおいしかったが、なかなか喉《のど》を通らない。

原田はぐすりと洟《はな》をすすり、すいませんと謝りながら、立ち上がった。椅子を戻し、厨房《ちゅうぼう》に戻ろうとしたその背中に、高槻が声をかける。

「――原田さん」

原田が厨房の方を向いたまま、足を止める。ぐすりともう一度洟をすする。

「それで傷ついた心が少しでも癒《い》えるのであれば、ひとときの夢物語としてお子さんの話に付き合ってあげるのも悪いことではないと思います」

高槻が言った。

渉が目を伏せ、佐々倉はわずかに眉を上げる。尚哉もまた、少し驚いて高槻を見た。

高槻は続けた。

「いずれ彼も、現実と向き合うときが来ますよ。……そのときに、あなたが支えてあげればいいんです」

向こうを向いたままの原田の両肩が震えた。

涙混じりの小さな声が、ありがとうございます、と言うのが聞こえた。

原田の店を後にして、パーキングエリアに停めた車の方へと皆で歩きながら、佐々倉が高槻に向かって言った。

「……大丈夫か？」

「大丈夫だよ、僕はね」

少しだけ笑って、高槻はそう答えた。

佐々倉は睨《にら》むような視線でじろりと高槻を見下ろす。といっても佐々倉の場合、いつでもそんな視線なのだが。

「ならいい」

「うん」

佐々倉の言葉に、高槻がうなずく。

尚哉は、自分の隣を歩く渉を見た。

渉は、こつこつとステッキの音を響かせながら、ゆっくりと歩いている。先を行く高槻と佐々倉を、じっと見つめているようだった。

「……渉さん？」

尚哉が声をかけると、渉はふっと尚哉の方に視線を向け、

「彰良は——強くなったな。俺が知るよりも」

そう言ってかすかに笑い、また高槻に目を戻した。

尚哉も、高槻に目を向ける。

高槻と佐々倉は、この後どうしようかという話をしているらしい。鎌倉観光が妥当だろうという話になっているようだが、鎌倉といっても見る場所はたくさんある。二人ともあまり鎌倉に詳しいわけでもないようで、出てくる観光地名は有名どころばかりだ。

そのうちに、佐々倉がこちらを振り返った。

「おい、深町。地元人だろ、どこか穴場でいいところはねえのか」

「地元人じゃないです、俺、横浜なんで！」

「横浜出身の奴って、何で必ず『横浜』を強調するんだ。県は同じだろうが」

「県でくくらないでくださいよ、どんだけ広いと思ってるんですか神奈川県」

そう尚哉が言い返したとき、ばらばらっという音がした。鼻先に冷たいものが当たる。足元のアスファルトに、あっという間に幾つもの染みがにじむ。

「うわ、降り出したね！　早く車に戻ろう！」

高槻が頭の上に腕を掲げてそう言った。脚の悪い渉を気遣って、全員走り出しはしないものの、速足で車を目指す。

――この後尚哉は、雨でも大丈夫な観光スポットを探せという佐々倉の無体な命令のもと、後部座席で必死にスマホ検索する羽目になった。どいつもこいつも楽しいことに向かってまっしぐらな人達ばかりで困る。というか、だったら自分で検索してほしい。

高槻から尚哉に呼び出しがかかったのは、翌週の月曜のことだった。

今朝になって、原田から電話があったのだという。

「といっても、電話口で話してたのは、陸くんなんだけどね。――陸くん、こう言ったんだ。『昨夜《ゆうべ》、お母さんがまた来た！』って」

ひどく興奮した声の陸は、電話口でひたすら繰り返したのだという。

——お母さんが来た、窓越しに歌ってくれた。証拠を見せてあげるから来い、と。

その後で電話を替わった原田は困り果てた口調で、何度も高槻に謝った。どうしても陸が高槻に電話すると言って聞かなかったらしい。

高槻は——行く、と答えたそうだ。

「健ちゃんは仕事があるからね。渉おじさんも、今日は用事で出かけてる。深町くん、君はどうする？　僕と一緒に来る？……人魚の証拠を、見るために」

行きます、と尚哉はうなずいた。

月曜は、尚哉は四限まで講義がある。が、四限めは別に毎回出なくてもなんとかなりそうな講義だった。同じ講義に難波も出ているから、ノートを借りることもできる。講義をサボると言ったら、高槻は渋い顔をしたが、四限まできっちり出ていたら、たぶん原田の店に着くころには夕食時だ。レストランからすれば、かき入れ時だろう。それはそれで迷惑になるからと尚哉が言うと、高槻は渋々了承してくれた。

三限の講義が終わってから、高槻と二人で電車で稲村ガ崎に向かった。

店を訪ねると、待ち構えていた陸が跳ねるような足取りでこちらに駆け寄ってきた。

「あのねっ、こっち！　こっち来て！」

高槻の手をぐいぐい引っ張り、裏庭へと連れていく。原田のレストランは、店の奥がそのまま住居になっているようで、裏庭に面して陸の部屋があるのだという。

陸が興奮した顔で指差したのは、地面だった。昨日も降った雨でややぬかるんだ土の上を熱心に指し示す。

「見て！　ほら！　ここ、ここだよ！」

ここ、と言われても、いまいちわからない。小さな足跡がついているのは、陸自身のものだろう。他に特に気になるものはない。水が流れたような跡が残っているだけだ。

そのとき、泥の中でちかりと何かが光った気がした。

高槻が眉《まゆ》をひそめ、その場にしゃがみ込む。慎重にのばした指先が、泥の中から何かをつまみ出した。

尚哉は横からそれを覗《のぞ》き込んだ。泥で汚れてはいるが、半透明のまるくて薄いものだった。セロファンの切れっぱしのようにも、薄いガラス片のようにも見える。

「何ですか？　それ」

「これは――」

高槻がハンカチを取り出して、そっとそれから泥を落とした。再びつまみ上げ、目の前にかざす。

陸が、高槻の判断など待ちきれないという顔で叫んだ。

「わかんないの？　うろこだよ、人魚の！」

「鱗《うろこ》……？」

尚哉は高槻の手元をさらに覗き込んだ。

言われてみれば確かにそうだ。爪ほどの大きさをしたそれは、薄赤い色をしているようだった。よく見れば、地面にはほかにも何枚か、同じような鱗が散らばっていた。まるでそこを鱗を持つ何かが這《は》いずったかのように、水が流れた跡のような筋に沿って。

陸が言った。

「昨夜ね、お母さんがね、真夜中に来たの！　ぼく、寝てたんだけど、すぐわかったよ！　雨戸閉まってたから見えなかったけど、お歌が聞こえたの！　ちっちゃい頃によく歌ってくれてたやつ！　ぼくね、それ聞くといつも寝ちゃったから、昨夜も寝ちゃったの！　でも朝になってお外を見たら、ほらね！　お母さんが来た跡が、残ってたの！」

興奮のあまり飛び跳ねながら、陸が言う。

原田が困り果てた顔で、陸の肩を押さえた。

「朝からずっと、この調子なんです。近所の人や、店に来るお客さんにまでそう言って……今はほら、砂浜の方にマスコミがうろうろしてたりするじゃないですか。聞きつけて押しかけられたらって思うと」

子供の言うこととはいえ、確かに今の時期に「人魚が来た」という発言はまずいかもしれない。ネタに困ったマスコミが来たり、一般人であっても何かネットに書き込みしたりする可能性がある。

「うちは客商売なもんで……あんまり、妙な評判が立つのも困るんですよ。もう、どうしたものかと……」

「お父さん、何で喜ばないの⁉　お母さん来たんだよ、お母さん元気なんだよ⁉　ねえ、一緒に喜んでよ！」

陸が原田の手を振りほどき、またその場で飛び跳ねながら叫ぶ。やめなさい、と原田が言うが、陸は聞く様子もない。

「お父さん、ねえ、どうして⁉　お母さんが生きてたら嫌なの⁉　駄目なの⁉　ねえ、どうなの、お父さん！」

「陸、やめなさい！」

とうとう、大声で原田が陸を叱りつけた。

陸がびくりとして、飛び跳ねるのをやめる。その両目に、みるみる涙があふれ出す。

「……ねえ、どうしてえ……？　どうして、喜ばないの、おとうさあん……」

「陸。陸、お母さんは」

「おかあさんは死んでないもん！　ぼくに、会いに来てくれたんだもん……！」

うわあん、と陸がとうとう大声で泣き出した。わあわあと身も世もなく泣きわめく陸を、原田はなす術《すべ》もなく見つめている。

六歳児に母親が自殺したという現実はあまりに辛《つら》すぎる。たとえ人魚であろうとも、生きていてほしいのだ。夢であろうと、会いに来てほしいのだ。

そのとき、高槻が、陸の前にしゃがみ込んだ。

わあわあと泣く陸の前に、さっき拾った鱗を差し出す。

「陸くん。はい、これ。君にとって、大切な鱗なんでしょう」

陸が泣きじゃくりながら、高槻を見た。高槻が差し出した鱗を受け取り、小さな手の中にぎゅっと握りしめる。

高槻は陸に向かって、優しい声で言った。

「ねえ、陸くん。——これは、内緒にしないといけないよ」

「……ない、ないしょっ……？」

「そうだよ」

高槻はうなずいた。

陸の頭に手を置き、そっとなでてやりながら、地面を指差す。

「もし本当にお母さんがここに来たんだとしてもね。お母さんは、たぶん、陸くんとお父さん以外に、それを知られたくないんじゃないかな。だから、他の人に見られることのない真夜中に来たんだよ」

「どうっ、どうしてっ……？　どうしてっ、知ら、れたくない、のっ……？」

激しくしゃくりあげながら、陸が訊《き》く。

高槻はにっこり笑って言った。

「だって、皆びっくりしちゃうでしょう？　人魚が海から現れた、なんて。砂浜にテレビ局の人達がいたのを見なかった？　あの人達はね、人魚を探しに来てたんだ。お母さんが捕まったりしたら、嫌でしょう？」

「い、いやっ、いやだ、そんなのっ……」

「そうでしょう？――だからね、ここにお母さんが来たっていうのは、ここにいる人達以外には内緒だよ。その鱗も、大事に隠しておきなさい。いいね？」

高槻の言葉に、陸がうなずいた。

鱗を握りしめた拳《こぶし》を突き出し、

「ぼ、ぼくっ、これ、宝物にしていいっ？」

「いいよ。宝物は、宝箱に入れないとね。陸くんは、宝箱持ってるかな？」

「あるっ。しまってくる！」

陸はそう言って、人魚が這いずった跡だという筋を踏まないように慎重に足を踏み出しながら、自分の部屋の掃き出し窓から家の中に入っていった。

原田が、大きなため息を吐いた。

「……高槻先生、どうもすみません……ありがとうございます」

そう言って、高槻に向かって深々と頭を下げる。

高槻は、原田を見て言った。

「原田さん。――僕にできるのは、ここまでですよ」

突き放したようなその言い方に、原田が顔を上げる。

高槻は、家の中でばたんばたんと何やら騒々しい音をさせている陸の方に目を向けながら、静かな口調でこう言った。

「父親はあなたです。あの子がいずれ現実と折り合いをつけられるようになったら、そのときは必ずあなたが支えてあげてください。……どこかの誰かのように、不幸になることがないように」

原田の店を後にして、尚哉と高槻は、海沿いの道をしばらく無言で歩いた。

先に口を開いたのは、尚哉だった。

「……本当にいいんですか、あれで」

今回の高槻の決着のつけ方は、いつもと違う。

母親が人魚になった。陸が抱くその幻想を、高槻は補強した形になる。これでますます陸が幻想にのめり込むようになったりしたら、まずいのではないだろうか。

そう……高槻の母親のように。

頑《かたく》なに現実から目を背け、結果として目の前にいる息子の存在すら否定したという彼女のように、陸が現実を拒否するようになったら。

「大丈夫だよ」

どこか乾いた声で、高槻が言った。

「陸くんはまだ子供だ。あの年の子供にとっては、夢と現実の境はもともと曖昧《あいまい》だ。大きくなるにつれて、その境目ははっきりしていく。あの子はいずれ現実を知るだろうけど、そのときは、きっとお父さんが支えてくれるはずだよ。……僕の家とは違う」

高槻はそう言って、目を伏せた。少し寂しそうなその笑顔に、尚哉は胸が痛くなる。

高槻の言うとおりになると思いたかった。

そして、そのために——まだ尚哉達には、やらなくてはならないことがあった。

「先生。こっちです」

スマホで地図を確かめ、尚哉は高槻を誘導した。高槻は大人しくついてくる。

尚哉達が向かっているのは——沙絵が勤める魚屋だ。

店の名前は、高槻が記憶していた。最初に原田の店を訪ねたとき、店の駐車場に止まっていた小型トラック。あれは、沙絵が配達に使っていた車だったのだ。その横っ腹に書いてあった店名は、尚哉は覚えていなくても高槻の記憶には焼き付いていた。

魚屋を訪ねると、頭の禿《は》げかけた店長が、沙絵なら店の裏にいると教えてくれた。

裏に回ってみると、エプロン姿の沙絵が倉庫の床掃除をしていた。床に流れた魚の血や鱗《うろこ》をホースの水で流し、デッキブラシでごしごしこすっている。

「——あれっ、高槻先生と眼鏡くん？　どうしたのー、また人魚調査？」

沙絵は、尚哉達に気づくと、また例のにぱっとした笑顔を浮かべてみせた。

高槻はにっこりと笑みを浮かべると、沙絵に歩み寄った。

「沙絵さん。あなた昨夜、原田さんの家の裏庭に、鱗をまきましたね？」

「……ありゃー。ばれちゃった？」

沙絵がぺろりと舌を出し、拳でこつんと自分の頭を叩《たた》いてみせる。

床の排水溝にへばりついた魚の鱗に目を向け、高槻が言った。

「魚屋さんですからね。それはまあ、鱗なんていくらでも手に入りますよね。……歌ったんですか？　昨夜。陸くんのために」

「歌ったよー？　だって、人魚が海から陸に上がって実際に這《は》いずるのは大変だもの。僭越《せんえつ》ながら、あたしが代わりに歌声披露させていただきました。夕子の子守歌は、何度も聞いてたからね」

　悪びれもせず、むしろ胸を張って、沙絵が言う。

　良いことをしたと思っているのだろう。母を亡くした幼い子供のために、自分にできる最大限の努力をしたのだと。

「モップで地面に跡も付けたんだけど、気づいてくれた？　雨上がりだからなんとかなるかなと思ったけど、あれ、意外といい感じにつけるのは難しいのねー。鱗はね、なるべく綺麗なやつを、色をそろえてまいたの。綺麗な人魚って思ってほしいし——」

「——その気遣いはもう不要だということを、お伝えしに来たんですよ」

　得意げに話す沙絵の声を遮るように、高槻がきっぱりとそう言った。

　沙絵が少し目を大きくする。

「……え、やだ、高槻先生、怒ってる？」

「あなたが陸くんのためにやったのだということは、わかっています。彼に、母親が人魚になって生きているということを信じさせたかったんでしょう？　でも、優しい夢物語に、これ以上の証拠はいりません。夢と現実は、違うんですから」

　高槻の言葉に、沙絵は大きくしていた目を今度は細めた。

「……いいじゃない。夢物語の中で生きるのもありよ？　その方が楽しいもの」

「夢物語の中から帰ってこられなくなった人を知っています。……あれは哀れなものですよ。誰も幸せにはしない。本人のこともです」

「あの子は違うかもしれないじゃない」

「違うかもしれなくても、夢物語と現実の折り合いをつけられるようにしてあげるのは、周りの役目です。これ以上、夢物語の方を強調すべきではありません。あの子にとって、良いこととは思えない」

「……夢物語じゃないかもしれないじゃない？」

　沙絵はそううそぶき、手にしていたデッキブラシを放り出した。がらん、と床の上で音を立てたブラシには目もくれず、今度はエプロンを取る。

　叱られたのを拗《す》ねたように少し口をとがらせ、沙絵は上目遣いに高槻を見た。

「不思議な物語を研究してるっていう割に、先生は夢物語を否定するのね。でもこの世の中には、人の理《ことわり》から外れたことだって意外と普通に起こることを、先生は知ってるんじゃないの？」

「さあ、それはどうでしょう。僕は日々本物の怪異に遭遇することを切に願ってはいますが、なかなか上手《うま》くいきません」

「あらそう。その目は、それならきっと節穴なのね。意外だけど」

「……それはどういう意味です？」

高槻が眉《まゆ》をひそめて沙絵を見る。

沙絵は高槻を見上げたまま、ふっと唇に笑みを浮かべた。

「さあね？　自分で考えなよ、先生」

三日月のように細めた沙絵の目の奥で、真っ黒に染まった瞳が高槻を見つめる。つられたように、高槻の瞳に淡く藍の光が宿る。高槻の瞳が無数の星を抱えた夜空なら、沙絵の瞳は月も星もない完全なる闇夜の色だ。何も見えない――全てを呑み込む漆黒。

「――なあんてね」

沙絵がそう言って、ちろりと赤い舌を出してみせる。ぱちりとまばたきしたその瞳は、少し明るさを増していた。沙絵は例のにぱっとした笑みを浮かべると、

「そっかー。うん、まあいいや、先生がそんなに怒るんだったら、もうやめる」

「沙絵さん」

「あたしなりの優しさだったんだけど、先生がそれだけ言うなら、まあ良くないことなのかもね。……ごめんねえ、あたし、あんまりそういうことってわかんないんだ。人間って本当、ムズカシイよね？」

肩をすくめて、沙絵はそう言った。はずしたエプロンをくるくると丸めて手に持ち、店の方へと足を向ける。

「それじゃ先生、あたし用があるから、もう行かないと」

「沙絵さん。待ってください」

「だーめ。用があるって言ってるじゃない。じゃあね、先生。また今度」

ちゅっと、片手で投げキスをして、沙絵は店の中へと消えた。

後には、濡《ぬ》れたコンクリートの床の上に投げ出されたデッキブラシだけが残った。

高槻と共に再び海沿いの道を歩きながら、尚哉は、なんとなくもやもやした気持ちを抱えていた。

高槻は、尚哉の少し前を無言で歩いている。一度通った道なら高槻は迷わないので放ってあるが、魚屋を出てから高槻がひと言も喋《しゃべ》らないのが気になっていた。何かをひたすら考え続けているような気配が、速足で歩いていくその背中に漂い続けている。

だが、尚哉もまた、ずっと考え続けていることがあった。

……何かがおかしい気がするのだ。

前にここに来たときから、何かが変だと感じていた。でも、その違和感の正体がよくわからないのだ。ただ胸の底で小さく引っかかり続けているものがある。

尚哉は海の方に目を向けた。今日はサーファーの姿はこの辺りにはないらしい。ざざざざ、と大きな波が盛り上がり、崩れていく。泡立つような波頭の中に、そのとき尚哉はふと、黒くて丸いものを見つけた気がした。誰かが泳いでいる。結構な沖だ。今日は波も高いのに、大丈夫だろうか。

思わず足を止めて見ていたら、前方から高槻に声をかけられた。

「深町くん？　どうかしたの」

「あ……今」

言いかけて、尚哉は再び沖に目を戻す。だが、先程見かけた頭はもう見当たらなかった。海ではただ波がうねるばかりだ。見間違いだったのかもしれない。この辺りで頻繁に目撃された人魚も、きっと今の尚哉みたいな見間違いによるものだったのだろう。

そのとき、尚哉の中で、ようやくかちりと何かがはめ込まれる感じがした。

「深町くん？」

足を止めたままの尚哉を気遣うように、高槻がこっちに戻ってくる。

尚哉は高槻を見上げ、言った。

「先生。あの、ずっと気になってることがあるんです」

「何？」

「沙絵さんは――あの人は、人魚が本当にいると思ってるんでしょうか？」

そうだ。これが、あの違和感の正体だ。

最初に原田の店を訪れた日。陸に向かって、沙絵は何度も「陸の母親は人魚だ」と言った。でもそれは、陸のための夢物語のはずだ。優しいファンタジー。

つまりは――嘘。

「だって、おかしいんです。沙絵さんの声は、一度も歪《ゆが》まなかった。沙絵さんは、陸くんの母親が本当に人魚だと思って話していたことになります」

「それは……」

そのとき、はっとしたように、高槻が海の方に目をやった。

長い指で、高槻が海の一点を指差す。

「深町くん。――あれ」

高槻が指差す先に目を向けた尚哉は、再びそこにあの丸いものを見た。誰かの頭。

先程は沖の方を向いていたはずのその頭は、今はこちらを向いているように見えた。顔立ちまではわからない。何しろ距離がある。だが――なんとなく、こちらを見て笑っているような気がする。その顔の横から、白い腕が波を割って現れる。おーい、とでもいうように、白い腕がこっちに向けて振られる。

その直後だった。

腕と頭が波間に沈んだ――と思った直後、別の何かが海面を叩いた。

大きな魚の尾だった。

「――せ、先生、先生先生駄目です駄目ですっ、それは駄目ですやめてください！」

いきなりガードレールを乗り越えて下の浜に飛び降りようとした高槻を、尚哉はすんでのところで引き止めた。いくら砂地とはいえ、この高さを飛び降りようとしないでほしい。というかそもそも、あれがいるのはかなり沖だ。まさかスーツで泳いでいくわけでもあるまいに、浜辺に降りたところでどうにもならないだろう。

高槻が尚哉を振り返った。

大きく見開かれたその瞳《ひとみ》が深い藍色《あいいろ》に変わっているのを見て、尚哉は息を呑《の》む。

「深町くん。――見た？　今の」

「見ました、けど」

「顔も？」

「そこまでは……」

「僕は、見た」

高槻が言った。

「僕の目には、見えた。あれは――夕子さんだった」

「え……？」

「原田さんのレストランに置いてあった家族写真。あれには夕子さんも写っていた。同じだったよ、あそこにあった顔は」

高槻が再び海を指差す。もうそこには何の姿もない。

突然、高槻がまた歩き始めた。先程よりも速足で、ずんずんと道を進んでいく。

「せ、先生？　どこ行くんですか!?」

「深町くん。――僕も実は、ずっと気になっていたことがあった」

「何ですか？」

「原田さんのレストランの写真だよ。……沙絵さんは、どうしてあの写真だけひっくり返したんだと思う？　あのとき、僕が座っていた位置からは、あの写真が何なのか見えなかった。深町くんには見えた？」

「見えた……かもしれないですけど、覚えてはいないです」

　確か浜辺で干物を作っている人達の写真だった気がする。白黒でちょっと不鮮明で、なんだか日本史の教科書にでも載っていそうな感じだった。

「確かめに行こう」

　高槻がそう言って、さらに足を速める。コンパスが違いすぎて尚哉はもう小走りだ。だが、珍しく高槻は、尚哉の様子を気にすることなく、そのままの速度で進んでいく。

　レストランＨＡＲＡＤＡは、すでに夕食時の客を迎え入れていた。客が来たと思ってこちらを見た原田が、高槻が入ってきたのを見て驚いた顔をする。いらっしゃいませ、と条件反射のように言う原田にかまうことなく、高槻は人で埋まったテーブルの間をすり抜け、カウンターに座る客を避けるようにして、伏せて置かれた写真に手をのばす。

「……深町くん」

　高槻が、写真の一点を指差してみせた。

　その写真は、やっぱり浜辺で干物を作っている人達を写したものだった。まるで浦島太郎のような格好をした男性、古い日本映画にそのまま出てきそうな中年女性、一番大きく写っているのはこの二人だ。

だが、高槻が指差したのは、その後ろだ。こっちに顔を向けて、浜辺を歩いている女性がいる。丸い大きなかごを小脇に抱えているところからすると、彼女も何らかの作業中のはずだ。

高槻が言った。

「――沙絵さんだ」

「え!?」

慌てて尚哉は目を凝らす。何しろ古い写真だ、多少引き伸ばしているのか粒子も粗い。粗すぎて、泣きぼくろの確認もできない。だが――手前に大きく写っている人物よりもはるかに整った顔立ちや、妙に親しみやすいにぱっとした笑顔は、確かに沙絵だ。

尚哉は高槻と並んで立ったまま、写真を見つめ続けた。他の客達の、そして原田の視線を感じる。原田が声をかけてくる。どうしたんですか、その写真がどうかしましたか。だが、それに答える気すら起きない。いや、何と答えればいいのかわからない。

昔の――たぶん昭和初期と思われる写真に、ついさっきまで一緒に話していた女性が写っている。

他人の空似かもしれない。あるいは親戚《しんせき》で、血がつながっているのかもしれない。そういう推測は勿論《もちろん》成り立つ。でも尚哉は、ここまで同じ顔をした親戚というのに会ったことがない。

それならこれは一体どういうことなのか。

店の窓の外では、暮れた空の下、その色を濃くした海が静かにうねっている。ずっと昔、人々が竜宮城があると信じた海だ。人がたどり着けぬ深い水底に、自分達が暮らすのとは違う世界があると夢想されていた――うねる波の下に異界を抱いた、海だ。

そして、水曜日。

イギリスに帰国する渉を見送るという高槻に、尚哉も付き合うことになった。

「世話になったな」

渉はそう言って、かつりとステッキの先で床を突いた。もうスーツケースは預けてしまったので、持ち物といえばこのステッキしかない。

高槻が渉をハグした。

「じゃあね、おじさん、またいつでも来てね」

「ああ。お前も、遊びに来い。アパートメントの部屋なら空いてる」

「……うん。ありがとう」

高槻は軽く目を閉じてうなずき、渉を離した。

渉が尚哉を見た。

「尚哉くん。君にも世話になったな」

「ハグはしませんよ？」

「なぜだ。別れのときは、ハグだろう！」

「いや、日本で育った日本人なんで。奥ゆかしいのでそういうの無理です」

　尚哉が言うと、渉は拗《す》ねたような顔でこつこつと床をステッキの先で小突いた。ああやっぱりこの人は高槻の叔父《おじ》さんなんだなあと尚哉は思う。まさか遺伝子レベルで「子供のように拗ねる」という情報が入っているとは思いたくないが。

が、油断していたら、突然渉が両腕を広げ、がばりと尚哉をハグした。

「ちょ！　だから！　日本人は！　ハグしない！」

「俺は日本人だがハグをするんだ。——尚哉くん。くれぐれも、彰良をよろしく頼む」

じたばたと暴れかけた尚哉を押さえ込み、渉が尚哉の耳元にそんな囁《ささや》きを落とす。尚哉は思わず動きを止め、

「……そんなに心配なら、こっちに住めばいいじゃないですか」

「日本の水が合わないんだ。海外暮らしが性に合ってるのさ、おじさんは」

　そう言って尚哉の髪をかき回し、渉が離れる。ぼさぼさになった髪を押さえ、尚哉は渉を睨《にら》んだ。この一族は人の髪を平気でかき回すのをやめてほしいと思う。

……あの晩の、ちん、という乾杯の音が、まだ耳の中に残っている気がした。

　まるで何かの悪事の共犯にでもなったかのような、そのための儀式のような乾杯。

渋い赤ワインと共に飲み込んだ高槻の過去についての話。

「それじゃあ彰良。尚哉くん。——またな」

渉はそう言って手を振り、出国ゲートの中へと消えていった。

それを見送り、高槻はふうと小さく息を吐く。

「あーあ。帰っちゃった」

「帰っちゃいましたね」

「もうちょっといてもいいのにね。おじさんの手料理、やっぱりおいしかったな。——ああでも、あんまりおじさんがこっちにいると、人の恥ずかしい過去を勝手に暴露されちゃうから、それは困るかなあ」

高槻がそう言って、横目で尚哉を見る。

尚哉は思わずびくりとして、一歩後退《あとずさ》った。何だ、まさかばれていたのか。

と、高槻が、ぷっと小さく吹き出した。

「……本当、深町くんはわかりやすいなあ。やっぱり聞いたんだ、僕の昔のこと」

「え？　え？……まさか今の、カマかけですか⁉」

「いや、おじさんのことだから、どうせ深町くんには話してるんだろうなあと思ってたけど。まったくひどいなあ。今ではもうこんなに立派な大人になってるんだから、未熟な少年時代のことなんて記憶の中の金庫にでもしまっておいてくれればいいのに」

「……立派な大人……そうですね、見た目は」

「ちょっと深町くん⁉　見た目だけの男じゃないよ僕は！」

「どうだか。少なくとも、人魚を見つけた瞬間に高所から飛び降りようとするような人に、立派な大人を名乗ってほしくないです」

「それは……だって、あのときはさ……ちょっと僕も、取り乱してたものだから」

そう言って、こほんと高槻が小さく咳払《せきばら》いする。

そして、高槻はあらためて尚哉を見た。

「そうだね。それについて、ちゃんと話をしておかないとね。あの日は僕も混乱してて、あんまり話さずに帰っちゃったから」

――あの日。

稲村ガ崎からの帰りの電車の中で、高槻はほとんど口を開かなかった。ただ無言で、ずっと考え込んでいる様子だった。尚哉から話しかけられる雰囲気でもなく、東京に着いたらそのまま別れたのだった。

「深町くん。ちょっと座ろうか」

高槻が、空いているベンチを指差した。

並んで腰を下ろし、目の前を行き交う人々を眺めながら、高槻が口を開く。

「問題は、あの海の中で僕らが見たものが何だったのかということと――沙絵さんが、何者なのかということだ」

「海にいたのは……人魚に見えました」

「そうだね。そして、その顔は、夕子さんのものだった」

「……だったら」

やっぱり――陸の母親は、人魚だということになる。まるでアンデルセンの童話のように、人に化けて陸に上がった人魚。人との間に子供を産んで体を損ない、海に戻らざるをえなかったとでもいうのだろうか。

ならば、その正体を知っていた沙絵は何者だったのだろう。彼女もまた人魚だったのだろうか。それとも。

「先生、講義で言ってましたよね。……人魚の肉を食べると不老不死になるって」

「八百比丘尼《やおびくに》の伝説だね。日本各地に残ってる話だ。人魚の肉を食べたことで年を取らなくなり、長寿を保った女性の話だ」

――あの後、沙絵の行方はわからなくなった。

レストランで写真を確認した後、すぐに魚屋に取って返したのだが、魚屋の店長に「沙絵ならたった今辞めて出て行った」と言われてしまったのだ。

不思議な女性だった。明るくて親しみやすい雰囲気なのに、突然、まるで別人のように気配まで変わる感じが――やっぱり少し、高槻に似ていた気がする。

高槻が天井を見上げ、ぽそりと呟いた。

「ああ……わからないっていうのは、本当に不安だね」

だが、その口調は、どこか楽しげだ。

「現実的な解釈は、いくらでもできるけどね。夕子さんは実は死んでおらず、何かの理由で身を隠していて、だけどたまに海に泳ぎに来るとか。あるいは海の中にいたのも、あの写真に写っていたのも、どっちも他人の空似だとかね。――大体、夕子さんが人魚だったとしたら、色々奇妙な点が出てくるんだよ。だって彼女、出産や病気で医者にかかってるんだから。血液型とか、絶対検査されてるはずだよ。人魚の血液型って一体何だろうね？ それに、夕子さんは原田さんと結婚している。つまり、戸籍を持っていたことになる。人魚の戸籍？ 本籍は竜宮城かな。……そんなのは、勿論《もちろん》ありえない」

くすっ、と高槻が笑う。

そして高槻は、天井から床に視線を振り落とした。

「でも、僕は——自分のこの目で見たものを、疑うことができない」

すっと、指で己のまぶたをなぞってみせる。

「深町くん。……僕の夢は、一つ叶《かな》ったと思っていいのかな」

日々、本物の怪異に出会いたいと言い続けている、高槻の夢。

とうとう自分達は、作り物ではない本物に、出会ってしまったのかもしれない。

「……ねえ、深町くん」

高槻がまた口を開いた。

尚哉に肩を凭《もた》せかけるように身を傾け、言う。

「沙絵さんは、陸くんのために、夢物語を用意した。僕の母もまた、自分の心を守るために、夢物語の住人になった。沙絵さんが用意した夢物語は、でも実は現実だったのかもしれない。……なら、僕の母の場合は？」

「先生……」

「僕の母は、結局夢物語から戻ってこなかった。さて問題は、僕自身が夢物語の住人なのかということだよ。天狗《てんぐ》にさらわれるなんていうファンタジーが現実に起こりうることなのか、それを知りたいと思うのは危険を伴うのかな」

そう言って、高槻は自分の手を広げて、目の前に掲げた。

もしこの世に、人魚が実在するのなら――天狗だって、本当にいるのかもしれない。

「沙絵さんの手相見が正しければ、僕はいつか深町くんを巻き込んで大変な目に遭わせてしまうのかもしれないね」

肩にかかる高槻の体重が、少し重くなる。うつむいた高槻の顔を尚哉は見上げる。らしくない顔をしているな、と思った。まるで迷っているような顔。自分のしていることが間違っているのではないかと、悩んでいるかのような。

――あのとき、高槻の瞳を覗《のぞ》き込んで、そこにいるのは誰かと問いかけていた沙絵のことが気にかかる。

沙絵は、高槻の瞳の中に、一体何を見ていたのだろう。

「……沙絵さんの手相見が正しいんなら」

尚哉はそう言って、自分も手を広げた。

高槻に見せつけるように持ち上げて、言葉を続ける。

「俺はこの先試練が待ち受けてるって。それって間違いなく、先生がらみですよね」

「……ごめんなさい」

「何謝ってんですか」

もたれかかってきていた高槻をどんと肩で小突いて押し返し、尚哉は言った。

「先生が周りを巻き込むのなんて、いつものことです。佐々倉さんなんて、いつも巻き込まれてるじゃないですか。……今更ですよ」

「深町くん」

「だから今更——俺を手放すとかいうのは、なしです」

——手放したくない、と高槻は前に尚哉に言った。

尚哉だって、今更高槻の手を放せないところまでもう来てしまっている。

それに……何より、尚哉自身が知りたいのだ。

高槻が求めている、真実を。

「大体、先生が夢物語の住人なら、俺はどうなるんですか。遠山さんが同じ体験をしてる以上、あの祭は俺の夢じゃなく現実ってことになります。……先生は約束したじゃないですか。あの祭が何なのか、一緒に解き明かそうって。今更約束破る気ですか？　針千本飲ませますよ」

「僕達、別にゆびきりげんまんはしてないよ？」

「約束の不履行とかはとにかく許されないんですよ！」

尚哉はそう言って、高槻を睨《にら》んだ。

高槻は尚哉を見返し——そして、あは、と笑った。

「そうだね。……うん、約束は守るよ。夏休みになったら、深町くんがお祭りに参加したっていう場所に行こう。一緒に、そのお祭りが何だったのかを調べに行こうね」

高槻が、尚哉に向かって右手を差し出す。

尚哉はその手を見つめ、だから日本人には握手の習慣はそんなにないんだけどな、と思う。

でも——前にも、高槻とは握手をした。たぶんこれはあのときの再現なのだと思う。尚哉が自分で、高槻の近くにいると決めたときだ。

尚哉が手を差し出すと、高槻はにっこり笑ってその手を取った。

そして、こう言った。

「よろしくね、深町くん」

「……よろしくお願いします」

尚哉もそう言って、高槻の手を握り返した。

【extra】それはかつての日の話Ⅱ

高槻渉が五年ぶりの日本訪問を終えてイギリスに帰る日。空港まで見送りに来てくれたのは、甥《おい》っ子とその教え子だった。

「じゃあね、おじさん。またいつでも来てね」

「ああ。お前も、遊びに来い。アパートメントの部屋なら空いてる」

両腕を広げてハグを交わし、渉は彰良にそう言った。

この甥っ子が自分と変わらぬ目線に育ったのはもう随分と前のことなのに、こうしてハグする度に「でかくなったなあ」と思ってしまう。渉が彰良を引き取ったときには、たぶん今より二十センチは背も低かったはずだし、体も華奢《きゃしゃ》だった。それが今では立派な大人の男だ。時の流れは偉大だなと思う。

続いて、彰良の後ろでやや所在なげな表情で立っている学生に目を向ける。

「尚哉くん。君にも世話になったな」

「ハグはしませんよ？」

一歩後退《あとずさ》り、不愛想に尚哉がそう返した。パーソナルスペースが広いのも、あまりこちらと目を合わせようとしないのも、日本人にはよくあることだ。ハグとキスの文化で生きてこなかった彼らは、物理的にも精神的にも他人と距離を取りたがる。

……でも、この子の場合はそれだけじゃないんだろうな、と渉は思う。

たぶん尚哉は『訳あり』だ。

渉からは彰良に尚哉のことを尋ねなかったし、彰良も何も言わなかったけれども。

例の目つきの悪い幼馴染《おさななじみ》は別として、彰良は昔からこういうタイプの子を気にかけたがる。最初に大学のキャンパスで尚哉を見かけたとき、つい声をかけてしまったのは、それを思い出したからだったのかもしれない。

——周りに対して『閉じて』いる子。

実際に話してみたら、最初の印象ほどではなかったけれども——それでも尚哉は、どこか似ている。かつて彰良がかまっていた子に。そして、昔の彰良自身に。

「それじゃあ彰良。尚哉くん。——またな」

彼らに手を振って出国ゲートの中へと入りながら、渉は思い出していた。

彰良を自分のもとに迎えた日のこと。そして、それに続く日々のこと。

尚哉に話して聞かせた、少年時代の彰良の話だ。

もう二十年も前になる。

十五歳の彰良を引き取ったとき、渉は三十八歳だった。まだ髭《ひげ》は生やしておらず、友人と始めたアンティーク商の仕事がようやく軌道に乗った頃。その数年前にひょんなことから格安で手に入れたアパートメントには、当時三人の入居者と二匹の犬がいた。

実のところ、彰良の父親の智彰から「息子を預かってほしい」と言われるまで、渉は彰良の身に起こった出来事を知らなかった。

そのくらい、渉と実家との縁は切れていた。

渉の気質が自分の後継者にふさわしくないことを早々に見抜いた父親は、大学を卒業したタイミングで、さっさと渉を家から追い出したのだ。そこそこまとまった金額が記載された通帳とカードをぽんと渡され、「好きにしていいから、今後は貴崎《たかさき》の会社とは関わるな」と言い渡された。生前贈与かと尋ねたら、そうだとあっさり返されたので、とりあえずありがたく金はもらうことにして実家を出た。

すぐに海外暮らしを始めた渉が日本に戻ることは滅多になかったし、戻っても実家に寄ることはなかった。姉の清花《さやか》やその他の家族とは普段連絡を取ることもなく、彼らが旅行でヨーロッパ方面に来ることがあれば一緒に食事をする程度。年に一回クリスマスカードをやりとりすることさえない。友人や仕事仲間より余程希薄な関係。

にもかかわらず、智彰は渉を頼った。

そんな自分を頼らざるをえないほどに姉の家庭は壊れてしまったのだということを、渉はこのとき初めて知った。

『無理は承知してる。だが、これ以上に良い選択肢が見つからなかった』

電話の向こうでそう打ち明けた義兄の声はこれまで聞いたことがないほど沈鬱《ちんうつ》で、どうしようもない疲労と心痛がにじんでいた。

別にいいよと、気安い口調で渉は智彰の頼みを聞いた。

アパートメントの部屋には空きがあるから別にかまわない、と。

『申し訳ない。……本当に、助かった』

気にするなと返しながら、渉は、この義兄は一体どんな気持ちで自分に電話をかけてきたのだろうと考えていた。

これ以上に良い選択肢はないと智彰は言ったが、そもそも他の選択肢など存在していたのだろうか。渉がもし断ったとしたら、この義兄はどうするつもりだったのだろう。

……まあいいさ、と渉は思った。

ともあれ、アパートメントに空きはあるのだ。

――とはいえ、若干の不安がなかったわけでもない。

何しろ件《くだん》の甥っ子とは数えるほどしか会ったことがないのだ。最後に顔を合わせたのは、はたして何年前だろうか。もはやお互い顔がわかるかどうかも怪しい。

「つーか……そうかあ、十五歳……ムズカシイお年頃だよなあ……反抗期とか思春期とか、真っ盛りなんじゃねえの」

ヒースロー空港まで甥を迎えに来て、うわあと頭を抱えたくなっている自分がいる。

どうしようか。このまま帰ったりしたらさすがにまずいだろうか。いや、それは勿論《もちろん》まずい。大人として、人として、大変まずいと思う。

だが、何しろ渉は面倒なことが苦手だ。基本的に自分の好きなこと以外には興味がないし、面倒くさいことは放り出す傾向があったから、学校の成績も恐ろしく偏っていた。父親が渉を見限った理由の一つはその辺にある。

しかも、年齢的にも難しいはずの甥っ子は、さらに厄介な事情まで抱えている。

「……やっぱ早まったかなあ……安請け合いなんざするもんじゃなかったかねえ」

混み合った到着ゲート前で、渉はステッキを持っていない方の手で軽く頭を抱えた。

ちらと周りに目を向ければ、あっちもこっちもハグを交わす人々でいっぱいだった。フライトを終えて出てきた人々を、迎えの者達が歓迎している。「ひさしぶり」「会いたかった」交わされる言葉はどれも温かい。

歓迎——してやるべきなのだとは、思う。

何しろ件の甥っ子は、たった十五歳にして実家を追い出されたのだから。

行き場をなくした可哀想な甥っ子に居場所を提供する。叔父《おじ》なのだから、そのくらいはして当然だ。たとえそのまま甥が部屋で引きこもりになってしまったとしても、路頭に迷われるよりはいくらかましだろう。

よし自分もハグするぞと決意を固め、小脇に抱えていたウェルカムボード代わりのスケッチブックをゲートに向けて掲げる。そこには日本語で『イギリスへようこそ！　高槻彰良くん！』と書いてある。

　そのときだった。

「……渉おじさん？」

　すぐ傍らで、そんな日本語が聞こえて、渉は慌ててそちらに視線を向けた。

　ほっそりした少年が、大きな鞄《かばん》を肩にかけてそこに立っていた。

　ぱっちりした二重の目、色白の顔に茶色い髪。よく整ったその顔立ちは、渉の記憶にある姉の少女時代にそっくりだった。

「彰良、か？」

　そう呼びかけると、件の甥っ子――彰良は、にこっと明るく笑った。

「うん！　渉おじさん、おひさしぶりです。今日からお世話になります！」

　はきはきした口調でそう言って、礼儀正しく頭を下げる。

　なんだちゃんと笑ってるじゃないか、と渉はほっとした気分で彰良を見下ろした。最悪のケースを想定していたのに、これなら単に留学しに来た子を受け入れるのと何も変わらない。少なくとも、アパートメントに着くなり二度と部屋から出てこなくなるとか、触る者皆傷つけるナイフのような反抗期とか、そんなことにはならなそうだ。

　スケッチブックを持ったまま腕を広げて彰良をハグし、渉は言った。

「よく来たな、彰良。イギリスへようこそ！　前に会ったのは随分前なのに、よく俺の顔がわかったな。やっぱりこれだけ男前だと忘れないか？」

「うん、『ステッキのおじさん』がかっこいいのはよく覚えてたからね」

くすぐったそうに笑って、彰良が言う。『ステッキのおじさん』というのは、彰良が小さい頃に言っていた渉の呼び名だ。

これなら上手《うま》くやれそうだなと思いつつ、彰良を車に乗せて、ロンドン郊外の小さな町にある自分のアパートメントへ向かった。車の中でも、彰良はよく喋《しゃべ》った。時差ボケもあるだろうに、小さい頃に渉と会ったときの思い出話や、飛行機の中で観た映画の話などを、実に楽しげな口調で聞かせてくれた。

ああこれならますます大丈夫だなと、渉は思った。にこにこ笑うこの甥《おい》っ子に、早くも親近感が湧く。この子は姉の清花よりも自分の方に似てるんじゃないかなんて、勝手なことを思ったりした。

「ほら、これが俺のアパートメントだ」

「わあ、すごいね。映画に出てきそうだね！」

アパートメントに着き、車から降りた彰良は、そう言って目を輝かせた。

渉のアパートメントは、赤レンガ造りの五階建ての古い建物だ。それほど大きくはないのだが、アーチ状の大きな窓や、壁を這《は》う蔦《つた》の緑が、なかなかに良い味を醸し出していると思う。階ごとに人に貸しており、一階は渉の住居だ。

と、彰良が目を輝かせたまま、こちらを振り返って尋ねた。

「ねえ、おじさん！　ここ、幽霊は出る？」

「幽霊？」

「イギリスでは、幽霊が出る物件の方が人気だって聞いたから。日本だと幽霊が出る物件は家賃格安で貸すのに面白いなって思って」

「ああ、イギリス人は幽霊が大好きだからな。幽霊が出るくらいの方が建物に箔《はく》がつくって考えてるんだ。だが残念ながら、この建物に幽霊はいない。……たぶんな」

「たぶんって？」

「今まで見てないってだけで、もしかしたらどこかに隠れてるかもしれないだろう？　だから、彰良がもし幽霊を見かけたら、必ず俺に言うんだぞ。そしたら」

「そしたら？」

「入居者から取る家賃を値上げできる」

渉がにやっと笑って言うと、彰良はぷっと吹き出すように笑った。

「さあ、中に入るぞ。お前の部屋は三階だ。荷物は宅配便でもう届いてる。荷解きは後で手伝ってやるから、とりあえず一階の俺の部屋に来い。他の入居者を紹介する」

そう言って、玄関の扉を開ける。

途端、銃撃戦かと思う勢いで、複数の破裂音が響いた。視界を色とりどりの紙テープと紙吹雪が覆い尽くし、火薬のにおいが鼻をつく。

「ヨウコソ、アキラー！」

「イラシャイマセー！」

「アー、コンニチハ、オハヨウ、アリガトゴザイマス、ゲイシャフジヤマスシー！」

アパートメントの住人達だった。

手に手にクラッカーを持って、扉の前で待ち構えていたらしい。下手くそな日本語を並べつつ、結構な至近距離でさらにぱんぱんとクラッカーを鳴らしまくる。

「こら、お前ら！　俺の甥っ子がびっくりしてるじゃないか！」

慌てて渉は英語で止めに入った。サプライズの歓迎パーティーを企画しているとは聞いていたが、さすがにやりすぎだ。びっくりしてその場に棒立ちになった彰良は、頭から紙テープにまみれてカラフルなミイラみたいになっている。

「……えっと、はじめまして、アキラ・タカツキです。よろしくお願いします」

と、彰良が、紙テープを取りながら、英語でそう言った。

実に流暢《りゅうちょう》な英語だった。どうやら日常会話には何の問題もなさそうだ。

渉は扉の前に並んで立った住人達を、ここで紹介してしまうことにした。

「彰良。これが今の俺の家族達だ。——端から順にいこうか。彼女はエマだ。パン職人になるのを目指して、近所のパン屋で働いてる」

「よろしくね、アキラ。仲良くしましょ！」

そう言って、エマが彰良を軽くハグした。燃えるような赤い髪と緑の瞳《ひとみ》の持ち主のエマはイギリス人で、このとき二十四歳だった。なかなかにグラマラスなそばかす美人で、いつも焼き立てのパンの匂いがする。

「隣にいるのが、リシャール。彼はロンドンでカウンセラーをしてる」

「アキラ、よろしく！　君が女の子だったらもっと嬉《うれ》しかったんだけどなあ！」

リシャールもまた、彰良をハグする。少し長めの金髪に青い瞳の優男で、フランス人だ。年齢は三十二歳。親戚《しんせき》の子を預かると言ったら「その子、女の子？　可愛い？」としつこく訊《き》いてきたが、男だと答えたら大人しくなった。つまりはそういう奴だ。

「最後がアーナヴ。彼はロンドンで、ＩＴ系の企業に勤めてる。パソコン関係で何か困ったら、彼に訊け。大抵のことは解決してくれる」

「よろしく、アキラ。我々はきっと良い友達になれると思う」

アーナヴはそう言って、彰良と握手した。ミルクチョコレートのような色の肌と真っ黒な髪と瞳のアーナヴはインド人で、三十四歳。たぶんここの住人の中では一番大人しい。生真面目な性格で話し方は堅いが、とても優しい男である。

「さあ、挨拶《あいさつ》も済んだことだし、次は歓迎パーティーだ！」

リシャールが、彰良の背中を居間の方へと押しやった。

居間の中は、まるで小さな子供のための誕生日パーティーのような飾り付けがされていた。星形やハート形の風船があちこちに結ばれ、「WELCOME」と書かれた三角旗が天井から下がっている。わあ、と彰良が嬉しそうな声を上げて笑う。

そのとき、わん、と犬の鳴き声が響いた。

居間の奥にある部屋からだ。わん、わん、と二匹の犬が交互に鳴いている。

彰良がまた目を輝かせ、

「犬がいるの⁉」

「ああいけない、部屋の飾りつけの邪魔をするから、ワタルの寝室に閉じ込めてたんだ。出してやらないと」

リシャールがそう言って、寝室の扉を開ける。大きな犬が二匹飛び出してきた。一匹は耳の垂れた黒い犬、もう一匹は同じく耳の垂れた白い犬。どちらもレトリーバー犬の血が入っていると獣医は言っていたが、拾った犬なので詳しいことはよくわからない。

「可愛いね！　ねえおじさん、この子達、名前は？」

「黒いのがロボ。白いのがブランカ」

「『シートン動物記』だ！」

「ああ、『狼王ロボ』が好きでな。ただ残念なことに、うちのはブランカの方が賢い」

二匹の犬は、初めて見る彰良の匂いを一通り嗅《か》ぎ回り、こいつは安全と判断したようだ。彰良の周りをぐるぐる回ってはわんわん鳴いている。彰良は嬉しそうに手をのばし、二匹の毛並みをなでた。どうやら犬が好きらしい。これもまた、一緒に暮らすうえで安心材料だった。犬嫌いだったらどうしようかと、ひそかに心配していたのだ。

エマが言った。

「ところでワタル、メインディッシュはどうするの？　デザートだけ用意しとけって言うから、アップルパイを焼いておいたけど。確か食事当番はワタルよね、これから作るの？　それとも、今日は外に食べに行く気？」

「ああ、それなんだがな。――彰良。ちょっと聞きなさい」

　まだ犬と戯れている彰良に、渉は声をかけた。

「何？　おじさん」

「このアパートメントに住むなら必ず守ってもらわないといけないルールが一つある」

　厳かに渉はそう告げる。

　一体何事かと、彰良が目を丸くした。

　その背中をばしんと叩《たた》き、リシャールが笑って言った。

「心配することないって。デートでもない限り、夕食は皆で食べるってだけのことさ！　上の階にもキッチンはあるけど、一階の渉の部屋のキッチンの方が広いし立派だからね。どうせならそこで作って、皆で食べた方が楽しいじゃない？」

「ちなみに食事当番は持ち回りよ。あ、でも、都合の悪いときは、他の人に代わってもらえるから大丈夫」

「ただし要事前申告だ。緊急事態を除いて、前日までに申告するように」

　エマとアーナヴが横から言い添える。

　彰良はちょっと困ったような笑みを浮かべて、頭を掻《か》いた。

「でも僕、料理ってあんまりしたことないかも。できるかなあ」

「それなら、他の奴らが料理してるときに手伝って覚えるんだな。いいか、食事は全ての基本だぞ。人間ってのは食わないと駄目だし、美味《うま》い食事は確実に人を幸せにする。

――というわけで、今日の食事担当はおじさんなわけだが、彰良、事前に頼んだブツはちゃんと持ってきてくれたか？」

　渉が尋ねると、彰良は一瞬首をかしげ、

「ああ。インスタントラーメンのこと？　買ってきてくれって連絡がきてたね」

「そう、それ。こっちで買うのはなかなか面倒でな」

「……料理って、ラーメンでもいいの？」

「あ。お前今、ちょっと馬鹿にしたな？　日本のインスタントラーメンをなめるなよ、あれ本当に美味いからな？　おじさんはあれに野菜だのコーンだのバターだの肉だの色々入れて食うのが好きなんだ。お前も食べてみろ、病みつきになるぞ？」

「それは確かに興味あるけど……でもあの、おじさん？」

「何だ？　彰良」

「ラーメン、宅配便で送った段ボールの中……どの箱に入ってるか、わかんないかも」

「何だと」

　思わず全員で、天井を見上げる。

　届いた段ボール箱は幾つあっただろうか。どれも結構な大きさだった気もする。

　アーナヴが、静かな口調で言った。

「……宝探しだな」

うん、と彰良を除く全員がうなずき、一斉に階段に向かう。

彰良が慌てて後を追いかけてきながら、

「え、待って、今から皆で段ボール開けるの？　パンツとか普通に入ってるよ!?」

「ごめんなさいねアキラ、あなたのプライバシーは尊重してあげたいけど、ワタルの作るスペシャルラーメンは私も結構好物なのよね！」

「アキラ、もしかしてジャパニーズエロ本持ってきてる？　後で見せてよ、僕のとっておきも見せてあげるから！」

「見てはいけないものがあるなら、事前に言っておいてくれ。目を閉じるようにする」

「いやあの、ちょっと待って、エロ本はないけど、ないけどさーっ！」

ばたばたと彰良の部屋になだれ込む大人達を、彰良が焦った様子で追ってくる。思春期の少年としてパンツやら何やら見られたくないものはあるらしいが、どうせこれから生活を共にするのだ。そんなことは気にするだけ無駄というものだ。あちこちで段ボール箱を勝手に開けては中を引っかき回し始める大人達の間を、彰良が「それは僕の冬服」だの「それは勉強道具」だの「それは駄目！　下着類はやめて！」だの言いながら駆け回る。その後を、ロボとブランカが興奮した様子でわんわん鳴きながらついて回る。

せっかく彰良のために綺麗《きれい》に整えた部屋はあっという間にしっちゃかめっちゃかになり、彰良はエマに自分のパンツをばっちり見られたようだが、日本土産のラーメンは無事に発掘されて皆でおいしく食べた。……ちなみに、食事の後で部屋の片づけを手伝うと皆で申し出たのだが、彰良に笑顔で却下された。その辺はやっぱり思春期らしく、複雑らしい。

　その日の深夜、渉は彰良の父親に電話をした。

「彰良は無事にこっちに着いたよ。上手《うま》くアパートメントにも馴染《なじ》めそうだ」

『……そうか。ありがとう。彰良をよろしく頼む』

　電話の向こうで、智彰はそう言った。

　あまり感情の入らないその言い方に、渉は少し意地の悪い気分になる。あんないい子を海外の親戚のもとに追いやったその薄情を、責めてやりたくなったのだ。

「なあ。智彰さん？」

『何だ』

「彰良は、別に何の問題もないように俺には見えるよ」

　そう渉が言うと、電話の向こうの義兄は口をつぐんだ。

　渉はかまわず、言葉を続ける。

「どうせ、親父の指示だったんだろう？　彰良をこっちにやったのは」

　親父——彰良からすれば祖父だが、全てはあいつの差し金だと渉は見ていた。

　彰良の誘拐事件の後に、姉の清花は精神を病んだと聞いている。渉と違って親に従順で優秀だった清花は、昔から父親にとても愛されていた。脚を痛めてバレエ界から引退することになる前に、智彰とはすでに交際していたはずだ。親の決めた結婚相手候補だったが、清花はあっさり智彰と恋に落ちた。

そうして生まれた彰良もまた、あの親父の意に沿う存在だったはずだ。性格も良く、成績もとても優秀だったと聞いている。いずれは次の後継者にと、あの親父は考えていたはずだ。以前清花も、彰良はあの親父からとても可愛がられていると言っていた。

だが、あの誘拐事件が全てを変えた。変えてしまったのだ。

「そんなに——姉貴のことが可愛いのかねえ、あの親父は。孫よりも」

姉の病は、彰良が戻ってきたがゆえのことだという。昔からやや思い込みの強い人ではあったが、彰良をさらったのは天狗《てんぐ》なのだと信じ込み、彰良を信仰の対象のように祀《まつ》り上げようとしたらしい。

だが、そんなことは、清花の問題ではないか。

彰良が悪いわけではない。

「なあ、智彰さん。精神を病んだ娘の方を守ることにして、いずれは優秀な後継者になったかもしれない孫の方を国外に追いやった親父の判断は……間違っていたんじゃないのか？　少なくとも俺は、そう思うよ」

電話の向こう、顔の見えない義兄は、しばらく沈黙していた。

そして、かすかなため息が聞こえたかと思うと、こんなことを言った。

『——それは違う』

「え？」

『彰良をそっちにやったのは……私の判断だ』

その言葉に、渉は目を瞠《みは》った。

「……どうして」

『これ以上、あの子をうちに置いておくのは、あの子のためにならない。それに……』

そこで一旦《いったん》、智彰は言葉を切った。また沈黙する。

渉は辛抱強く、智彰の次の言葉を待った。

智彰が口を開く。

『……それに……正直な話、私もあの子のことが、怖い』

「何だって？」

一体何を言っているのかと思った。

「怖いって、あの子の何が怖いっていうんだ。あんなにいい子じゃないか」

『――いずれわかると思う』

智彰はそう言って、言葉を濁した。

彰良がイギリスにやってきたのは、三月の末だった。日本の中学を卒業し、ロンドン市内の学校に通う手筈《てはず》がすでに整えられていた。

が、何しろこちらの学校は九月から始まる。それまで半年間は、彰良がイギリスに馴染むための期間とするしかなかった。

渉はアンティーク品の買い付けのために、何日も家を空けることがある。が、その間は他の皆が彰良の面倒を見てくれた。アパートメントの住人達も犬達も皆、彰良のことを気に入って、よってたかって可愛がっているようだった。

夕食は建物にいる全員で食べるというのが、このアパートメントの唯一の決まりだ。渉の部屋の大きなダイニングで、日本式に両手を合わせて「イタダキマス」と言ってから食べる。メニューは食事当番の好物か得意料理であることが多い。つまりは各人のお国料理だ。エマの場合はコテージパイや骨つきラム肉のハーブ焼き、リシャールはポトフやカスレ、アーナヴは様々な種類のカレー、渉は肉じゃがや麺類《めんるい》。彰良は毎回食事の支度を手伝った。最初はスープも作れなかった彰良が、一人でパンを焼いたり、ポトフやカレーを作れるようになるまでには、さほどかからなかった。

智彰が彰良の一体何を怖がっていたのか、渉にはさっぱりわからなかった。

アパートメントの住人達に囲まれて、彰良はいつもにこにこと笑っていた。我儘を言ったり反抗したりすることもなく、素直で気立てが良くて、何の手もかからなかった。

「……やっぱり彰良は、イギリスに来て正解だったんだろうな」

彰良が寝た後、渉の部屋でエマとワインを飲みながら、あるとき渉はそう言った。

「毎日のびのびと、こっちでの暮らしを心底楽しんでる。彰良を引き取って良かったよ。――まあ、こんな美しくて魅力的な年上美人が一つ屋根の下であれこれ世話を焼いてくれるんだ、そりゃあ男なら絶対楽しいに決まってるが」

　エマの情熱的な赤毛を指ですくい上げ、ウインクしてみせる。

　が、エマはなぜか少し顔を曇らせ、

「……ねえ、それなんだけど。私、ずっと気になってることがあるのよね」

「気になってること？」

「あの子、ちょっとおかしくない？」

　ワイングラスを揺らしながらそう言ったエマを、渉は怪訝《けげん》な気持ちで見つめた。

「おかしいって、何がだ。まさかエマまで、彰良のことが怖いとか言い出す気か？」

「別に怖いとは思ってないけど。でも、ワタルは変だと思わないの？　あの年頃の子がホームシックにもならないで、常ににこにこしてるなんて」

「エマ、それは……前に話したはずだが、彰良は実家で問題があって」

「ええ、その話は覚えてる。だけどワタル、あなた、アキラが泣いたり怒ったりしてるところを一度でも見たことがある？」

「――え？」

　エマに言われて、このとき初めて気がついた。

　確かに、彰良がこちらに来てからというもの、あの子の笑っている顔以外を見た覚えがなかった。勿論《もちろん》、バリエーションはある。おかしくてたまらないという顔だったり、嬉《うれ》しそうな笑顔だったり、ちょっと困った笑みだったり。

「いや、でも、ずっと泣いてるのに比べたら、ずっと笑ってる方が全然良いと思わないか？ 単に毎日楽しくて笑ってるのかもしれないだろう」

「それはまあそうなんだけどね」

エマはそう言って、ひょいと肩をすくめてみせた。エマにしても、そこまで深刻に気にしていたわけではないらしい。

──だが確かに、彰良に何一つ問題がないわけではなかった。


彰良は、よくうなされた。

気づいたのは、たまたまだった。

何しろ彰良は、渉とは違うフロアで寝ている。普段は気づきようもなかった。

あるとき、夜遅くに帰ってきた渉が、彰良の部屋の電気が点《つ》いているのに気づいて、様子を見に行ったのだ。まだ起きているのかと声をかけようとしたら、単に窓際のスタンドを消し忘れていただけのようで、本人はベッドに入って眠っていた。

スタンドを消し、渉が静かに彰良の部屋から出ようとしたときだった。

彰良がうなされ始めた。

ばさりと布団をはねのけ、まるで自分で自分を抱きしめるようにしながら体を丸めて、彰良は小さくうわごとを言っていた。やめて、嫌だ、助けて、そう言っているように聞こえて、渉は慌てて彰良を揺り起こした。

はっとして起き上がった彰良は、渉を見て、

「……ごめんなさい。僕、うなされてた？　うるさかったよね」

真っ青な顔でそう言って、申し訳なさそうに笑った。

その顔を見たら、何の夢を見たのかなんてとても訊《き》けなかった。ああこの子はこんなときでも笑うんだなと思ったら、なんだかひどく可哀想になった。

「眠れそうか？　無理だったら、おじさんと一緒に朝まで話でもするか」

「……それよりも、書斎を借りてもいい？　本読みたいな」

彰良はそういうとき、ロボとブランカを連れて渉の部屋の書斎によくこもった。

書斎にあるのは英語の本が大半だったから、辞書を貸そうかと言ったのだが、彰良は不要だと答えた。イギリスに来る前に、英和辞典と和英辞典と英英辞典を丸暗記してきたのだという。そんなもの丸暗記できるのかと渉が尋ねると、「僕は他の人よりちょっと記憶力がいいんだ」と言って彰良は笑った。

朝になって書斎を覗《のぞ》くと、床の上で犬と一緒に彰良が寝ていることも多かった。まるで犬が三匹寝ているようで可愛い眺めではあったが、床で寝て風邪を引いたり体を痛めたりしたらまずい。仕方ないので、書斎の床にはあらかじめ毛布を敷いておくことにした。そうしておくと、眠くなった彰良が勝手に毛布にくるまってくれるようになったのだ。想定される事態に対してあらかじめ手を打っておくのは大事なことだ。

――とはいえ、そんな風にうなされるのは、やはりどこかに精神的な負担がかかっているのではないだろうか。

幸いなことに、リシャールはカウンセラーだ。心の問題についての専門家だ。試しにリシャールのもとでカウンセリングを受けさせてみることにした。

が、実際に効果があったのかどうかは、不明だった。

ある日、リシャールのところから戻ってきた彰良にカウンセリング内容について尋ねてみると、

「うーん……なんかね、『愛』に関する話ばっかり聞いた」

首をひねりつつ、そんな回答を返された。

リシャールには後で拳骨《げんこつ》をくれておいた。

やがて九月が来て、彰良はロンドン市内の学校に通うことになった。

彰良の英語能力なら、会話にも勉強にも支障はない。が、日本人の生徒は彰良一人しかいないと聞くと、アパートメントの住人達はやや心配になったようだ。

彰良が学校に通い始めてすぐの頃の夕食の席で、リシャールが尋ねた。

「アキラ。君をいじめようなんて輩《やから》は、まさかいないだろうね？　もしいたら、その子達には僕がみっちりお説教という名のカウンセリングを施すから、必ず言うんだよ？」

「今のところ、そういう相手はいないから大丈夫だよ」

彰良は苦笑してそう言った。

この日の食事当番はアーナヴで、メニューはフィッシュカレーだった。彰良はほぐした魚の身を口に運び、ふと思い出したという顔で、

「――あ、ねえ、『取り替え子《チェンジリング》』って、何？　辞書には『さらった子の代わりに妖精が残していく醜い子』って書いてあったけど、よく意味がわからなくて」

唐突に、そんなことを尋ねてきた。

エマが首をかしげて、

「アキラったら、一体どこで聞いてきたの、そんな言葉」

「学校に、そう呼ばれてる子がいるんだよ」

「え？」

「この町に住んでる子だよ。よく帰りのバスで一緒になる。ジョン・ハーカーって子」

彰良が言う。

アパートメントの住人達は顔を見合わせた。知っている者はいないようだ。さほど大きな町ではないとはいえ、さすがに住んでる全員の名前まで把握しているわけではない。

エマが言った。

「アキラ、『取り替え子』っていうのは、アイルランドの方の昔話よ。妖精《ようせい》が人間の子供を惑わせて自分の国に連れていくときに、その子の身代わりに別の妖精を置いていくの。その身代わりが『取り替え子』。大抵は、もともとの人間の子とは似ても似つかな

い醜い顔をしてるそうよ」

「……じゃあやっぱり、この国では、妖精が子供をさらうんだ？」

彰良が、スプーンを運ぶ手をぴたりと止めて尋ねた。

エマはうなずいた。

「そうよ。イギリスでは、人がいなくなるときは、妖精にさらわれたとか、妖精の国に行ってしまったとかって考えることが多いの。他愛のない昔話だけどね」

「ふうん……そうなんだ」

彰良が少し目を伏せる。

長い睫毛《まつげ》の下のその瞳《ひとみ》が急に青みを帯びた気がして、渉は驚き、

「彰良？」

思わず声をかけたら、彰良ははっとしたように渉を見た。

取りなすような笑みを浮かべた彰良の瞳は、もう普段通りの焦げ茶色だ。

「ジョンは、他の子達からいじめられてるみたいなんだよ。だから、そんな変なあだ名をつけられてるのかもしれない。……僕、ジョンと友達になろうと思ってるんだ」

「ああ、それはとても良いことだ、アキラ」

アーナヴが真面目な顔で彰良を褒める。彰良が照れたように笑う。

他の住人達は、今の彰良の瞳には気づかなかったらしい。その後もしばらく気をつけて渉は彰良の瞳を見ていたが、別に何もなかった。さっきのはただの光の加減だったの

かもしれない。

その後、彰良は本当にジョンと仲良くなったようだった。アパートメントの住人達が彰良に学校の様子を尋ねると、よくジョンの名前が出てくるようになった。

友達ができたのは良いことだが、そのうちにリシャールが別のことを心配し始めた。

「そのジョンって子は、いじめられっ子なんだよね。大丈夫かな、アキラは。まとめていじめられたりしないかな、ただでさえ日本人ってだけで目立つだろうに」

確かに、いじめられている子の味方をしたことで自分もいじめの対象になる、というのは、十分ありうることだった。

とはいえ、せっかくできた友達なのに、付き合うのをやめろと促すわけにもいかない。これは自分達がしばらく注意して見てやるべきだとリシャールが言うので、彰良が帰宅する度、それとなく皆で持ち物や服が汚されたりしていないか確認するようになった。が、彰良は毎日にこにこしながら学校とアパートメントを行き来しているし、何か厄介なことになっている様子はまるで感じられなかった。

どうやら大丈夫そうだと、皆で胸をなで下ろしたのだが——甘かった。

ある日、仕事中の渉のもとに、学校から電話がかかってきたのだ。

彰良に関して問題が発生したから学校までご足労願えないだろうかというその電話に、渉は仕事を他の者にまかせて慌てて学校に飛んで行った。

学校に着くと、放課後の教室の中には、申し訳なさそうな笑みを浮かべて一人で椅子に座る彰良と、しかめっ面でその横に佇《たたず》む男性の教員がいた。

「……迷惑かけてごめんなさい、おじさん」

「彰良、一体何があった？　どこか怪我をしたりとかは——」

「——怪我をしたのは、他の生徒です」

渉の声を遮り、教員が言った。彰良が少し神妙な顔で下を向く。

どうやら彰良が他の生徒に怪我をさせたらしいと悟って、渉は驚いた。

「どういうことですか？」

「それが——」

渋い顔で、教員が事情を説明する。

しばらく前から彰良は、とあるグループから目をつけられていたのだという。何かと彰良にちょっかいをかけていた彼らは、彰良が体育の授業などで服を着替えるときに必ず別室に移動するのを不審に思い、無理矢理彰良の服を脱がせようとしたらしい。

話を聞いた渉は、心底呆《あき》れた。彰良の背中の傷痕《きずあと》については、学校側にはあらかじめ説明し、配慮を求めてあったのだが、それがかえって仇《あだ》になってしまったようだ。

「それで、服を脱がされそうになった彰良が、反撃して彼らに怪我を？」

「ええ。近くに落ちていた壊れた箒《ほうき》の柄を手に取るなり、あっという間に彼らを打ち据えたそうで。打たれた子達は、額や肩に軽い怪我を負いました」

成程《なるほど》、と渉は思った。

よくある話だ。生徒同士の喧嘩《けんか》は、事情の如何《いかん》を問わず、怪我をさせた側が悪者にされるのが世の常だ。手を出した側の負け。こうして渉が呼び出されたのは、保護者として責任を問われているということなのだろう。

渉は言った。

「そうですか、事情はわかりました。——彰良、立ちなさい」

渉が声をかけると、彰良は素直に立ち上がった。

渉はその肩に手を置き、教員を見た。

「話を聞く限り、悪いのはどう考えても他の生徒の方でしょう。説教するなら、彼らの方にしていただきたい。彰良はもう連れて帰ります」

え、という顔で、彰良が渉を見上げる。叱られるとでも思っていたのかもしれない。

渉は彰良の背中を押し、教室を出ようとした。

そのとき、教員が言った。

「いえ、すでに彼らにはきつく説教をした後です」

「……何ですって？」

思わず足を止め、渉は振り返る。

教員は相変わらずしかめっ面のまま、こう続けた。

「本日は、これまで彼らの悪質な行為を見逃していたことについて謝罪させていただきたく思い、ご足労いただきました。相手に怪我をさせたミスター・タカツキの行動については少々やりすぎかもしれませんが、一対多の状況での自衛ならばやむをえなかったと判断いたしました。今後はこのようなことが起こらぬよう努めるつもりです」

渉は少しぽかんとして、教員のそのしかめっ面を眺めた。

不機嫌そのものに見えるその表情は、どうやらこの教員の素だったらしい。


彰良を連れて学校を出て、渉は思わずため息を吐いた。

「ああ、緊張した……呼び出し食らった親の気分ってのは、こういうやつか」

「ごめんね、おじさん。びっくりしたでしょう」

彰良がまた申し訳なさそうな声を出す。

渉はその髪をくしゃりとなで、

「ああいや、気にするな。俺だって、親を学校に呼び出させたことくらいある。小学校も中学校も、そこそこ俺は問題児だったと思うぞ」

「高校になったら落ち着いたの？」

「――お前、さては俺が何で片脚悪いか知らないな？」

「知らないよ。聞いてないもの」

「十六の誕生日に、学校サボってバイクの免許取りに行ったんだよ。で、バイク買ったその日に事故起こして、粉砕骨折。親父が激怒してなあ……たぶんあのときだな、俺が親父に決定的に見限られたのは」

　にやりと笑って渉が言うと、彰良が小さく吹き出して笑った。

「おじさん、結構悪かったんだ」

「おうよ。お前はおじさんみたいにはなるなよ？」

「粉砕骨折は嫌だなあ、痛そうだもの」

　渉の脚に目をやり、彰良が言う。

　肩越しに学校の方を振り返り、渉は先程の教員の顔を思い返した。顔は渋いが、教育者としては上等だ。彰良はなかなか悪くない学校に入学できたのかもしれない。

　ほっとしたら、仕事を放り出してここまで駆けつけた自分が少し滑稽《こっけい》に思えて、渉は頭を掻《か》いた。まさかこの自分がそんなことをするなんてなあ、と思う。面倒なことや厄介なことは基本放り出したい性格のはずなのに。息子を持つというのはこんな感じなのだろうかと思うと、少しこそばゆいような気分だった。まだ結婚もしていないのだが。

「ところで、彰良。……お前、やっぱいじめられてたか。何で言わなかった？」

「別にいじめってほどじゃないもの」

　彰良が少し困ったように笑って言う。

「なんかね、僕が人前で着替えないのは、僕の体に桜吹雪の入れ墨が入ってるからだってことになってたみたいで。日本の時代劇って、イギリスでも放送されてるの？」

「そうみたいだな。……彰良、もし学校に行くのが嫌だったら、やめてもいいんだぞ」

「大丈夫だよ。おじさんは過保護だね」

ふふ、と彰良が笑った。

その顔を見て渉は、ああこれはまたいじめられても言う気はないな、と思う。

エマが心配していたのは、こういうことだったのかもしれない。確かに彰良は、いつも笑ってばかりだ。何か大変なことがあっても、こうして笑って隠す気満々なのだろう。迷惑や心配をかけまいと思っているのだろうが、他人を頼るまいという消極的な拒絶のようにも見えて、少々寂しい。やっぱりまだしばらくは、大人の側で積極的に気をつけていてやるべきなのだろう。

そう思って、また彰良の頭をなでようとしたときだった。

ばさばささっという羽ばたきの音が、頭上で響いた。

見上げると、白い鳩の群れが、すぐ傍らの建物の陰から向こうの教会の屋根を目指して斜めに飛んでいくのが見えた。ヨーロッパの町並みには鳩の群れが似合うと、渉はよく思う。三角屋根や尖塔《せんとう》をかすめるようにして飛ぶ鳥達は、なかなか絵になる。

そのとき、どん、と渉の体に何かがぶつかった。

彰良だった。

「……彰良？　おい、どうした⁉」

真っ青な顔の彰良が、足をもつれさせるようにしてこちらに倒れかかってきていた。

ステッキを手放し、華奢《きゃしゃ》な体を両腕で支えて、渉は彰良の名前を何度も呼んだ。だが、反応はない。周りの通行人が驚いた様子で大丈夫かと声をかけてくる。だが、どう見ても彰良の様子は大丈夫ではなかった。

救急車を呼んでもらい、病院に運び込んでも、彰良の意識は戻らなかった。

そのまま一通り検査してもらったが、医者は首をひねるばかりだった。特に異常は見られず、心因性の失神ではないかということだ。意識が戻るまではベッドを使ってかまわないが、起きたらそのまま帰っていいと言われた。

病室で眠る彰良を見下ろし、渉はため息を吐いた。

心因性の失神って何だ、と思う。

記憶の底をさらえば、彰良を引き取る前に智彰から「鳥を見せるな」と言われたような気もする。だが、鳥を見たくらいでこんな風に意識を失うことなどあるのだろうか。

眠る彰良があまりにも静かで動かなすぎて、このまま死ぬんじゃないだろうかと不安になる。医者からは異常はないと言われたが、こんな青い顔で横たわっている甥《おい》っ子の顔を見ていると、検査結果に何か間違いがあるのではないかという気さえしてくる。

このまま彰良が死んだら、どうすればいいのだろう。

日本にいる彰良の両親に、連絡すべきだろうか。

医者から彰良との関係を尋ねられて「叔父《おじ》だ」と答えたとき、医者は「両親はどこにいる」と尋ねてきた。当然の質問だ。子供に何かあればいの一番に親に連絡がいくべきだし、こんなとき傍にいるのは叔父ではなく両親であるべきだ。わかっている。

わかっているのに……そのことに、少なからずショックを受けた自分がいる。

「……くそ」

つい先程、自分が彰良の父親にでもなったような気でいたのが馬鹿馬鹿しく思える。

――これが家族ごっこでしかないことくらい、渉にもわかっているのだ。

でも、仕方ないじゃないかと思う。

だって、本当の親は、彰良を捨てたのだから。

再び彰良に視線を戻したときだった。

「……彰良？」

いつの間にか、彰良が目を開けていた。意識が戻ったらしい。

よかった、と思って、そのまま話しかけようとして――どきりとした。

彰良の瞳《ひとみ》の色が、変わっている。

普段は日本人らしい焦げ茶色をしているはずのその瞳は、今は深い青に――いや、藍《あい》色《いろ》に染まっていた。西洋人のブルーアイズとは違う。こんな色の瞳に、渉は今まで出会ったことがない。

こんな――まるで、夜空をそのまま切り取ってきたかのような、深く昏《くら》い藍の瞳。

彰良の視線がゆっくりと動き、渉を捉《とら》えた。

……誰だこれは、と思った。

ひとかけらの笑みも浮かべず、藍色の瞳でこちらを見据えてくるその視線には少しの温度もない。いつも仔犬《こいぬ》のように人懐こい笑みを浮かべている顔に何の感情の色も見えないと、その顔立ちが恐ろしく整っていることがよくわかった。

　彰良が起き上がる。その視線が外れただけで、思わず安堵《あんど》の息を吐きそうになる。あの藍色の瞳は、こちらの身の内を凍りつかせそうな寒気を感じさせる。

　いや——寒気ではない。

　これは恐怖だ。

　自分とは全く異質な存在に出くわしたことによる恐怖。

　窓の外に目を向け、彰良が口を開いた。

「ここは——外《と》つ国《くに》か？」

「え……？」

　渉は眉《まゆ》をひそめる。彰良はいつも、渉と二人きりのときは日本語で、他の者達もいるときは英語で話す。今のは日本語だった。だが、あまり聞き慣れない言葉が含まれていた気がする。トックニ。長く日本語から離れていた渉の頭がそれを漢字に変換するまで、少し時間がかかった。外つ国。間違いなく彰良の声なのに、全ての感情が抜け落ちているせいで、まるで知らない相手が喋《しゃべ》っているように聞こえる。

　音もなくベッドから降り、窓の方へと歩み寄りながら、彰良が言う。

「彰良は——流されたのか」

「流された？」

思わず問い返した渉を、彰良は無表情のまま振り返った。

それから、ふいとまた窓の方に目を向ける。

「要らないものは流す。流して捨てる。ヒルコやアワシマの頃より、そう決まってる」

ヒルコやアワシマ。どこかで聞いた言葉だ。ヒルコ。アワシマ。流す。頭の中で三つのキーワードが結びつく。ずっと昔に読んだ『古事記』の一節がよみがえる。イザナギとイザナミの国造りの神話。二神が最初に生み出した神は出来損ないのヒルコとアワシマだった。確か二神はヒルコもアワシマも——舟に乗せて、流したのだ。

彰良が窓を開け放った。

病室の窓は大きくて、風と共に外の音が一気に入ってきた。病院は大通りに面している。街角の喧騒《けんそう》。人の話し声、どこかから流れてくる音楽、車のエンジン音、クラクション。音は全部下から聞こえてくる。この病室は何階にあっただろう。

「要らないなら、もらう」

窓の方を向いたまま、彰良がぼそりとそう言った。

「彰良は、こちらでもらう。——もう一度、こちらに戻す」

彰良がふわりと窓枠に飛び乗った。まるで体重を感じさせない動きだった。

渉はとっさに床を蹴《け》って走った。急な動きについていけなかった右脚が、かく、と傾く。気にせず、渉は手をのばす。

今まさに窓から身を躍らせようとしていた彰良の、そのシャツの背中をつかんで渾身《こんしん》の力で引き戻す。

窓から渉の腕の中に落ちてきた彰良は、藍色に染まった瞳で渉を見上げた。

その瞳に向かって、渉は言った。

「要らなくない」

全くの別人に向かって話しかけているような気分で、渉は言葉を重ねる。夜空と同じ色をした瞳の中に本物の星のまたたきを見つけたような気がして、ぞくりとまた背筋に寒気を覚える。それでも渉は必死にその瞳を見つめ続ける。

「お前にはやらない。……彰良は、俺の大事な甥っ子だ」

彰良はじっと渉を見上げ——やがて、ぱちり、と一度まばたきした。

急速にその瞳から藍の色が消えていく。普段と変わらぬ瞳の色に戻るまで、たいして時間はかからなかった。

「……あれ？　おじさん？　どうしたの？」

きょとんとした顔でこちらを見上げてきた彰良は、もういつも通りの彰良だった。

渉の背後で、がちゃりと病室の扉が開く。エマとリシャールとアーナヴが駆け込んでくる。心配そうに声をかけてきた彼らに、しかし渉は答えられなかった。振り返ることさえできなかった。

細い彰良の体を、渉は無言で抱きしめた。びっくりした様子で、彰良が少し暴れるのがわかる。それでも渉は、手を緩められなかった。

そうしていないと、またあの藍色の瞳をしたもう一人の彰良が現れて、今にもこの彰良を連れ去ってしまいそうな気がして怖かったのだ。

後で確認してみたら、彰良の記憶は鳥を見たところで途絶えていた。目覚めてすぐに渉と会話したことについては、覚えていないという。ただ、渉の態度から、自分が何か異常なことをやらかしたということは察したらしい。

「あの……ごめんね、おじさん。僕、たぶん寝惚《ねぼ》けてたんだと思う」

彰良はそう言ってごまかすように笑ったが、自分でその言葉を信じていないことは明らかだった。

一応は専門家であるリシャールに相談したところ、解離性同一性障害、いわゆる二重人格ではないかと言われた。だが、そんなもので瞳の色まで変わるわけがない。

智彰にも電話して確認しようかとも思ったが、結局やめた。おそらく智彰にも、あのもう一人の彰良が何なのかはわかっていないのではないかという気がしたのだ。

彰良は——その後は特におかしな様子もなく、普通に学校に通い続けていた。

いじめの件については、気になったので例の教員に電話をかけて尋ねてみた。

すると、電話の向こうの教員曰《いわ》く「ミスター・タカツキは、今では学校の人気者です」とのことで驚いた。

なんでも、例のいじめっ子グループを棒切れであっという間に叩《たた》きのめした様が、まるで侍か忍者のように見えたらしく、「サムライボーイ」と呼ばれて敬意を払われるようになったらしい。……なんというか、子供というのは単純で良い。

例のジョンという子のことは、彰良はその後もかまい続けているようだった。

同じ町に住んでいるということもあり、どうやら登下校も一緒にしているらしい。まあ、彰良一人で道を歩かせて、どこか知らない場所で鳥を見て人知れず気絶されることを思えば、誰かが傍にいてくれるというのはとても心強い。

何度か彰良は、ジョンをアパートメントに連れてきた。

ジョンは、くしゃくしゃとした赤毛に青い瞳をした少年だった。窺《うかが》うような上目遣いの視線でこちらを見上げてくる様や、あまり言葉数の多くない感じは、いじめられっ子だと言われるとなんとなく納得できてしまう雰囲気ではあった。

だが、決して悪い子ではなく、渉に向かって一度だけ、彰良がいじめに遭ったのは自分のせいだと謝ってきたことがあった。

夕食に招待したジョンを、渉が一人で車に乗せて家まで送ったときのことだった。

「……アキラはどうして僕にかまうんだろう」

窓の外を見つめながら、運転席の渉に向かって、ジョンはぼそりとそう言った。

「僕なんかにかまうから、アキラまでいじめられそうになったこともあるのに。――すみません、僕のせいで、アキラまで嫌な目に遭いました。あれは、僕のせいです」

「それは君が気にすることじゃないし、そもそも君が悪いわけでもない」

渉がそう言うと、ジョンは窓の外に向けていた視線をちらとこちらに向けた。今にも泣きだしそうな大きなブルーアイズをバックミラー越しに見つめ、渉は尋ねた。

「……あー、その、まだ君に対する嫌がらせは続いてるのか？」

「ううん。……『サムライボーイ』が傍にいるから、誰も手出しできないみたい」

「そうか。うちの彰良はかっこいいな」

「でもアキラは、『取り替え子』なんて呼ばれてる僕じゃなくて、もっと違うグループの奴らと仲良くなるべきだと思うんです。もっと、学校の人気者ばかりいるグループと。実際、そういう奴らからよく誘われてるみたいなんです。アキラは成績も良いし、女の子にもよくモテてるし。……何で僕なんかと一緒にいたがるんだろう」

また窓の外に目を向けながら、ジョンが言う。卑屈な言い方だったが、純粋に疑問に思っているようでもあった。

ジョンが『取り替え子』と呼ばれている理由は、彼の家に着いてすぐに判明した。

彼は、両親と全く似ていないのだ。

彼の母親は、金髪に緑の瞳《ひとみ》の女性だった。父親はアラブ系なのか、黒髪に浅黒い肌。

「わざわざ送ってくださってありがとうございます」と渉に向かって言った母親の声は、どこか冷ややかで形式的だった。渉への挨拶《あいさつ》が終わるなり、さっさと家の中に引っ込んでしまったその態度も、随分と冷たいものに感じられた。

――ああそうか、この子は愛されていないんだなと、思った。

「それじゃあ、またな。ジョン」

渉はジョンの頭に軽く手を置き、そう言った。

だが、ジョンは何も言わず、通りの向こうを見つめている。

両親の態度にショックを受けているのかと思ったが――違った。

ジョンの視線の先には、一人の男が立っていた。

渉はそちらを見やり、眉《まゆ》をひそめた。

灰色のコートを着た赤毛の男だった。もう暗いというのにサングラスをかけ、立てたコートの襟で顔を隠すようにしているのが気になった。脚を少し広げて通りの反対側に立ち、こちらをじっと見つめている。

「知り合いか？」

渉はジョンに目を戻し、尋ねた。

が、ジョンは小さく首を横に振った。その間も、彼の目はじっと男を見つめている。

そのとき、ジョンの母親が再び家の中から顔を出した。

「ジョン。何をしてるの、早く家の中に入りなさい。……ジョン？」

そうして、息子が見ている方へ不審げな眼差《まなざ》しを向ける。

途端、彼女はかすかにはっと息を呑《の》んだ。

「――ジョン、早く入りなさい」

きつい声でそう言って、ジョンを家の中に入れる。ジョンはまだ通りの向こうを気にしているようだったが、母親に容赦なく追い立てられ、渋々家の奥に消えた。

ジョンの母親は、まだ玄関近くに立っている渉に向かってちらと会釈すると、まるで逃げるように自分も家の中に入っていった。

渉はそれを見送り、再び通りの向こうに目を向けた。

男の姿は、もうなかった。

目を離したのはほんのわずかな時間だったように思うのに、幻のように消えていた。

渉がアパートメントに戻ると、彰良はロボとブランカと一緒に渉の書斎にいた。前に渉が床に敷いた毛布の上に座り込み、二匹の犬を両脇に置いて、古い本を読んでいる。

それは、先日渉が古本屋で買ってきた『アイルランド農民の妖精譚《ようせいたん》と民話』という本だった。詩人として有名なイェイツが、アイルランドで収集してきた民話や妖精に関する詩などを編纂《へんさん》したものである。彰良は書斎にある本はあらかた読み尽くしているので、渉が新しい本を足すとすぐに見つけるのだ。

「おかえりなさい、おじさん。ジョンを送ってくれてありがとう」

彰良が本から顔を上げ、にこりと笑った。わん、と犬達も声を合わせて鳴く。

渉は本を指差し、尋ねた。

「それ、面白いか？」

「うん。……ちょっと怖いけど」

彰良が答える。

渉がその本を買ったのは、仕事の役に立つかと思ったからだった。渉が仕事で扱うアンティーク品には神話や妖精をモチーフにしたものもあるので、妖精譚や民話は知っているに越したことはない。

だが、本の中に『取り替え子』と題された章があったからというのも理由の一つだ。

渉は彰良に歩み寄り、その隣に腰を下ろした。彰良が開いているページに目を向けると、ちょうど『取り替え子』の序文だった。

そこには、『取り替え子』を見分ける方法が書かれている。

その子供を火の上にかざし、呪文を唱えるのだ。もしその子が『取り替え子』なら、叫び声をあげて一目散に煙突から上へと逃げていくという。

「……これさ、『取り替え子』じゃなくて本当に自分の子だったらどうなるんだろう」

「子供は大火傷《やけど》を負うだろうな」

「残酷だね。……そうまでして、見分けたいんだ。自分の子かどうか」

彰良がそう呟《つぶや》いて、本を閉じる。

——彰良がジョンをかまう理由は、なんとなく察しがついていた。

おそらく彰良は、『取り替え子』と呼ばれるジョンに、自分を重ねているのだ。

アイルランドでは、妖精が人をさらい、その後に偽者の『取り替え子』を残す。

彰良はかつて日本で、何者かにさらわれた。その後戻ってきた彰良のことを、彼の母親は自分の子供ではないと言い張っているらしい。

別にジョンには誘拐された過去などないと思うが、彼と母親の関係もまた、彰良からすればシンパシーを感じやすいものなのだろう。

もう寝るね、と言って、彰良が立ち上がった。二匹の犬の背中をなでて挨拶《あいさつ》し、書斎を出て行こうとする。

が、戸口のところで立ち止まり、彰良は少しこちらを振り返った。

「おじさん。――あのね、ジョンが」

「うん？」

「ジョンが、昨日言ってたんだ。自分は本当に、妖精の『取り替え子』なんだって」

「……何だって？」

「明日《あした》、妖精の国から迎えが来るって。そしたら、さよならだってさ」

あまり感情の色の見えない声でそう言って、彰良は目を伏せた。

「彰良……」

「妖精は、迎えに来てくれるんだね。僕、ちょっとうらやましいなって思った」

「彰良」

渉が声をかけると、彰良は目を上げ――渉を見て、にこりと笑った。

「ごめんなさい。変なこと言ったね、僕。……それじゃ寝るね、おやすみなさい」

――彰良の姿が見えなくなったのは、翌日の夜のことだった。

夕食の支度をする時刻になっても一階に降りてこないので、部屋まで様子を見に行ったアーナヴが、血相を変えて「アキラがいない」と知らせに来た。

彰良が誰にも何も言わずに出かけたことなど、これまで一度もなかったことだ。アパートメントの住人達はそろって狼狽《うろた》えた。心当たりに電話しまくり、それでも彰良の行方はつかめず、リシャールはロボとブランカに彰良の服のにおいを嗅《か》がせて追跡させるべきだと主張した。

「いや、訓練されてるわけでもないのに、そんな……無理だろう、どう考えても」

「やってみないとわからない！　シャツでもパンツでも靴下でも嗅がせてみようよ！」

仕方なく、洗濯物の中から彰良のシャツを取ってきて、二匹の犬の鼻先に持っていってみた。ロボとブランカは熱心にシャツのにおいをふんふんと嗅ぎまくる。

「ロボ！　ブランカ！　アキラがどこにいるか、追跡できるかい？」

リシャールが二匹に向かってそう言うと、二匹の犬はそろってわんと鳴き、いきなり玄関の方へと走り出した。慌てて皆でそれを追いかける。

が、脚の悪い渉が、それについていけるわけはなかった。

「いい、先に行け！　彰良を見つけたら連絡しろ！」

あっという間に遅れた渉がそう叫ぶと、かろうじて二匹の犬の速度に追いつけていたリシャールとアーナヴが、わかったと叫び返した。渉は道端でよろけ、ステッキで体を支えて、右脚を拳《こぶし》で叩《たた》いて悪態をつく。自分の馬鹿で痛めた脚とはいえ、自由にならないのが呪わしい。

と、いきなり後ろからバイクがやってきて、渉の前に斜めに停まった。

バイクにまたがっているのは、燃えるような赤毛の美女だ。

「パン屋の店長から借りてきたわ！　乗って！」

エマだった。

「エマ！　君、バイクに乗れるなんて知らなかったぞ！」

「言わなかったもの。これでもね、田舎にいた頃は『赤い流星』って呼ばれてたの！」

エマが笑う。渉は後部座席にまたがり、エマの腰に腕を回した。焼き立てのパンの香りがする赤毛が、渉の頬をくすぐった。

バイクが発進し、二匹の犬とリシャールとアーナヴを探す。角を曲がったところで、はるか向こうを走っていく彼らの姿を見つけた。リシャールが遅れつつある。バイクで横に並んで頑張れと呼びかけると、息も絶え絶えにずるいと返された。アーナヴは安定した速度を保ったまま、黙々と犬達を追いかけて走り続けている。

白と黒の二匹の犬が、わふわふと競うように通りを走っていく。それを追って、アスリートのごとく綺麗《きれい》なフォームでインド人男性が走る。やや遅れて、だいぶ息を切らせたフランス人男性がよたよたとその後ろを追う。傍らの車道を、赤毛のイギリス人女性とステッキを小脇に抱えた日本人男性が乗ったバイクが進む。それは通行人達がそろって何事かという顔で振り返るほどの奇妙な行進だった。

二匹の犬達を追ってたどり着いた先は、町はずれにある倉庫街だった。

人気《ひとけ》のほとんどない寂れた町並みの中、ぽつんと一つ点《つ》いた街灯の下に、一台の車が停まっていた。開け放たれた後部座席の扉の前で、揉《も》み合っている三人が見える。一人は大人で、二人はまだ少年――ジョンと彰良だ。

男に後部座席に押し込まれそうになっているジョンを、彰良が助けようとしている。

「彰良！　ジョン！」

バイクの後部座席から、渉は叫んだ。エマがアクセルをぶおんと吹かす。わん、とロボとブランカが声高く鳴く。男がぎょっとした顔でこちらを振り返った。分が悪いとみて取ったか、慌てて運転席へと回り込む。その間に彰良がジョンを後部座席から引っ張り出した。直後に、車が走り出す。開け放たれたままのドアがジョンを抱えた彰良にぶつかり、二人が道端に倒れ込むのが見えた。

「彰良！」

エマがバイクを急停車させ、渉は転げ落ちるようにバイクから降りた。倒れた彰良とジョンに駆け寄る。二匹の犬と、アーナヴも駆け寄ってきた。

「彰良、怪我はないか⁉」

「……うん、大丈夫。でも、何でここが？」

「ロボとブランカの鼻に感謝するといい」

アーナヴが言い、二匹の犬がまだ道端に座り込んだままの彰良の顔をべろべろとなめる。息も絶え絶えなリシャールがようやく追いつき、彰良の傍らにへたり込んだ。

「とりあえず、警察に通報する？」

エマが言った。確かに、今のは立派な誘拐行為だろう。

だが、彰良がそれを止めた。

「やめて、エマ。……その方がいいよね？　ジョン」

呆然《ぼうぜん》とした顔で自分の横に座り込んでいるジョンに、彰良がそう尋ねる。

ジョンははっとしたように彰良を見つめ、それから下を向いた。

渉は尋ねた。

「彰良。……どういうことなんだ？」

「うん。後でちゃんと話す。だから今は——ジョンを、家に連れて帰ってあげよう」

彰良はそう言った。

ジョンを彼の家に連れて戻ると、ジョンの家はちょっとした騒ぎになっていた。

どうやらジョンは、家に「さよなら」という書き置きを残して姿を消していたらしい。

家出か、はたまた自殺でもするつもりかと、パニックになった母親が警察を呼んだのだ。

渉達がジョンを連れて戻り、「町はずれで保護した」と伝えると、警察はやれやれ人騒がせなという顔で帰っていった。

「ジョン！　ああ、ジョン！　よかった、無事で……」

ジョンの母親が、涙で濡《ぬ》れた顔でジョンを抱きしめる。

その腕の中で、ジョンはひどく戸惑ったような顔をしていた。

「……え？　心配、してたの？　僕のことを？」

「当たり前でしょう！　まったくあんたって子は、一体何を考えてたの！」

母親に泣きながら叱りつけられて、ジョンが口ごもる。そんな顔で叱られたのは初めてだとでもいうように。

昨日家までジョンを送っていったときの母親の態度を思い返せば、確かに今のこの様子は渉にとっても意外だった。あのときは、こんな風に子供の心配をする母親にはとても見えなかった。

と、彰良がなぜか急にリシャールとアーナヴを見た。

「ねえ。お願いがあるんだけど、いいかな。ジョンのお父さんを連れて、あそこら辺のお店でお酒でも飲んできてくれない？」

「はあ？」

「わかった」

リシャールが怪《け》訝《げん》そうな声を出し、アーナヴはすぐにうなずいて、ジョンの父親に歩み寄った。一杯奢《おご》るからどうかと言って、ジョンの父親を通りの向かいにあるバーの方へと連れていく。ジョンの父親は何事かという顔をしていたが、リシャールとアーナヴに両脇を抱えられるようにして、強制連行されるように通りを渡っていった。

ジョンの父親がいなくなると、彰良はジョンの母親に歩み寄った。

「ミセス・ハーカー。事情を説明します。——さっき、ジョンの本当のお父さんが、迎えに来たんです」

その言葉に、ジョンの母親がびくりとして彰良を見る。

彰良は自分の左腕を抱えるようにしながら、ジョンとその母親を見つめた。

「一昨日《おととい》、学校から帰る途中で、見たことのない男性がジョンに手を振るのを見たんです。コートの襟と帽子で顔を隠してたけど、この町の人じゃなかったし、普段学校の行き帰りで見かける人でもなかったから、気になっていました。後でジョンに訊《き》いたら、『妖精《ようせい》の国からお迎えが来た』なんて言うから——ああ、やっぱりさっきのはジョンの本当のお父さんだったんだなって思ったんです」

彰良の言葉に、ジョンが驚いたように目を見開いた。

「え、待ってよ、何でそんなことわかったの!? 顔隠してたのに!」

「だって、耳の形が君とそっくりだったから」

彰良が、自分の耳を軽く引っ張るようにして、小さく笑う。

「耳の形には遺伝が出やすいって、前に本で読んだことがあるんだ」

「耳なんて……だって、結構離れてたのに、そんなの見えるわけが」

「ああ、僕、他の人よりちょっと視力がいいんだよ」

首をかしげるようにして、彰良がこともなげな口調で言う。

そして彰良は、ジョンの母親を見た。

「ミセス・ハーカー。僕の推測は外れてないですよね？　ジョンには――あの人の他に、別にお父さんがいますよね」

先程リシャール達がジョンの父親を連れて行ったバーの方にちらと目を向け、言う。

ジョンの母親は、同じようにバーの方に視線を向け――それから、悄然《しょうぜん》とした様子でうなずいた。

ジョンに目を向け、かすれた声で彼女が尋ねる。

「ジョン……あなた、知ってたの？」

「……知らなかったけど。でも、見たらすぐわかった。……父親だから」

「そう……」

ジョンの母親が、手で顔を覆う。それからもう一度、自分の夫がいるバーの方へと目を向けた。

彰良に向かって、泣き笑いのような表情を浮かべて言う。

「これからする話のために、わざわざ気を遣ってくれたのね。どうもありがとう」

「少しでも話しやすい方がいいかと思って」

にこりと、彰良が笑う。

ジョンの母親はため息を吐いて、ジョンを見つめ――そして、言った。

「ジョンの父親は……私が学生時代に付き合っていた男性です」

二人は学生時代には確かに恋人同士だったが、卒業後には特に付き合いはなかったのだという。

だが、ジョンの母親と今の夫の結婚が決まった後に、たまたま再会した。

そして二人は、一夜限りのつもりで、再び関係を持ってしまった。

勿論《もちろん》ジョンの母親は、夫に彼のことなど話さなかった。

けれど、やがて妊娠がわかった。まさか、とは思ったが、まだ彼の子とは限らないと思っていた。祈るような気持ちで出産の日を迎え——生まれてきた子は、夫ではなく、彼の方にそっくりだった。

不審がる夫に対し、彼女は嘘をついた。死んだ祖父が赤毛だったから、きっと隔世遺伝に違いないと。その場はなんとかごまかせたが、夫の中に不信感は残り続けている気がした。彼女にしても、夫に自分の不義がばれたらという不安と後ろめたさから、ジョンに対してどうしてもよそよそしくなってしまった。

「悪いのはジョンじゃない、そうわかっていても……ジョンの顔を見ると、どうしても彼のことが頭をちらついてしまって……ごめんなさい、本当にごめんなさい……！」

そして昨日、渉がジョンを送り届けに来たときに、通りの向こうに立っている彼の姿を、彼女は見た。

本能的にわかった。彼がジョンを迎えに来たのだということは。

息子が生まれたことは彼には教えていなかった。でも、きっと誰かから聞いたのだ。共通の友人なんて何人もいる。

今日、ジョンが書き置きを残して姿を消したとき、だからすぐに彼の仕業だと悟った。

でも、彼のことを夫や警察には言えなかった。言うべきなのはわかっていたけれど——ジョンが生まれてから今まで隠し続けていた秘密を語ることが、どうしてもできなかった。だから、家出か自殺に違いないということにして騒ぎ立てた。それでジョンが見つかるなら同じことだから。

「だけど、どうして……あなたは彼がジョンを連れて行こうとしたところに居合わせることができたの？」

「ああ、それは単純な話です。ジョンが、妖精の国からの迎えは今日来ると話していたので、家に張り込んでたんです」

ジョンの母親の質問に、彰良はにこにこしながらそう答えた。

迎えに来るなら、暗くなって人目に付きづらくなってからだろう。そう思って、夕方からジョンの家の前で張り込んでいたのだという。そして、予想通りジョンが家から出てくるのを見て、こっそりと尾行したそうだ。

そして、あの倉庫街で、車を停めて待っているあの男を見た。

「——別に僕は、ジョンが自分の意思であの人と行きたいって言うのなら、止める気はなかったんですけどね」

唇に笑みを浮かべたまま、彰良はそう言った。

「でも、あの人が後部座席のドアを開いて、ジョンに向かって乗れと言ったとき――寸前で、ジョンは嫌がったんです。だから、本当は行きたくないんだなと思って、止めに入ったんです」

ジョンの母親が、ジョンに目を向ける。

涙を浮かべた瞳《ひとみ》で、ジョンの母親はジョンに尋ねた。

「どうして、嫌がったの？」

「……あの車に乗ったら、二度と戻ってこられないような気がしたから。そしたら、怖くなって……母さんの顔が、頭に浮かんで」

ジョンが下を向いてぼそぼそと答える。

ジョンの母親が、その前に膝《ひざ》をついた。下を向く息子の頬に手を添えるようにして、その顔を覗《のぞ》き込む。

「でも、だけど……私は、あなたにとって良い母親では決して なかったでしょう？」

「……――」

ジョンが口ごもる。

『取り替え子』。その話をジョン自身どこかで信じているようだったのは、自分が母親に愛されていないと思っていたからだろう。

でも。

「でも、だって……」

何度も口ごもり、必死に言葉を探した末に、ジョンがたどり着いた言葉はとてもシンプルだった。

「だって、母さんは母さんだもの」

己の頬に添えられた母の手をそっと握るようにして、ジョンはそう言った。

ジョンの母親が泣き声のような声を上げ、ジョンを抱き寄せる。されるがままに母親の腕に抱きしめられ、ジョンもまた小さく嗚咽《おえつ》を漏らした。ぎこちなく手を上げ、母親の背中に腕を回す。もしかしたらこの親子がそんな風に抱き合うのは、これが初めてのことなのかもしれない。ごめんなさい、とジョンの母親がまた謝る。今までごめんね、本当にごめんなさい、と涙声でそう繰り返す。母親の腕の中で、ジョンが首を振る。

「――おじさん」

二人をじっと見つめていた彰良が、ぽつりと言った。

「帰ろうか」

そう言って、彰良は渉を見上げてにこっと笑った。

エマにリシャールとアーナヴを呼んできてもらい、皆でアパートメントに帰った。夕食は、今から作ったら遅くなるので、途中の店でフィッシュ&チップスを買った。

道中、皆ほとんど喋《しゃべ》らなかった。フィッシュ&チップスの油のにおいに興奮したロボとブランカだけが、わんわんくんくんと何やら二匹で会話を交わしていた。

これから、ジョンの家はどうなるのだろう。ジョンの母親は、自分の夫に、かつての不義の話をするはずだ。それを聞いた夫がどうするのか——そこから先はもう、家族の問題だ。せめて少しでも穏やかな解決を迎えられればと祈るしかない。

アパートメントに着くと、皆ほっとした顔になった。彰良の捜索から始まり、今日は色々なことがありすぎた。これから皆で食卓を囲んで、早く日常を取り戻したい。そんな気分でいっぱいだった。

けれど、皆が渉のダイニングに向かおうとする中で、なぜか彰良だけが足を止めた。

「彰良。どうした？　食事にしよう」

「——あ、えっと、ごめん。僕、なんだか食欲なくて」

彰良は左腕を抱えるようにしながら、階段の方へと足を向けた。

「彰良？」

「疲れちゃったのかな。今日はもう、寝ることにするよ。それじゃ、おやすみ」

そう言って笑う彰良は、確かに少し疲れた様子だった。なんだか顔色も悪い。

エマがふっと眉をひそめた。

「アキラ。アキラ、待ちなさい、あなた、もしかして——」

言いながら大股《おおまた》に彰良に歩み寄り、エマが彰良の左腕をつかむ。

途端、彰良が顔を歪《ゆが》めた。

「いっ……」

「やっぱり！　もう、あなた、怪我してるんでしょう!?」

エマが彰良の左腕の袖《そで》をめくり上げる。肘《ひじ》のすぐ下のところが、ひどく腫《は》れあがって変色していた。熱を持っていそうな赤さと、内出血のどす黒さが同居している。

そういえば、あの車が走り去るときに、開いたままのドアが彰良にぶつかっていた。あれが原因だろう。

今の今まで彰良があまりに平然としていたので、誰も気づかなかったのだ。

「あーあーあー、ちょっと見せて！　何なのこれ！　もう、これ絶対痛かっただろうに、何で言わないかな!?」

「きゅ、救急箱を！　救急箱を取ってこよう！　いや、救急車を呼ぶべきか!?」

「アーナヴ落ち着け、とりあえず彰良を座らせろ」

居間のソファに彰良を座らせる。彰良の腕を触診したリシャールが、とりあえず骨は折れていないだろうと言った。が、別にリシャールは医者ではない。ひびの一つも入っていてもおかしくはないし、朝になったらきちんと病院に行った方がいいだろう。

とりあえず今できる限りの手当てを施し、渉は彰良を見つめた。

「……お前。何で言わなかった、その怪我」

「ごめんなさい。でも、見た目ほどじゃないから大丈夫だよ」

にこりと笑って、彰良が言う。

こんなときでもこの甥《おい》っ子は笑うのかと渉は頭を抱えたくなった。食事という気分ではなくなるくらい、本当は痛かったくせに。

「僕のことよりさ。……ジョン、よかったよね」

話をそらすように、彰良が言った。

「お母さんと一緒にいられて、よかったよ。皆も、助けてくれてありがとう。僕一人だったら、駄目だったかもしれない」

にこにこと笑ったまま、彰良が言う。

突然、エマが怒った顔で立ち上がった。

「アキラ。あなた、いい加減にしなさい」

「え？」

彰良がきょとんとした顔でエマを見上げる。

エマはその顔を見つめて、何か言いかけ——なぜか急に、くしゃくしゃと顔をしかめた。今にも泣きだしそうなエマの様子に、彰良がぎょっとする。

「エマ？　ど、どうしたの？　僕、何か駄目なことした？」

「……ああもう本当に、あんたって子は……アキラ！　ちょっとこっち来なさい！」

怪我をしていない方の彰良の腕をつかみ、エマは彰良をダイニングの方へと連れて行った。そのままダイニングの椅子に彰良を座らせ、キッチンの棚や冷蔵庫をばんばん開け、ミルクパンに牛乳を注いで温め始める。

やがてエマが彰良の前に置いたのは、マグカップに入ったココアだった。

彰良はまばたきしてエマを見上げ、

「……エマ？　何で急にココア？」

「まだ飲んじゃ駄目よ。仕上げしてないから」

そう言って、エマは袋から取り出したマシュマロを、ココアの上に二つ浮かべた。

「いいわよ、飲んで」

「いや、だから何でココア……？」

「これは、私のおばあちゃんが昔教えてくれた魔法よ。何かあったら、マシュマロ入りのココアを一杯。それできっと幸せになれる。――つまりね、こういうこと。甘いものは心を落ち着けてくれるの。辛《つら》いことがあっても、甘いものがあれば、少しだけ大丈夫になれる。だから飲みなさい、アキラ。あなたには今、そういうものが必要なはず」

彰良の横に立ち、エマが言う。

彰良はエマを見つめ、それからふわりと笑った。

「……やだな。僕、辛いことなんてないよ？」

「嘘ばっかり」

エマがきっぱりと彰良の言葉を切り捨てた。

「アキラ。あなた、もうずっと泣いてないでしょう。辛いときに辛いと、誰にも言ってないでしょう。そんなだから、怪我しても痛いって言えなくなっちゃうのよ。そんなのは駄目。そんなんじゃ、あなたの心はいずれ駄目になる」

すぐ間近から彰良の顔を覗き込み、エマは必死に言い聞かせるような声でそう言った。

彰良はまだふわふわとした笑みを浮かべている。まるでエマが何を言っているのかわからないとでもいうように。エマは悲しげな顔で、そんな彰良を見つめる。彰良の頬をそっと両手で包むようにして、言葉を続ける。

「ねえ、一体どうしてなの、アキラ。あなた、どうしてそんなことになっちゃったの。こんなときまで笑わなくていいのよ。泣いていいの。なぜわからないの？……私達、あなたが泣いたってわめいたって、ちゃんと一緒にいてあげるのに」

彰良は何か言いかけ、それからふっと口をつぐんだ。

マシュマロココアの入ったマグカップに手をのばし、

「僕、もう子供じゃないんだから、こんな甘いものなんて」

「いいから飲みなさい。……あなたは子供よ」

エマの手が、彰良の頭をなでる。

彰良がマグカップを両手で包むようにして持ち上げた。シュワシュワと小さな音を立てながら溶けていくマシュマロをしばし見つめ、それからカップに口をつける。

ココアを一口飲んだ彰良は、唇についたマシュマロを指で拭《ぬぐ》い、エマを見上げた。

「すっごく甘いね、これ」

「そうよ。甘いものは、心を救うの」

「だから、僕、別に……」

言いながら、彰良がいつものように笑おうとして——失敗した。

泣き笑いのように歪んだ顔が、完全に泣き顔に変わるまでには、さほどかからなかった。細い肩を震わせて、彰良がうつむく。その顔を伝い落ちた涙が、ダイニングテーブルに幾粒も降り落ちる。喉の奥で殺しきれなかった嗚咽《おえつ》が小さく漏れ、彰良は片手で口元を覆ってますますうつむいた。

そうやって椅子の上でうつむく彰良は本当に小さく見えて、か弱い子供で——渉は、彰良のあの笑顔が彼の鎧《よろい》だったことにようやく気づいた。

辛いことも泣きたい気持ちも何もかも笑顔の下に押し込めて、この子はこれまで一体どれだけのことに一人で耐えてきたのだろう。

「彰良。……俺達は、家族だ」

渉は言った。

「俺はな、昔から自分に家族運が薄いことをよくわかってた。実家から追い出されたときにはっきり思い知った。だから、このアパートメントを手に入れたとき、ここに住んでる奴らと家族みたいになれたらいいって思った」

夕食は皆で食べる。そんな決まりを作ったのは、そのせいだ。

毎日、用もないのに一階の居間やダイニングに皆集まって、わいわい過ごす。誰かに何かあれば、とるものもとりあえず駆けつける。いなくなった奴がいたら、犬ににおいを嗅《か》がせてでも捜し出す。

　血は繋《つな》がってなくても、それはきっと家族だ。

　そう思う。

「要らなくないよ、彰良」

　渉は彰良の頭に手を置き、そう言った。

　柔らかな茶色い髪をくしゃくしゃとかき回して、

「要らなくない。お前はずっと、ここにいればいい。俺達と一緒に」

「……僕のこと、きもちわるくない？」

　渉の手の下で、小さく小さく縮こまりながら、子供みたいな口調で彰良が言う。

「ねえ、こわくない？　僕のこと。僕がいたら……め、迷惑じゃない？」

「迷惑じゃないし、怖くなんかないさ。だって俺達は、お前が何か知ってるから」

「僕が何か……？」

「ああ。お前は俺の大事な甥っ子で、この家族の子供だ。俺達皆の——子供だ」

　彰良が顔を上げる。涙でぐしゃぐしゃのその顔を覗《のぞ》き込み、渉は濡《ぬ》れた頬を指でぐいとつまむ。

「さあ、じゃんじゃん泣いちまえ。一通り泣いたら絶対腹減るから、そしたらあらためて夕食だ。フィッシュ＆チップスだけじゃやっぱりつまんねえな。何か食いたいものがあったら作ってやるぞ」

そのままぐいぐいと彰良の頬をひっぱると、彰良はぼろぼろ涙を流したまま、ちょっとだけ笑った。いひゃいよ、と言うので、さらに引っ張ってやったら、また笑った。
それはたぶん、鎧ではなく、本物の笑顔だったのだと思う。

ジョンの家は、あの後そこそこ揉《も》めたらしい。が、離婚までいくことはなく、ジョンの本当の父親がまた迎えにやってくることもなかったらしい。母親とジョンの関係はまだ少しぎこちないし、父親との関係もぎくしゃくはしたが、それでもそれは、いずれ時間が解決するのではないかと思える程度のものではあった。

彰良は——それでもやっぱり、いつでも大抵にこにこと笑っている子ではあった。どうも基本の表情が笑顔で固定されてしまっているのは今更どうしようもないらしい。それでも、アパートメントの住人達と一緒に過ごすうちに、少しずつ、違う表情も見せるようにはなっていった。

アパートメントの住人達は、彰良をこれまで以上に可愛がった。バケーションの時期には、皆で予定を合わせて国内外を旅行した。ウェールズ、湖水地方、エディンバラ、足をのばしてフランスやドイツ、イタリアにも行った。

あるとき、彰良が真面目な顔で「相談があるんだけど」と申し出てきたことがあった。

「……あのね、日本にいる友達を、ここに呼んじゃ駄目かな」

友達とはずっとメールでやりとりしていたらしい。向こうが夏休みの間にイギリスまで彰良に会いに来る話が、つい最近になって持ち上がったのだそうだ。

「まあアキラ、もしかしてそれは女の子？　写真はあるの？」

「女の子だったら、紹介してよね！　ジャパニーズの女の子って可愛いよねー！」

「駄目だぞ、リシャール。アキラの恋人を盗《と》るのはよくない」

初めて聞く彰良の日本の友達の話に色めき立つ住人達に、彰良は苦笑して言った。

「期待してるところ悪いんだけど、男の子だよ。健《けん》ちゃんっていってね、幼馴染《おさななじみ》なんだ。僕、彼の家で剣道を教わったんだよ。だから、本当にサムライボーイなのは、僕じゃなくて健ちゃんの方」

「同じ学校だったのか？」

「ううん、学校は違うんだけど。でも、友達なんだ。……ずっと」

そう言って、彰良は少し目を伏せるようにして笑った。

それは、今まであまり見たことのない笑い方だった。

「あのね。健司《けんじ》だけは……変わらなかったんだよ。僕があんなことになっても」

寂しそうに、懐かしそうに——そしてとても大事そうに微笑み、彰良はそう言った。

あの事件の後、周囲が彰良を見る目は一変したはずだ。腫れ物に触るような扱いを受けたのかもしれない。あるいは、誰もがそっと彰良から離れていったのかもしれない。

それでも、その幼馴染だけは、変わらず彰良の傍にいてくれたのだろう。

「——それでね、あの、実はお願いがあって」

「お願い？　何だ」

「健ちゃんが来る前に、ロンドン中の道、完璧《かんぺき》に覚えたいんだ」

「え？」

「健ちゃん、海外旅行初めてなんだよ！　英語あんまり得意じゃないっていうし、僕が案内してあげないと。……だけど僕、地図だけだとすぐ迷子になるから……」

　つまり、件《くだん》の幼馴染を完璧にガイドするために、下見をしておきたいという話らしい。そういえば地方や国外には旅行に行ったが、ロンドン市内の観光地はそこまで回っていなかった気がする。どうせなら大人がくっついていくよりも、幼馴染と二人だけであちこち遊び回りたいのだろう。途中迷子になったりしたら、確かに目も当てられない。

　エマがおかしそうに笑い転げながら言った。

「アキラったら！　つまり、かっこつけたいわけね、その幼馴染くんに！『イギリスで暮らしてるんだから、道なんて完璧に知ってるし？』って態度とりたいわけね！」

「ちょっとエマ、言い方！　僕はただ、迷子になるのが嫌で！」

「はいはい、わかったわかった、おねーさんが主な観光地から裏路地のおいしいレストランまで完璧に教えてあげるわよ。イギリス料理はまずいって言う輩《やから》に食べさせたいおいしい食堂とか、絶対行くべきパン屋とか、幾つも知ってるから安心なさい。それじゃ、今度の休みは一緒にロンドン市内でデートね！」

「えー、僕だっておいしいお店なら知ってるよ？　あと、美人ぞろいのカフェも知ってる。幼馴染くんだって、美女愛《め》でながらお茶飲みたいかもしれないでしょう?」

「待て、それなら私はおいしいインド料理屋を教えよう。イギリスで食べて一番おいしいのはインド料理だ」

アパートメントの住人達がよってたかってロンドン市内の穴場スポットを教えまくり、彰良が完璧な観光ガイドを行うための万全の下見を終えた頃、件の幼馴染はイギリスにやってきた。

顔を合わせるなり「オー! サムライ! ヤクザ! ハラキリ!」とリシャールに叫ばれ、ただでさえ目つきの悪い顔を困惑で歪《ゆが》ませた件の幼馴染は、その後彰良にロンドン塔やらロンドン・ダンジョンやら幽霊の出るパブやらに連れていかれたらしい。アパートメントに帰ってきたときに若干顔が引き攣《つ》っていたのは、疲労のせいだったのか何だったのか、渉にはよくわからなかった。

そして——彰良がイギリスに来てから、二年が過ぎた。

彰良から「大学は日本の学校にするつもりだ」という話を聞かされたのは、その頃だ。

勿論《もちろん》、皆止めた。このまま彰良はイギリスでずっと過ごすのだと、誰もが思っていたからだ。

けれど、彰良は首を横に振った。

「ずっとここにいるわけにはいかないよ。……日本には、必ず帰るつもりだった」

その決意は変わらないようだったし、行きたい大学もすでに調べているようだった。日本の大学で何を学びたいのかと訊《き》いてみたら、「民俗学」と答えられた。

「日本にも、アイルランドの妖精《ようせい》の話みたいなのはたくさんあるんだよ。僕、ああいうのを日本で勉強したくて」

「こっちの学校で学ぶわけにはいかないのか」

「日本で学ぶことに意味があるんだ。……フィールドワークとかもしたいからね」

彰良はそう言って、にこりと笑った。

一応智彰には連絡してみたが、「好きにしていい」とのことだったので、渉も彰良の帰国を渋々許すことにした。彰良の学力はとても高かったし、帰国子女枠もある大学だったから、希望大学の入学試験はあっさり受かった。

彰良がイギリスを離れる日の前には、皆で夜通しパーティーをした。別にこれが今生《こんじょう》の別れじゃないんだからと彰良は少し呆《あき》れた顔をしたが、エマもリシャールもアーナヴもぼろぼろ泣いては彰良をハグし、またぼろぼろ泣いては酒をあおった。最終的に全員酔いつぶれ、最後まで立っていたのはロボとブランカだけだった。

彰良の帰国の際は、渉も一緒についていった。

智彰からは迎えを寄越《よこ》すとの連絡もあったが、あの家に彰良を一人で戻すのはやっぱり心配だったのだ。なんなら智彰相手でも自分の親父相手でも戦いを繰り広げて、彰良の居場所を確保するくらいの気持ちはあった。……それで駄目なら、そのまま彰良をまたイギリスに連れて帰ろうかという気持ちも、少しだけあった。

空港に着くと、彰良の迎えだという男性が待っていた。品はあるが洒落《しゃれ》心はかけらもない堅いスーツをまとったその男性は、智彰の秘書だということだった。

彼の車に彰良と共に乗り込み——連れていかれたのは、彰良の実家ではなかった。

そこは、代々木にあるマンションだった。大学生の一人暮らしにはあまりにも立派すぎる2LDK。家具もすでに運び込まれていた。

「あなたが暮らすのは、これから先はこの家です。それがあなたの御父上の御意思です。定期的に様子は見に来ますので、そのつもりで。こちらは、あなたのものです」

そっけなくそう告げて、智彰の秘書は、彰良に何かを手渡した。

銀行の通帳とカードだった。

——ああ、と渉は心の中が凍《こご》えつくような感じを覚える。

同じだ。自分のときと。

金だけ渡して縁を切る。智彰は、血もつながっていないくせにあの親父と同じことをしている。まだ十八歳の子に対して。

用は済んだとばかりに智彰の秘書はさっさと帰り、彰良は通帳とカードを抱えたまま、部屋の中を見回した。

こちらに背を向けたままの彰良のことが心配になって、渉は思わず声をかけた。

「彰良。……大丈夫か？」

「うん。実家で暮らせるとは最初から思ってなかったから、平気」

こちらを振り返らぬまま、彰良がそう答える。

もう一度、彰良がぐるりと部屋の中を見回した。豪勢なソファセット。大きなテレビ。まだからっぽの本棚。まるでモデルルームのように整った部屋の中。

「なんだか鳥籠《とりかご》みたいだね、この部屋。整いすぎてて、ちょっと息が詰まりそう」

「彰良……」

「ねえ、この部屋勝手に売っ払ってもっと小さなアパートとか借りたら怒られるのかな？　お金だって、こんなにいらないし、捨てちゃおうかなあ。僕、自分で働くよ」

冗談めいた言い方で彰良はそう言ったが、半分本気のようにも聞こえた。

「彰良」

渉はゆっくりと、彰良の正面に回り込んだ。

こちらを頑《かたく》なに振り返らない彰良がどんな顔をしているのかが、気になっていた。その顔に、三年前と同じ笑みが貼りついていたらどうしようかと思った。三年かけて渉やエマ達でだいぶ壊したあの笑顔の鎧《よろい》を、彰良がまたまとうことになっていたなら。

けれど、覗《のぞ》き込んだ彰良の顔には年相応の不安の表情が浮かんでいた。

渉はほっとすると同時に、彰良のことが心底可哀想になった。

これからこの子は、たった一人で暮らすことになるのだ。渉やエマ達から遠く離れた、この鳥籠のような部屋の中で。金は与えられても、一切の愛情は与えられずに。

この子は――周りが思っているよりもずっと、繊細な子だ。

ただ、傷ついても、それを隠して平気なふりをすることに長《た》けてしまったというだけで……傷は負うのだ。その痛みを感じないわけでもない。

――やっぱり、今すぐ彰良をイギリスに連れて帰ってしまいたい。そう思った。

だがそれは、彰良の希望ではない。

「彰良」

渉はそっと彰良を抱き寄せた。

イギリスにいた三年間でその背丈は随分のび、もう渉とほとんど変わらない。たぶん、本来ならもっと早くにのびるはずだったのだと思う。日本にいた間にせき止められていた成長を、この子は渉のもとでようやく取り戻した。

なのにこの子は、渉のもとを離れてしまう。

「彰良。お前は、したたかになれ」

「おじさん……」

「せいぜいしたたかに生きて、そして幸せになれ。向こうが金を、家をくれるなら、ありがたくもらっておけ。捨てるな。利用しろ。何をするにも金はいる。……お前にやりたいことがあるのなら、その時間をこの金で買え」

言い含めるように彰良の耳元でそう言って、渉は彰良を放した。

「いいか。覚えておけ。辛《つら》くなったら、誰かを頼れ。俺でもいい、他の誰かでもいい。一人で生きるな。……それでもどうしても駄目になったら、戻ってこい」

彰良が一瞬、泣く寸前のような顔をする。

だがそれは、完全な泣き顔に落ちる前に、苦笑に変わった。

「……それは最終手段だよ、おじさん。せっかく帰国したんだから」

「でも、帰れる場所があることを忘れるな」

うんわかった、と彰良はうなずいた。

わかった、ありがとう、と繰り返したその顔は——結局、笑ったまま、一筋だけ涙を流した。

そしてそれから二十年が経ち、大学で民俗学を修めた甥《おい》っ子は、そのまま民俗学を教える准教授になった。

ひさしぶりの甥との時間を終え、イギリスに戻る飛行機の中で、渉は窓の外の雲海に目を向けながら、小さくため息を吐いた。

彰良の今を知れてよかったと思う。相変わらず危なっかしいうえに、あの子を取り巻く世界は決してあの子に優しいわけではないけれど——でも、傍で守り支えてくれる者達にもちゃんと恵まれている。それがわかっただけでも、来た甲斐はあった。

これから彰良が進む先に、せめて幸いあれと渉は願う。

叔父《おじ》として、家族として、いつだって渉は彰良の幸せを願っている。

彰良が渉のもとを離れると自分で決めた時点で、彰良の人生には渉の手はほとんど届かなくなった。それは彰良の望みだ。あの子は、渉のもとでぬくぬくと守られるのではなく、戦うことを選んだ。

それはおそらく、彰良が己の過去と対峙《たいじ》するための戦いだ。

彰良がそれに勝てるのかどうかなんて知らない。あの子の過去に、何らかの決着をつけることが可能かなんてわからない。ただそれであの子が満足するなら、好きにすればいいとは思う。

遠く離れた地に住む叔父にできるのは、いつかあの子が戦いに疲れたときに、あるいは敗れてしまったときに、帰ってこられる場所を確保し続けることくらいだ。

彰良が住んでいたあの部屋は、そのためにいつでも空けてあるのだから。

《参考文献》

・『異界と日本人』小松和彦（角川ソフィア文庫）
・『日本現代怪異事典』朝里樹（笠間書院）
・『日本現代怪異事典　副読本』朝里樹（笠間書院）
・『国語学叢考』鈴木博（清文堂出版）
・『日本書紀（四）』坂本太郎・家永三郎・井上光貞・大野晋校注（岩波文庫）
・『図説　日本未確認生物事典』笹間良彦（角川ソフィア文庫）
・『図説　日本の妖怪』監修・岩井宏實、編集・近藤雅樹（河出書房新社）
・『古今著聞集　下』西尾光一・小林保治校注（新潮日本古典集成）
・『和漢三才図会：１０５巻首１巻尾１巻』（国立国会図書館デジタルコレクション）
・『箱入娘面屋人魚　３巻』（国立国会図書館デジタルコレクション）
・『竜宮羶鉢樹：３巻』（国立国会図書館デジタルコレクション）
・「流行病と予言獣」『国立歴史民俗博物館研究報告　第１７４集』常光徹（国立歴史民俗博物館）
・『妖精のアイルランド　取り替え子《チェンジリング》の文学史』下楠昌哉（平凡社新書）

本書は書き下ろしです。
この作品はフィクションです。実在の人物、団体等とは一切関係ありません。

准《じゅん》教《きよう》授《じゅ》・高《たか》槻《つき》彰《あき》良《ら》の推《すい》察《さつ》4

そして異《い》界《かい》の扉《とびら》がひらく

澤《さわ》村《むら》御《み》影《かげ》

令和2年 5月25日 初版発行
令和6年 9月25日 27版発行

発行者●山下直久

発行●株式会社KADOKAWA
〒102-8177 東京都千代田区富士見2-13-3
電話 0570-002-301（ナビダイヤル）

角川文庫 22179

印刷所●株式会社KADOKAWA
製本所●株式会社KADOKAWA

表紙画●和田三造

●お問い合わせ
https://www.kadokawa.co.jp/（「お問い合わせ」へお進みください）
※内容によっては、お答えできない場合があります。
※サポートは日本国内のみとさせていただきます。
※Japanese text only

ISBN 978-4-04-109264-4 C0193

◆◇◇

角川文庫発刊に際して

角川源義

第二次世界大戦の敗北は、軍事力の敗北であった以上に、私たちの若い文化力の敗退であった。私たちの文化が戦争に対して如何に無力であり、単なるあだ花に過ぎなかったかを、私たちは身を以て体験し痛感した。西洋近代文化の摂取にとって、明治以後八十年の歳月は決して短かすぎたとは言えない。にもかかわらず、近代文化の伝統を確立し、自由な批判と柔軟な良識に富む文化層として自らを形成することに私たちは失敗して来た。そしてこれは、各層への文化の普及滲透を任務とする出版人の責任でもあった。

一九四五年以来、私たちは再び振出しに戻り、第一歩から踏み出すことを余儀なくされた。これは大きな不幸ではあるが、反面、これまでの混沌・未熟・歪曲の中にあった我が国の文化に秩序と確たる基礎を齎らすためには絶好の機会でもある。角川書店は、このような祖国の文化的危機にあたり、微力をも顧みず再建の礎石たるべき抱負と決意とをもって出発したが、ここに創立以来の念願を果すべく角川文庫を発刊する。これまで刊行されたあらゆる全集叢書文庫類の長所と短所とを検討し、古今東西の不朽の典籍を、良心的編集のもとに、廉価に、そして書架にふさわしい美本として、多くのひとびとに提供しようとする。しかし私たちは徒らに百科全書的な知識のジレッタントを作ることを目的とせず、あくまで祖国の文化に秩序と再建への道を示し、この文庫を角川書店の栄ある事業として、今後永久に継続発展せしめ、学芸と教養との殿堂として大成せんことを期したい。多くの読書子の愛情ある忠言と支持とによって、この希望と抱負とを完遂せしめられんことを願う。

一九四九年五月三日